Catharinas Entscheidung

Jeanette A. Koke

Catharinas Entscheidung

Eine Westfalensaga

1848–1899

Teil 1

Roman

Bibliografische Information der Deutschen Nationalbibliothek:
Die Deutsche Nationalbibliothek verzeichnet diese Publikation in der
Deutschen Nationalbibliografie; detaillierte bibliografische Daten sind
im Internet über http://dnb.dnb.de abrufbar.

Lektorat: Monika Römer
Korrektorat: Monique Massin
Umschlaggestaltung: „Catharina S.", Foto aus Privatbesitz
Herstellung und Verlag: BoD – Books on Demand, Norderstedt
ISBN: 978-3756237180

Irgendwann werden wir alle zu Geschichten

-Margret Atwood

Buch 1

Joseph Stein, April 1849, Seibersbach, Hunsrück
Die Nacht war besonders dunkel. Tiefe Wolken verhängten den Himmel und weder Mond noch Sterne waren zu sehen. Es war außergewöhnlich still auf dem Weg von der Fabrik durchs Dorf, so als sei alles Leben im Tiefschlaf versunken. Kein Hund bellte, keine Katze huschte vor ihm über den steinigen Weg. Joseph hielt den Krug mit Milch vor der Brust und gab acht, dass er auf den letzten Metern nach Hause bloß nichts verschüttete.

Als vor ihm die Silhouetten einiger windschiefer Häuschen am Dorfrand auftauchten, ging er langsam auf das mittlere zu, strich sich sein dünn gewordenes, grau-blondes Haar mit einer kurzen Bewegung aus der hohen Stirn und öffnete die Tür. Obwohl er nur von mittlerem Wuchs war, musste er sich beim Eintreten etwas bücken, worauf er sofort ein schmerzhaftes Ziehen im unteren Rücken spürte. Drinnen richtete er seinen hageren Körper, der von den 14 Stunden Knochenarbeit als Sandformer auf der Eisenhütte ausgelaugt war, langsam wieder auf und blickte in die Dunkelheit des niedrigen Raumes. Müdigkeit durchzog seine Knochen.

Die anderen Männer von der Hütte und er brachten bei der Arbeit kaum noch etwas zuwege, so ausgehungert und geschwächt sie waren. Sie alle hatten sich noch lange nicht von der schlimmen Zeit erholt. Wer in den vergangenen Jahren nicht verhungert war, kämpfte immer wieder mit dem Fieber oder einer der anderen Heimsuchungen, die Tag für Tag ihre Opfer forderten.

Sie waren am Rande ihrer Kräfte, oft jenseits davon. Aber heute hatte er seine drei Silbergroschen Wochenlohn erhalten und auf dem Rückweg durch den Ort beim Gastwirt Bündchen noch schnell einen Krug Milch für Jakob und Anna Maria gekauft. Er hatte im letzten Monat einiges beim Bündchen anschreiben lassen müssen und jetzt, nachdem er ihm die Schuld beglichen hatte, war kaum noch etwas übrig. Joseph seufzte, versuchte zu lächeln und wischte sich mit einer Hand durch das von tiefen Falten zerfurchte, schmutzige Gesicht.

Als sich seine Augen an die Dunkelheit im Raum gewöhnt hatten, sah er in die übergroßen Augen seiner Frau Marie Cath, die da stand wie ein Gespenst, mager, blass mit zerzausten Haaren, die kleine Anna Maria am Rockzipfel.

„Guten Abend, Frau, ich habe etwas Milch für die Kinder ergattert. Mach sie warm und gib zuerst Jakob einen guten Schluck. Der braucht es bei seinem Fieber." Keine Antwort, nur das leise Weinen Anna Marias war zu hören.

„Warum brennt kein Feuer, Frau? Was ist hier los?" Er schob sich an Marie Cath und am alten Webstuhl vorbei weiter in den Raum hinein, dorthin, wo das Bett stand, in dem seit ein paar Tagen der einjährige Jakob im Fieber lag. Das Bett war leer. Irritiert sah sich Joseph zu seiner Frau um und zog fragend die Augenbrauen hoch.

„Wo ist er?"

„Sie haben ihn heute Mittag abgeholt", sagte sie mit tonloser Stimme.

„Was heißt abgeholt?" Joseph wollte nicht wahrhaben, was er in diesem Augenblick doch schon wusste. „Was heißt abgeholt?", schrie er und packte Marie Cath bei den Schultern. Seine Beine zitterten so sehr, dass sie ihn kaum noch trugen. Da sackte seine Frau lautlos in sich zusammen wie eine leere Hülle.

„Er ist gestorben, Joseph, er ist einfach gestorben", flüsterte sie mit kaum wahrnehmbarer Stimme. Joseph wollte sie hochziehen, doch sie war so schwer. Wieso ist sie so schwer, dachte er verstört, wo sie doch kaum noch etwas wiegt. Dann sank Joseph neben ihr zu Boden, drückte mit einem Arm das weinende Kind an seine Brust, mit dem anderen Arm hielt er seine Frau.

„Lass uns fortgehen, Joseph, bitte, ich halte es hier nicht mehr aus", hörte er wie aus weiter Ferne ihre kraftlose Stimme.

„Fortgehen? Wie der Bruder? Einfach alles verlassen? Die Familie? Die Kinder? Die Heimat? Wie stellst du dir das denn vor?"

„Die Kinder sind tot, Joseph, so hör doch! Tot, tot, tot und jetzt auch noch der Kleine. Uns ist nur Anna Maria geblieben. Welchen Sinn hat es hierzubleiben? Ich halte es hier nicht mehr aus in dieser verdammten Gegend, die uns alles abverlangt, aber nichts dafür gibt außer Elend und Leid."

„Ich weiß nicht, ob ich den Mut haben werde, Marie Cath. Wir werden vielleicht deine Eltern und die Familie niemals mehr wiedersehen." Josephs Stimme brach.

„Um Gottes Willen, Joseph, wir haben uns und Anna Maria. Sollen wir warten, bis auch sie uns noch genommen wird? Alle Kinder, die hier und in den umliegenden Dörfern sterben, sind arme Kinder, haben nichts auf den Rippen, um dem Fieber zu widerstehen. Du schuftest dich tot und verdienst nur ein paar Groschen. Ich schaffe es kaum noch zu weben. Meine Hände und der Rücken schmerzen zu sehr. Wir haben hier nichts!", schrie sie mit erstaunlicher Kraft in sein Gesicht.

Ihr Körper spannte sich, sie befreite sich aus der Umarmung Josephs, erhob sich langsam und strich den Rock glatt.

Mit fester Stimme sagte sie: „Seit ein paar Tagen sind Werber unterwegs, Werber aus dem Norden. Ich glaube, es heißt Westfalen. Sie suchen Facharbeiter für eine neue Fabrik. Irgendein Fürst hat ein Eisenwerk erbaut und nicht genug gute Leute. Er verspricht einen rechten Lohn, eine erste Unterkunft und genügend zu essen. Du bist gut, Joseph. Und wenn du erst einmal wieder Fleisch auf den Knochen hast, bist du der Beste, warst es immer. Nicht Brasilien ist es, an das ich denke, nein, Westfalen. Westfalen hat Zukunft. Westfalen bietet Arbeit und Sicherheit. Dort können wir leben, Joseph, hörst du, leben! Und ich will, dass wir leben, Anna Maria, du und ich. Einfach nur leben, ganz normal leben."

Jakob wurde am nächsten Tag beerdigt. Das kleine, traurige Häuflein, das noch von der Familie Stein übrig geblieben war, stand stumm und tränenlos da. Zu groß war der Schmerz und zu oft hatten sie hier gestanden, um einen kleinen Sarg hinabzulassen. Da waren nicht viele Tränen übrig geblieben für den kleinen Jakob.

Maria, die jüngere Schwester Marie Caths, mit ihrem dreijährigen Sohn Carl Christian an der Hand, ihr Mann Christian, der die einjährige Leoni auf dem Arm trug, Bruder Wilhelm mit seiner Frau Elsbeth und den vier kleinen Kindern standen hinter den Großeltern, schauten zu Boden und schwiegen. Großvater Lorenz hatte den Arm um seine Frau Greta gelegt. Sie weinte und hielt die kleine Hand der hilflos dreinblickenden Anna Maria fest in ihrer. So viel Unglück hatte es in dieser Familie gegeben, so viel Traurigkeit und Leid. Der Herrgott hatte ihnen viele Strafen auferlegt, aber sie konnte nicht sagen, warum. Ihr selbst waren vier Kinder gestorben, noch bevor sie das dritte Jahr erreicht hatten. Der Schmerz war nie ganz vergangen.

Alle standen mit gesenkten Köpfen und lauschten den Worten des Pfarrers, die niemanden von ihnen trösten konnten. Sie gingen schweigend zum Haus der Großeltern und versammelten sich in der Stube. Hier roch es nach Kartoffelklößen, die die Großmutter mit Brotkrumen gefüllt und mit etwas Lauch aus dem Garten zubereitet hatte. Ein großer Krug mit verdünntem Bier stand in der Mitte des Tisches und Lorenz schenkte jedem einen kleinen Humpen voll ein.

„Großvater, erzähl von früher", rief es vom Ende des Tisches herüber, an dem die älteren Enkel saßen und genug von der traurigen Stimmung hatten. Der Großvater erzählte doch immer aus der alten Zeit, wenn sie zusammen saßen. Lorenz sah sich in der Runde um und blickte nicht nur in erwartungsvolle Kinderaugen.

„Also, das war so: Vor über 100 Jahre flohen die Doerrs, die Steins und viele andere aus Frankreich nach Simmern im Hunsrück, nachdem der französische König ihnen ans Leder wollte."

„Warum wollte der König ihnen ans Leder?", fragte mit dünnem Stimmchen Anna Maria.

„Sie waren französische Protestanten, sogenannte Hugenotten, die sich auf die Lehre des Meisters Calvin beriefen. Zuerst war man den Hugenotten auch wohlgesonnen, doch dann begannen die Verfolgungen und viele von uns flohen aus Frankreich."

„Wieso denn welche von uns, Großvater?", fragte der kleine Heinrich. „Wir sind doch katholisch."

„Da hast du recht, Heinrich, aber unsere Familien waren einmal Hugenotten und haben sich entschieden, katholisch zu werden. Da lebte es sich leichter. Das war aber sehr viel später, als wir schon hier im Hunsrück waren", entgegnete sein Großvater. „Manchmal ist es besser, nicht mit dem Kopf durch die Wand zu gehen."

Er blickte bedeutungsvoll in die Runde. „Und dann kam der große Napoleon. Er kam durch einen Umsturz an die Macht und hat für viel Wirbel gesorgt. Die ganze Welt und vor allem Russland wollte er beherrschen. Aber eins nach dem anderen. Ich bin nur vier Jahre vor der großen Revolution in Frankreich geboren, im Juni 1785. Mein Vatter Johannes war Tischler und Fuhrmann so wie sein Vatter Friedrich auch. Sie hatten einen Wagen und zwei große Pferde, mit denen sie alles transportierten, was es zu transportieren gab, sogar die napoleonischen Soldaten, die sich hier und in Simmern bis 1814 herumtrieben. Ihr müsst wissen, hier war alles Französisch und noch nicht Preußisch so wie heutzutage. Die meisten Leute haben Französisch und nicht unser Hunsrücker Platt geschwätzt!"

Die Kinder lachten. „Als mein Ob Friedrich starb, habe ich mit dem Vatter das Fuhrgeschäft weitergemacht und so mancherlei gesehen und erlebt. Das kann ich euch sagen. Die Soldaten ließen sich herumkutschieren wie große Herrschaften und dazu noch bedienen, als ob sie nicht nur Kanonenfutter wären. Sie hatten nur Fissematenten im Kopp. Alle Hunsrücker hatten einen mächtigen Rochus auf sie. Aber dann war es vorbei mit lustig unsere Win getrunke und unsere Määdsche nachgestiege! Der Preuß und der Russ haben sich nämlich zusammengetan und den Napoleon mitsamt seine Fransose eins-zwei-drei hinausgeworfen aus unserem Hunsrück, weit zurück hinter den Rhein."

Die Kinder kreischten und klatschten vor Vergnügen in die Hände. Auch auf den Gesichtern der Erwachsenen zeigte sich ein leises Lächeln.

„Es war im März 1814. Da schlichen sich der Preuss und der Russ leise heran, trieben die Fransose mit lautem Gebrüll über den Rhein und schlugen Napoleon in der Schlacht von Arcis-sur-Aube vernichtend."

„Täterätätä, täterätätääääää!", riefen die Buben laut vor Begeisterung.

„Genauso war es, ihr könnt es mir glauben. Mein Vatter Johannes, euer Urob, und ich waren dabei und haben es mit de eigene Aue gesiin. Es war eine wilde Zeit mit dem Napoleon und seine Soldate." Lorenz nahm einen kräftigen Schluck Bier, das Marie Cath ihrem Vater nachgeschenkt hatte. Er räusperte sich und wischte sich mit dem Handrücken über den Mund.

„Und dann kamen die schlimmen Hungerjahre, in denen uns Gott ans Leder wollte." Lorenz blickte ernst in die Runde. Die Kinder verstummten und in den Gesichtern der Erwachsenen zeigten sich all die schmerzvollen Erinnerungen.

„Nur geregnet hat es, tagein, tagaus. Wochenlang, monatelang. Und kalt war es. Nichts wuchs mehr auf den Feldern und in den Gärten. Alles verrottete und verdarb. Zuerst starben die kleinen Kinder, dann die Alten und auch die anderen. Bald gab es keine Tiere mehr zum Schlachten. Sie waren alle aufgefressen. Und viele von uns packten ihre Bündel und fuhren in die Fremde nach Brasilien." Lorenz machte eine kleine Pause und nahm erneut einen Schluck Bier.

„Doch irgendwann hatte es sich der liebe Gott wieder anders überlegt und schickte die Sonne zurück. Die Felder wurden wieder grün und in den Gärten wuchsen Obst und Gemüse. Mit den Groschen, die ich als Tischler verdiente, kaufte ich zwei Hühner, die bald Eier legten."

Die Augen der Kinder begannen wieder zu strahlen.

„Und dann hat der liebe Gott dafür gesorgt, dass es Küken gab und noch mehr Eier, und so war alles wieder gut." Anna Maria hatte mit ernstem Ausdruck gesprochen und die kleinen Hände vor der Brust gefaltet.

„Ja", sagte Lorenz mit heiserer Stimme, „dann war alles wieder gut." Nur die Erwachsenen dachten an die zweite Zeit des Hungers nach 1841. Wie durch einen Fluch war das Land beinahe zugrunde gegangen, waren Mensch und Tier gestorben, weil es eine Missernte nach der anderen gab. Sie alle spürten es immer noch in ihren Knochen.

Am 21. Mai des Jahres 1849 begab sich die Familie Stein mit den wenigen Habseligkeiten, die sie besaß, und einem Arbeitsvertrag in Josephs Joppentasche auf den Dorfplatz, wo bereits eine große Menge Menschen wartete. Einige hatten Wagen dabei, auf denen sie ihr Gepäck und die Kinder verstaut hatten. Die meisten gingen jedoch zu Fuß und hatten nur ein Bündel über den Rücken geworfen.

Jetzt, wo die unruhige Zeit der Revolution weitgehend vorbei und es wieder friedlich in deutschen Landen war, folgten 41 Familien und an die 80 Junggesellen dem Ruf des Herzogs von Blois nach Dülmen in Westfalen, um dort auf der Eisenhütte Prinz Rudolph zu arbeiten und einen neuen, besseren Ort zum Leben zu finden.

Es war warm, die Sonne schien mit aller Kraft des Frühlings auf die Menschen. Der Gesang der Vögel war wie ein Abschiedskonzert, das einem stillen und andächtigen Publikum vorgetragen wurde. Joseph, Marie Cath und die kleine Anna Maria hatten ihre Sonntagskleider angezogen. Josephs Joppe war aus grauem gewebtem Tuch mit vier Hirschhornknöpfen, die er noch von seinem Vater hatte, eine braune Hose, die von einem geflochtenen Juteband um den Leib gehalten wurde, darunter ein einfaches blaues Baumwollhemd ohne Kragen. Seine braune Kappe hielt er in der Hand. Marie Cath trug einen weiten, schon etwas abgetragenen Rock aus hellgrauem Tuch, das sie selber gewebt hatte. Zwei Handbreit oberhalb des Saumes verzierte eine schmale Bordüre aus rotem Garn im Kreuzstich das Gewand. Über der langärmeligen grauen Bluse trug sie ein schwarzes Westchen, dass sie mit der gleichen Stickerei wie am Rock entlang der Säume versehen hatte. Um den Kopf hatte sie sich ein buntes Kopftuch gebunden, das ihr die Mutter zum Abschied geschenkt hatte. Die wenigen anderen Kleidungsstücke waren in einer einfachen Holztruhe verstaut, die das einzige Gepäckstück der Familie war.

Das gleiche buntbestickte Tuch wie Marie Cath, nur kleiner, trug Anna Maria, die die Großmutter gar nicht loslassen wollte, als der Treckführer zum Aufbruch drängte. Die alte Frau strich der Kleinen das blaue Kleidchen zurecht, zupfte an dem fadenscheinigen grauen Wolljäckchen, das sie darüber trug und sagte: „Geh mein Kind, es ist Zeit. Vergiss uns nicht." Sie küsste Anna Maria auf die Wange und verdeckte dann mit ihrem Schultertuch das Gesicht, damit die Kleine ihre Tränen nicht sah.

Der Augenblick des endgültigen Abschieds kam. Vater Lorenz kämpfte um Haltung. Um den Mund des alten Mannes zuckte es und seine zusammengekniffenen Augen versuchten vergeblich die Tränen zurückzuhalten. Die Großmutter hatte ihre Enkelin hochgehoben und mit geschlossenen Augen ganz fest an sich gedrückt. Der zarte Rücken des Kindes bebte.

Neben den Eltern standen Marie Caths Schwester Maria, ihr Bruder Wilhelm, seine Frau und die vier Kinder. Wilhelm wollte nicht fort von den Eltern, die ohne ihn ja niemanden mehr hätten. Josephs Eltern lebten schon lange nicht mehr und sein einziger

Bruder Jakob hatte sich vor drei Jahren mit seinen beiden Kindern Karl Emil und Elisa auf den Weg nach Brasilien gemacht, nachdem seine Frau im Hungerjahr 1846 gestorben war.

So viele hatten die Heimat verlassen. Die Konraths waren mit der gesamten Familie losgezogen, die Kaspars zu elft, Joseph Pira, Witwer Merkel mit seinen vier Kindern, die Familien Michels und Rötsch, sie alle waren rüber nach Rio Grande do Sul oder in die Kolonie Petrópolis in der Provinz Rio de Janeiro. Für die meisten von ihnen hatte es hier im Hunsrück keine Arbeit mehr gegeben und der Hunger war täglicher Gast in jedem Haus. Die Verzweiflung hatte sie fortgetrieben.

Joseph umarmte die Schwägerinnen, den Schwager Christian und die weinende Schwiegermutter, die ihnen Gottes Segen mit auf den Weg gab und ihm die widerstrebende Anna Maria reichte, tätschelte die Köpfe der ratlos blickenden Nichten und Neffen. Wilhelm und Lorenz klopften ihm nickend auf die Schultern und schwiegen. Es war still auf dem Platz. Nur hier und da hörte man ein unterdrücktes Schluchzen.

Joseph half Marie Cath auf den Wagen der Brockmanns, den sie am großen Fluss würden zurücklassen müssen, hob das Kind zu ihr hinauf und nickte der zurückbleibenden Familie noch einmal mit ernstem Gesicht zu. In einem Beutel, den Marie Cath auf den Rücken geschnallt trug, verbarg sich eine Quetschkommode, auf der sie schon lange nicht mehr gespielt hatte. Eigentlich hatte sie das alte Instrument gar nicht mitnehmen wollen, doch Joseph bestand darauf. „Du wirst eines Tages froh sein, dass du sie noch hast", hatte er gesagt und sie liebevoll angeschaut.

Marie Cath hatte ihre hellbraunen Haare im Nacken zu einem dünnen Knoten zusammengefasst und das buntes Tuch fest darüber gebunden. Keine Strähne lugte hervor. Ihre bernsteinfarbenen Augen, die jeden Glanz verloren hatten, blickten starr nach vorn. Sie saß hinter Brockmanns Frau, die leise weinte, vor ihr die Kinder, der sechsjährige Franz und die vierjährige Anna Lena, die sich ängstlich bei den Händen hielten.

Langsam setzte sich der Treck in Bewegung. Da löste sich in Maria die Starre, die sie seit dem frühen Morgen erfasst hatte. Sie lief hinter dem Wagen her, bis sie ihn erreichte, hielt sich neben der Schwester am Holz fest.

„Marie Cath", schluchzte sie auf. Sie hielt ein Stoffbündel hoch, das Marie Cath mit zitternder Hand an sich nahm. Sie sah ihre kleine Schwester an und glaubte, ihr Herz müsse zerreißen. „Maria", kam es leise, fast tonlos von ihren Lippen. Dann löste sie ihren Blick von diesen verzweifelten Augen, die sie niemals mehr würde vergessen können. Maria ließ den Wagen los und blieb zurück.

Brockmann lenkte das von zwei Kaltblütern gezogene Gefährt. Joseph ging zu Fuß. Er blickte zu Marie Cath hoch, die schweigend, aber nun mit einem zu allem entschlossenen Gesichtsausdruck ihre Tochter an sich drückte. Er war sich sicher, dass sie ebenso wie er in diesem Moment an ihre Kinder dachte, die sie auf dem Friedhof von Seibersbach zurücklassen mussten. Wolfgang, Philip und Joseph hatte der Tod noch vor ihrem dritten Jahr geholt, Catharina und Magdalena bereits wenige Tage nach der Geburt. Ja, und dann der kleine Jakob, ihr jüngstes und spätes Söhnchen, den das Fieber so grausam dahingerafft hatte. Joseph war bereits 39 und Marie Cath 37 Jahre alt gewesen, als ihnen Gott dieses Geschenk machte.

Jetzt war ihnen nur noch die dreijährige Anna Maria geblieben und ihr wollten sie etwas Besseres schenken als den Tod. Und zogen sie nicht wie in alter Tradition der Hugenotten aus der Heimat in die Ferne, wenn auch nicht auf andere Kontinente? War es nicht auch das Schicksal der Altvorderen gewesen, als sie aus ihrer französischen Heimat fliehen mussten? Was machte es für einen Unterschied, ob ein König, der Krieg oder eine Hungersnot sie vertrieb?

Die stumme Karawane zog nach Bingen am Rhein, wo ein Schiff auf sie wartete, dass sie nach Köln bringen sollte. Von dort aus würde sie ein Wagentransport der Eisenhütte in die neue Heimat bringen. Als sie Seibersbach und den Hunsrück hinter sich ließen, sah sich niemand um. Wieso sollte man sich auch nach Tod und Elend umsehen! All die toten Kinder flogen sicher als Engel mit ihnen mit. Allez, allez, dachte Joseph, vorwärts, nur vorwärts.

Buch 2

Bernhard Pläster, 26. November 1848, Münster/Dülmen
Bernhard war so schnell gerannt wie nie zuvor. Nur weg von diesem verdammten Platz, hatte er gedacht, nicht rechts, nicht links geschaut. Inmitten der panisch schreienden Menge hatte er sich den Weg zu den Ställen der Rennbahn gebahnt, wo die beiden Pferde warteten, mit denen er und Franz am Vormittag nach Münster geritten waren. Sein hochgewachsener, drahtiger Körper war bis zum letzten Muskel angespannt. Seine Nerven vibrierten. Er schwitzte aus alles Poren und seine braunen Locken klebten auf der Stirn und im Nacken. Er war von Kopf bis Fuß von einem rötlichen Staub bedeckt, den er sogar im Mund schmeckte.

Als die Soldaten auf die Leute losgingen, war er gestürzt, hatte wie ein Käfer auf dem Rücken gelegen und der verdammte Infanterist hatte seine Bajonettspitze gegen seine Brust gedrückt. Immer noch rauschte das Blut in seinem Kopf, auch wenn sein Herzschlag sich inzwischen etwas beruhigt hatte. Übergroß und deutlich stand die gelbe Schulterpatte mit der roten 15 vor seinem inneren Auge. Einen Moment lang hatte er geglaubt, sein letztes Stündlein habe geschlagen. Er hörte immer noch das Schreien der Menschen, die von der Rennbahn weg in alle Richtungen rannten, einige Blut überströmt. Andere sah er fallen und reglos liegen bleiben.

Die Infanteristen des gerade erst in Münster eingesetzten 15. Regiments hatten den Flüchtenden gnadenlos nachgesetzt. Es hatte Schüsse gegeben und sein Freund Franz war mit einem blutigen Loch in der Brust neben ihm zu Boden gesunken, die weit aufgerissenen Augen blicklos in ungläubigem Staunen. Der Fluchtimpuls war stärker als alles andere gewesen. Bernhard hatte sich umgewandt und war losgelaufen. Und mit ihm all die anderen Genossen und Mitstreiter für eine gerechtere Welt.

Nach dem Sturz hatte seine Lähmung nur kurz angedauert, dann hatte er dem Soldaten sein mit Kraft hochgezogenes Bein in die Weichteile gerammt, als der einen Moment lang nachlässig das Bajonett anhob, um zu einem Kameraden zu sehen, der rechts neben ihm einen Mann umwarf. Dieser kurze Augenblick hatte ausgereicht, um sich zu befreien und loszurennen. Atemlos war er zu den Pferden gelangt und wie der Teufel losgeprescht.

Dank der beiden Pferde hatte der harte Ritt nur drei Stunden gedauert. Sein Leihpferd, ein rot-brauner Schleswiger mit üppig gewellter, blonder Mähne und einem herrlichen Schweif, war raumgreifend und energisch vorangestürmt, als erkenne er die drohende Gefahr im Rücken, und stellte seine Ausdauer und Nervenstärke einmalig unter Beweis. Nur einmal war Bernhard unterwegs auf Franz' Holsteiner umgestiegen, dessen eleganter, ausdrucksstarker Kopf und im rasenden Galopp gestreckter Körper immer neben dem seines Pferdes dahinflog, scheinbar mühelos. Die aufgeweckten Augen des schönen Tieres schienen ebenfalls sagen zu wollen ‚Keine Sorge, wir halten durch und schaffen es. Du kannst uns vertrauen.'

So waren sie zu dritt durch die Nacht geflüchtet und hatten unbeschadet, aber schweißgebadet Dülmen erreicht. Das

Hufgeklapper der Pferde hallte auf dem Kopfsteinpflaster der dunklen, stillen Gassen. Er war über den Westring an der Brauerei Holtkamp vorbeigeritten und war schließlich vor Göllmanns Stallungen angekommen.

Jetzt lag er zu Hause auf dem Bett und Gertrud verarztete seine Kopfwunde. Sie war zu Tode erschrocken, als er mitten in der Nacht völlig derangiert und blutend vor der Türe stand und wie wild klopfte. Er hatte kaum mehr die Pferde in Göllmanns Stallungen anbinden können, die nur einen Katzensprung von seinem Haus in der Tiberstrasse entfernt lagen. Bewusst hatte er die Tiere nicht in die große Stallung gebracht, weil dort mindestens zwei, wenn nicht gar drei Stallburschen Wache hielten und sicher viele Fragen gestellt hätten. Gegenüber lagen einige kleinere Ställe. Sein spätes Erscheinen erregte dort längst nicht so viel Aufmerksamkeit. Meist standen hier in den vier Boxen ein oder zwei Tiere, wohingegen sich im großen Stall rund 20 Pferde befanden.

Bernhard war den Fragen des verwirrt blinzelnden und schlaftrunkenen Stallknechts Bertram ausgewichen, hatte ihn auf später vertröstet, nichts zu Franzens Verbleib gesagt und war auch nicht zu dessen Frau gegangen. Zuerst ein wenig schlafen, hatte Bernhard gedacht, dann alles andere. Zuerst ein wenig schlafen.

Auf Gertrud gestützt war er zur Schlafkammer gewankt und hatte sich schwer atmend auf das Bett fallen lassen. Erst jetzt spürte er den rasenden Kopfschmerz und schmeckte das Blut auf den Lippen, das aus einer Stirnwunde über sein Gesicht lief.

Sofort war Gertrud zum Brunnen hinter dem Haus geeilt, hatte einen Eimer mit Wasser hochgezogen und sofort einen Topf mit der kühlen Flüssigkeit auf den Herd gestellt. Mit ruhiger Hand fachte sie die verbliebene Glut mit einigen dünnen Holzscheiten an. Ihr offenes helles Haar fiel in Wellen über den Rücken. Sie hatte keine Zeit gehabt, es zu flechten, als sie erschrocken aus dem Bett gesprungen und zur Tür gerannt war. Gertrud sprach kein Wort, wollte abwarten, bis das Notwendige getan war. Dann würde ihr Mann schon von allein erzählen.

Sie hatte ihn gewarnt, als er zusammen mit Gruwe, Keller und einigen Männern des Deutschen Vereins zur Volksversammlung nach Münster reiten wollte. Sie hatten doch alle vom Eingreifen des Militärs in anderen Städten gelesen. Die Zeitungen und Flugblätter sprachen eine eindeutige Sprache. Aber Gertrud machte Bernhard keine Vorwürfe. Sie wusste, wie sehr er für die Sache lebte. Und auch sie war voller Begeisterung ob der Ideen und Reformbewegungen. Es war an der Zeit, dass sich etwas änderte im preußischen Staat mit seinem hochherrschaftlichen König und seinen arroganten Beamten, die keinen Finger für die Arbeiter und Landlosen krumm machten. Und ja, der König hatte Versprechungen gemacht, hatte ihnen seit April Versammlungs- und Pressefreiheit gewährt. Endlich konnte man sich auf der Straße und im Wirtshaus in Gruppen treffen, ohne dass sofort die Polizei antrabte, um die angeblich „konspirative Versammlung" aufzulösen.

So viele neue Zeitungen waren seither erschienen, die ihnen frank und frei die Ereignisse in den deutschen Staaten und der

Welt näherbrachten. Selbst im kleinen Dülmen gab es seit zwei Wochen als Beilage zum Westfälischen Merkur das Dülmener Tageblatt. Die Aufbruchstimmung der vergangenen Monate war wunderbar gewesen. Eine bessere Zukunft schien begonnen zu haben, vor allem für die armen Leute. Und natürlich für die Frauen!

Elisabeth Osthues, die Gattin des stellvertretenden Oberbürgermeisters, hatte im Ort einen Frauenverein gegründet, der Mathilde Anneke zum Vorbild hatte. Wie die Männer trafen sich die Frauen einmal in der Woche beim Stammtisch der Dülmener Stuben, die am Marktplatz 34 gegenüber dem Marktbrunnen lagen. Dort studierten sie gemeinsam die Zeitung und lasen den Frauen vor, die das selbst nicht konnten. Die drei Ausgaben der politische „Frauen Zeitschrift" der Anneke, die im September in Köln herausgegeben und mittlerweile schon wieder verboten worden war, lagen auf dem großen runden Tisch.

Das war eine Frau nach ihrem Geschmack! Sie hatte ihren zur Gewalttätigkeit neigenden Mann 1837 mit nur 20 Jahren verlassen und die Scheidung eingereicht, lebte 1840 mit ihrer kleinen Tochter in Münster, schrieb dort im Kreis der Annette von Droste-Hülshoff Artikel und Gedichte. Unerhört, ja ungehört in Westfalen! Der Skandal breitete sich wie ein Lauffeuer aus und jeder wusste davon. Annekes politische Ansichten, die sie in den Zeitungen veröffentlichte, waren radikal. Sie hielt mit nichts hinterm Berg. Sie wollte die Freiheit der Frau, Selbstbestimmung und das Frauenwahlrecht. Ha, was das die Herren der Schöpfung aufregte! Doch nicht so ihren Bernhard. Der war davon überzeugt, dass es nur noch eine Frage der Zeit war, bis allen Menschen diese Freiheiten gewährt werden mussten. Sein Eintritt in den neugegründeten demokratischen Deutschen Verein war nur konsequent.

„Zum Glück hattest du keine Waffe dabei", sagte sie leise.

„Ja, aber Gruwe und Keller hatten ihre Gewehre mit. Wenn die Soldaten sie erwischt haben, wird man sie ins Zuchthaus sperren, wenn nicht gar Schlimmeres passiert", antwortete Bernhard düster. „Franz hat es erwischt. Das Loch in seiner Brust von dem verdammten 15. war so groß wie meine Faust." Er schluckte und konnte nicht weiterreden.

„Um Himmels willen, Bernhard, warst du schon bei Marianne?"

„Nein, ich konnte nicht. Werde es später machen. Sie soll es von mir und nicht von den anderen erfahren."

„Ich komme mit dir. Sie wird sicher Hilfe brauchen. Mein Gott, die Ärmste, was soll aus ihr und den Kindern werden ohne den Franz? Ihre Leute sind alle irgendwo im Ruhrgebiet. Und Franzens Eltern sind alt und klapprig."

Die Mutter war die Stiege heruntergekommen und schaute besorgt in die Kammer der jungen Leute. Nach dem Tod ihres Mannes hatte sie den Jungen die untere Schlafkammer überlassen und war unters Dach gezogen.

„Was ist geschehen, Bernhard? Du bist ja verletzt!", rief sie erschrocken aus und schob ihre verrutschte Nachthaube zurecht.

„Der Franz ist tot, Mutter, erschossen.", sagte Gertrud leise, den Blick zur Mutter gewandt.

„Oh Gott, weiß es Marianne schon?"

„Nein, wir werden in ein paar Stunden zu ihr gehen. Geh wieder schlafen, Mutter. Die Nacht ist bald um und der Tag wird nicht einfach", sagte Gertrud und legte der alten Frau sanft die Hand auf die Schulter.

Nachdem die Mutter gegangen war und Gertrud das leise Knarren des Bettgestells über sich hörte, trocknete sie sich die Tränen mit der Schürze, die sie nach Bernhards Rückkehr schnell über das Nachtgewand gebunden hatte. Sie band die Schürze los und legte sie sorgfältig auf den Stuhl, der neben dem Bett an der Wand stand, bevor sie zu Bernhard unter das Laken kroch. Sie wusste, dass ihr Mann nicht schlafen konnte, dass er noch lange grübeln würde. Sie schwieg, kuschelte sich an seinen Rücken, um ihn zu wärmen, und schlief kurz darauf ein.

So manches ging Bernhard tatsächlich durch den Kopf und er konnte trotz der großen Erschöpfung, die er fühlte, keinen Schlaf finden. Am 22. November hatten sich die Demokraten verschiedener Vereine zum ersten Mal in der neuen Weinstube Philip Schrodts auf der Neubrückenstraße in Münster getroffen. Der Wirt war ein guter Freund Anton Kellers und hatte ihn und seine Freunde vom Deutschen Verein zur Eröffnungsfeier eingeladen. Und was gab es Besseres als ein gutes Tröpfchen Wein, zumal umsonst! Da lohnte es sich allemal, den weiten Weg von Dülmen nach Münster auf sich zu nehmen. Es war ein sehr schöner, sangeslustiger, feuchtfröhlicher Abend gewesen. Sie hatten im Stall Schrodts hinter der Weinstube bei den Pferden übernachtet. Dort war es dank der Tiere recht warm und sie mussten nicht befürchten, alkoholselig an Unterkühlung zu sterben. Das Wetter war nasskalt und die ersten Nachtfröste zogen bereits übers Land. Bernhard musste ein wenig grinsen bei der Erinnerung an den Abend mit den Kameraden. Das war doch erst vier Tage her! Und so viel war seither geschehen …

Nach zwei Missernten 1845/46 war es im Sommer 1847 endlich wieder aufwärtsgegangen. Es gab eine gute Ernte und die Preise hatten sich erholt. Der Hunger schien vorerst gebannt. Doch Bernhards Schwiegervater Johann hatte die Strapazen der vergangenen Jahre nicht gut verkraftet. Er war am 22. Juli 1847 mit 61 Jahren am Schlag gestorben.

Die Ärmsten der Armen waren zu schwach, um auf den Barrikaden zu kämpfen. Es waren die Handwerker, Arbeiter und Kleinhändler, die sich bedroht fühlten, noch etwas zu verlieren hatten. Sie alle hatten die Nase voll von den Herrschaftsorganen. Die Menschen fühlten sich nicht nur in Westfalen von der Verwaltung ungerecht behandelt und schikaniert. Viele waren arbeitslos. Wer in Arbeit und Lohn stand, erhielt sehr oft zum Sterben zu viel und zum Leben zu wenig. Die Arbeitsbedingungen waren katastrophal. Dieser neumodische Einsatz von Maschinen im Weberhandwerk stahl den Menschen ihre Einkommensgrundlage und machte ein würdevolles Leben schier unmöglich. Das betraf nicht nur Bernhard und seine ganze Familie, sondern fast alle Familien in Dülmen. Viele junge Männer begannen, ins

Ruhrgebiet abzuwandern, wo sie Arbeit auf den Zechen und großen Eisenhütten fanden.

Bernhard war 1838 im Alter von 23 Jahren aus St. Mauritz bei Münster in die Weberstadt Dülmen gewandert, weil er sich dort bessere Chancen als Leineweber versprach. Daheim war für ihn die Situation in der großen Familie zu eng geworden. Sie lebten mit den Eltern, Großeltern und den sechs Geschwistern auf einer kleinen Hofstelle an der Straße Zum Guten Hirten.

Das Leben an sich war schon nicht einfach gewesen, aber Bernhard hatte zudem ein leicht hitziges und aufbrausendes Gemüt und einen kämpferischen Geist. Er ließ sich nur ungern etwas sagen und lag deshalb ständig mit seinem Vater Anton im Streit. Der war Ackersmann auf den Ländereien des Grundherrn Lauritz Pleister. Mutter Bernardina, eine stille und geduldige Frau, webte für einen Verleger in Münster, ebenso wie zwei seiner älteren Schwestern.

Vater Anton war strenger Katholik, was ihn jedoch nicht davon abhielt, zu viel zu trinken. Er war königstreu, wohingegen Bernhard die Macht des Adels und den großen Einfluss der Kirche ablehnte. Als die Meinungsverschiedenheiten und Streitereien der beiden unerträglich wurden, schnürte Bernhard sein Bündel und zog fort.

Von durchreisenden Webern hatte er gehört, dass die Firma Sterner in Dülmen ein guter Auftraggeber wäre. Sterner schien ein weitaus besserer und vor allem besser bezahlender Verleger von Garnen und Stoffen zu sein als die übrigen in der Region. Sie gaben den Heimwebern Material für die Weiterverarbeitung, nahmen ihnen die Webstoffe nur zu sehr niedrigem Preis ab und verkauften die Produkte an Handelskontore weiter. Dort wurden sie wiederum von Händlern aufgekauft und unter die Leute gebracht. Nicht so Sterner. Er wusste gute Handarbeit zu würdigen und zahlte entsprechend anständig. Er hatte ein eigenes Handelskontor mit Laden und konnte so die Ware der Weber direkt weiterverkaufen.

Die neue Zeit machte es den Heimwebern alles andere als leicht. Schon als Kind und Jugendlicher musste Bernhard erfahren, dass sie allen Webern den Angstschweiß auf die Stirn trieb. Die Krise der 30er-Jahre hatte Spuren hinterlassen und zu einer zunehmenden Verarmung der Weber geführt. Mehr und mehr Menschen zogen in die Provinz, was Hungersnöte begünstigte und die Leute dazu brachte, die Kornmagazine zu stürmen. Die Behörden und besitzenden Schichten fürchteten um ihr Hab und Gut und riefen das Militär.

Durch die mechanischen Webstühle, die in ganz Europa, angeführt von England, Einzug hielten, stürzten die Heimweber mehr und mehr ins Nichts. Dann kam es Ende 1847 nach einer kurzen Erholungsphase erneut zu enormen Preissteigerungen, die nach wie vor anhielten. Früher war Westfalen berühmt für seine Textilherstellung gewesen. Jetzt bestand der Ruhm nur noch darin, als Elendsregion zu gelten.

Die Zeitungen klärten die Menschen auf und machten ihnen ihr Elend noch bewusster. Sie begannen, den Sinn von allem zu hinterfragen. Wieso konnten sie trotz harter, zermürbender Arbeit kein normales Leben führen? Die Reichen aber wurden immer dicker und machten sich immer breiter. Wer sagte denn, dass das so gewollt war? Und wenn, von wem? An eine höhere Ordnung glaubte Bernhard schon lange nicht mehr und schon gar nicht daran, dass die Einteilung in Arm und Reich gottgegeben war. Die Spannungen und das Aufbegehren angesichts der großen sozialen Ungerechtigkeit waren nur natürlich. Der Zorn wuchs in den Herzen und Gemütern der Menschen.

Bernhards Hoffnungen auf ein besseres Leben in Dülmen hatten sich in den ersten Jahren bewahrheitet. Er fand Unterkunft bei der Weberfamilie Johann und Elisabeth Berning, die 1835 ihren damals 20-jährigen Sohn an die Cholera verloren hatten. Eine schmale Holzbank direkt neben dem Herd in der Stube wurde in der Nacht zu seinem Lager. Trocken und warm.

Die Tochter des Hauses, Gertrud, war ein Jahr älter als Bernhard. Ihr dunkelblondes Haar trug sie zu einem dicken Zopf geflochten, der ihr bis zur Taille reichte. Der Blick ihrer blauen Augen war offen und neugierig. Sie und die Eltern hatten sich aus Gott weiß welchen Gründen nicht mit der Cholera angesteckt und waren unbeschadet geblieben. Aber in Dülmen hatte diese furchtbare Krankheit für Angst und Schrecken gesorgt und so manchen dahingerafft.

Und doch gab es immer wieder Leute, die selbst jetzt noch behaupteten, es habe die Cholera gar nicht gegeben, sie sei Propaganda irgendwelcher Umstürzler oder des Königs gewesen. Ja, einige meinten sogar, der König habe die arme Bevölkerung dezimieren wollen, um mehr Platz für die Reichen zu schaffen. Bei aller Wut gegen den Adel und seine Handlanger stellten sich bei

Bernhard jedes Mal die Haare auf, wenn er solch einen Unsinn hörte. Die Streitereien darum füllten sogar die Zeitungsseiten. Waren die vielen Toten nicht Beweis genug gewesen?

Die Cholera wütete nicht nur in Preußen, sondern zog umher wie ein Handwerksbursche auf der Walz. Zuerst war sie aus dem Osten herübergekommen, war dann seelenruhig durch Preußen gewandert und hatte sich anschließend, als ihr Appetit auf preußisches Blut gesättigt war, auf den Weg nach Frankreich, Italien und wer weiß wohin gemacht. Bis nach Amerika soll sie es gar geschafft haben. Man stelle sich das einmal vor, Amerika! Das alles sollte vom König oder irgendeinem anderen gemacht worden, wohl gar eine Weltverschwörung sein?

Er hatte so etwas schon einmal gehört. Seine Großmutter Bernardine, Gott hab sie selig, erzählte den Kindern an den langen Winterabenden in der Stube gerne von einer schlimmen Seuche, die 1786 ihrem Töchterchen Waltraud mit nur drei Jahren das Leben gekostet hatte. Die Pocken töteten viele Kinder oder verursachten bei den Überlebenden Blindheit, Taubheit, machten sie verrückt und hinterließen grauslich entstellende Narben. Zehn Jahre später gab es ein Heilmittel dagegen, sie nannten es Impfung. Alle sollten sich impfen lassen, um das Seuchengespenst zu vertreiben. Damals war es nach Großmutters Erzählungen zu Geschrei und Aufständen gekommen. Viele Menschen verweigerten eine rettende Impfung im Glauben, sie würden dadurch in Kühe verwandelt. Diese Unvernunft hatte einer schnell wachsenden Zahl von Menschen, darunter vielen Kindern jeden Alters, das Leben gekostet. 1807 erließ König

Friedrich Wilhelm III. ein Gesetz, nachdem sich jeder Bürger impfen lassen musste. Sollte er sich weigern, konnte er für drei Tage ins Gefängnis wandern oder musste die riesige Summe von 50 Mark als Strafgeld zahlen.

Nach Bernhards Einzug bei der Familie Berning waren die Alten sehr froh über seine tatkräftige Unterstützung bei der schweren Arbeit am Webstuhl. Dieser nahm den meisten Platz in der Stube ein und ließ nur wenig Raum für einen Tisch und zwei einfache Holzbänke neben dem Herd. Bernhard war hochgewachsen, etwas schlaksig, hatte kräftige Hände, konnte hart arbeiten und scheute sich nicht vor den schwierigsten Webmustern. Das machte Eindruck. Mutter Elisabeth neckte Bernhard gerne und fuhr ihm mit einer Hand durch die unbändigen braunen Locken, wenn er vornübergebeugt am Webstuhl saß. Dann hob er, herausgerissen aus seiner konzentrierten Arbeit, erschrocken den Kopf und Elisabeth versetzte ihm mit dem Zeigefinger einen kleinen Stüber unter das energische Kinn mit dem hübschen Grübchen.

„Frau Elisabeth, was tun Sie denn da? Wollen Sie mich etwa von der Arbeit abhalten?", lachte er fröhlich auf und gab ihr schnell einen Kuss auf die faltige Wange, sodass sie entzückt wie ein junges Mädchen quiekte und ihn einen Narren schalt. Vater Johann, der am Spinnrad saß, schaute grinsend auf und schüttelte den Kopf angesichts der Neckereien.

„Kinder seid ihr, verrückte Kinder."

„Na, na, na, Vater, sag das mal nicht. Du hast mich schon lang nicht mehr geneckt. Also muss Bernhard diese Aufgabe übernehmen", kicherte Elisabeth dann und bekam rote Flecken im Gesicht.

Bernhards Charme und sein ansteckendes Lachen ließen niemanden kalt. Wenn Gertrud den Vater bei der Arbeit ablöste und gegenüber von Bernhard am Spinnrad saß, dauerte es nicht lange und er schaute zu ihr hinüber. Oft hatte sie zuerst geschaut und schnell den Kopf gesenkt, wenn er es bemerkte und aufblickte. Aber immer öfter hielt sie seinem Blick stand, der warm und sanft war. Seine Augen waren von einem hellen Blaugrau, das im rechten von einem rehbraunen Viertel durchbrochen wurde. Das gab seinem Blick etwas Mysteriöses, fand Gertrud.

Wenn beide dann mit erhitzten Wangen und einem leisen Lächeln um den Mund wieder auf ihre Arbeit schauten, flog das Schiffchen schneller und das rhythmische Geklapper der Fußpedalen glich einem fröhlichen Tanz.

Bernhard verliebte sich in Gertrud und als er bei Johann im Sommer 1839 um ihre Hand anhielt, konnte der vor Rührung kaum die Tränen zurückhalten. Elisabeth, die ihm grad einmal bis zur Brust reichte, hatte die Arme um ihn geschlungen und ihnen ihren Segen gegeben. Im Mai 1840 feierten sie eine bescheidene Hochzeit.

Der erhoffte Nachwuchs stellte sich jedoch nicht ein. Gertrud war nach zwei Fehlgeburten nicht mehr schwanger geworden. Nun, angesichts der schwierigen finanziellen Lage, war Bernhard nicht allzu traurig darüber. Auch wenn Schwiegermutter Elisabeth immer mal wieder nachfragte und hin und her überlegte, woran es wohl liegen könne. Sie meinte, es könne die Folge der Hungerjahre sein. Auszuschließen war das nicht. Vielen der jungen Frauen in der Stadt erging es ähnlich. Sie bekamen entweder keine Kinder oder konnten die Würmchen nicht austragen. Ihre immer noch viel zu dünnen Körper schienen sich gegen die Schwerstarbeit einer Schwangerschaft zu sträuben.

Gertrud nahm ihre Kinderlosigkeit mit Fassung und verlor ihre fröhliche, optimistische Art nicht. Es war nicht nur die Arbeit, die das junge Paar verband, sondern auch das beiderseitige Interesse an politischen Themen und der Wunsch nach Veränderungen im Land. Beide hatten ein paar Jahre die Schule besucht, konnten lesen und schreiben und hatten einen neugierigen, offenen Verstand.

Seitdem es im Ort dreimal in der Woche den Westfälischen Merkur mit der zweiseitigen Einlage des Dülmener Tageblatts gab, der die Ideen des Liberalismus mit seinen Forderungen nach Meinungs- und Pressefreiheit, Gleichheit vor dem Gesetz und anderen Grundrechten der Menschen vertrat, lasen sie abwechselnd am Abend der Mutter aus der Zeitung vor.

„Es ist doch ein rechter Segen, so viel aus der Welt zu erfahren", sagte Elisabeth immer wieder, „aber wohin nur damit in meinem alten Kopf? Viel ist da ja nicht drin, nur Gerümpel und dumme Gedanken."

„Dann räum mal auf, Mutter", erwiderte Gertrud schmunzelnd, „damit all das Neue hineinpasst und du so schlau wirst wie unser Herr Rektor."

„Ha, ha, das wär eine Sache. Glaubst du denn, ich kann noch lernen auf meine alten Tage?"

Bernhard beugte sich über seine Schwiegermutter, die mit einem Messerchen Kartoffeln hauchdünn schälte, um die glatte gelbe Frucht dann in einen Eimer mit Wasser zu werfen.

„Mutter, du kannst immer lernen, dazu sind wir alle nie zu alt. Wirst sehen, es macht Freude."

„Na ja, Junge, aber auch Kummer, denn was ich nicht weiß, macht mich nicht heiß. Und was ich weiß, treibt mir den Angstschweiß auf die Stirn."

„Aber ohne zu lernen sind wir nicht besser als Schafe, die alles tun, was der Hirte ihnen aufträgt, nämlich fressen, das magere Gras verdauen und scheißen. Määhhh."

Gertrud lachte leise. „Wisst ihr, wir Frauen haben die Politik immer den Herren der Schöpfung überlassen und uns nur im Stillen über ihre Entscheidungen geärgert. Wieso denken sie zum Beispiel, dass wir Frauen dümmer sind als sie? Wer gibt Ihnen das Recht, über unser Leben zu bestimmen? Die Anneke macht uns vor, dass es auch anders geht. Nicht ohne Kampf, so viel steht fest, aber das ganze Leben ist ein Kampf. Das wissen wir doch alle nur zu gut." Atemholend hielt Gertrud inne und wischte sich über das Gesicht.

„Recht hast du, Kind! Ich hab ja auch immer geglaubt, wir am unteren Ende der Leiter könnten nichts ausrichten. Ihr macht es richtig. Ihr seid noch jung und müsst etwas tun." Wieder legte Elisabeth das Messerchen zur Seite und sah gedankenverloren in den Raum. „Freiheit wär gut, wenn es sie nur auch für unsereinen gäb. Sagen können, was man will, keine Angst mehr vor der Polizei haben, nicht mehr dem Willen der Herrensleut und reichen Kaufleute ausgeliefert sein. Ach, Kinder, das klingt alles viel zu schön, um wahr zu sein. Aber tut, was getan werden muss."

Damit nahm sie ihre Arbeit wieder auf und sagte den ganzen Abend nichts mehr. Sie reiste in Gedanken in ihre Kindheit, zu ihren Eltern nach Appelhülsen, zum Vater Engelbert, der sein karges Brot als Fuhrmann verdient hatte, und zur Mutter, die viel zu früh im Kindbett mit dem Zehnten gestorben war. Sie hatte einfach nicht aufhören wollen zu bluten.

Bernhard war überzeugt davon, dass man in der heutigen Zeit alles erreichen konnte, wenn man nur kämpfte und nicht wie ein Rindvieh auf den Schlachter wartete. Alles war möglich, seit die ersten Weber in Schlesien 1844 auf die Barrikaden gegangen waren. Dank der überregional berichtenden Zeitungen, die jetzt nicht mehr nur von den unerheblichen Belangen und Besuchen irgendwelcher Fürstchen, Barönchen und deren Entourage berichteten, hatte man auch von Maschinenstürmereien in verschiedenen Orten gehört. Mechanische Webstühle und Perrotinen waren zertrümmert worden. Im April 1848 hatten aufgebrachte Menschen die Bahnverbindung Frankfurt-Biebrich zerstört. Die neumodische Bahn galt vielerorts als böse Konkurrenz für Kutscher, Schiffer und Schauerleute.

Er verstand durchaus den Unmut der Leute. Eine Zeit lang hatte er ihre Ängste um ihre Lebensgrundlagen geteilt. Doch rasch war ihm klar geworden, dass niemand den Fortschritt aufhalten konnte. Gab es eine Arbeit nicht mehr, musste man nach Neuem schauen, sich für Neues interessieren und etwas Neues lernen. Sicher, für die Älteren war das schwerlich möglich. Viele verstanden die Welt nicht mehr, wollten die alte Ordnung wiederhaben und steckten mit ihrem Gejammer und Gejaule andere an. Sahen sie denn die Vorteile nicht, die die neue Technik mit sich brachte? Erkannten sie die Chancen nicht? Er wollte sich diese Chancen nicht nehmen lassen, war bereit zu lernen und vorwärtszugehen.

Ganz in Bernhards Sinne riefen viele eindringlich nach kürzeren Arbeitszeiten und einem garantierten Mindestlohn. Der Unmut über den Polizeistaat war immer lauter geworden. Die protestierenden Menschen wollten nicht länger bevormundet werden, zogen durch die Straßen und verschafften sich Gehör. Überall versammelten sie sich und unterstrichen ihre Proteste mit Katzenmusiken wie in früherer Zeit. Die Wut auf den Adel, der mit überhöhten Pachten und Steuern das Leben der einfachen Leute unerträglich machte, war nur zu verständlich. Aber welchen Sinn sollte es ergeben, Schlösser abzubrennen? Rohe Gewalt, das war für Bernhard absolut klar, führte auf gar keinen Fall zu einer Lösung der anstehenden Probleme, sondern schürte lediglich den Hass.

Bernhard, der seit Kurzem aktives Mitglied im Deutschen Verein war, hatte sich am Morgen des 26. Novembers zusammen mit den anderen Genossen auf den Weg in Richtung Münster zu einer weiteren Volksversammlung auf der Hiltruper Knapp'schen Rennbahn gemacht. Die Stimmung war großartig, geradezu euphorisch, aber auch etwas angespannt gewesen. Zum ersten Mal hatten alle das Gefühl, in diesem Land eine Stimme zu haben, gleichberechtigt zu sein, mitentscheiden zu können. Es waren zahlreiche Reden sowohl prominenter Männer aus Wirtschaft und Politik, als auch einfacher Leute aus den Verbänden und politischen Vereinen zu hören. Viel aufgeregtes Volk tummelte sich auf der Bahn, das sich nur mit Mühe beherrschen konnte, denn es gab Berichte über allerlei Aktionen gegen Demokraten im ganzen Land.

Am Morgen hatten man in der Westfälischen lesen können, dass ein demokratischer Knabenverein in Halle verhaftet und in Trier ein demokratischer Fackelzug verboten worden war. In Belgien wurden Flüchtlinge aus Köln mit der Begründung ausgewiesen, man könne das Verhalten „dieser Demokraten" nicht tolerieren!

Der Senat von Münster hatte einen Brief an den König mit folgendem Wortlaut veröffentlicht:

„Wir erkennen an, dass Eure Majestät die Zügel wieder fester anziehen, jedoch sollten die von Eurer Majestät zugesagten Freiheiten auch eingehalten werden."

Nun, das konnte man so oder so verstehen, und die Leute spalteten sich in zwei Lager. Die einen fanden den Brief löblich und angemessen, die anderen jedoch waren von dieser „kriecherischen Treue und Speichelleckerei", wie sie es nannten, angewidert. Dennoch blieb es an diesem Tag vorerst ruhig, bis das 15. Infanterie-Regiment eintraf.

Irgendwann gegen Morgen fielen Bernhard dann doch die Augen zu. Er kuschelte sich an den warmen Körper Gertruds, hielt sie fest umschlungen, drückte sein Gesicht an ihr weiches Haar und atmete ihren vertrauten Duft ein. Er dankte Gott für diese kluge und liebevolle Gefährtin und schickte ein Gebet für die Seele Franzens gen Himmel.

Am Vormittag stand Anton Borghegge mit staubigem, zerzaustem Haar und wildem Blick vor Bernhards Tür, der sich soeben zusammen mit Gertrud und Elisabeth auf den Weg zu Franzens Frau Marianne machen wollte, und erzählte von der Verhaftung Gruwes und Kellers. Ihm selbst sei nur so eben die Flucht vor den Soldaten gelungen.

Zuchthaus zu Münster, 28. November 1848

Assessor Gruwe und Oberst Keller standen in dem kalten und klammen Raum, in den sie vor zwei Tagen mit einigen anderen Männern getrieben worden waren. Den Infanteristen war es in dem allgemeinen Chaos gelungen, eine Gruppe von 19 Personen zu verhaften und nach Münster ins Zuchthaus zu bringen. Es waren die Männer, die mit Waffen in den Händen auf der Rennbahn erwischt worden waren. Dass sie alle ausnahmslos zu den Bürgerwehren gehörten, nützte ihnen trotz lauten Protests nichts. Die brutale Vorgehensweise der Soldaten traf sie völlig unerwartet. Sie hatten nicht gewusst, wie ihnen geschah.

„Sie haben uns provoziert", sagte Gruwe grimmig, aber leise, denn es war nicht gut, wenn die Wachsoldaten etwas von dem mitbekamen, über das sie sprachen. Er hatte sich eine blutige Nase geholt und wollte nicht noch mehr riskieren. Blutende

Kopfwunden und verrenkte Arme waren noch die geringeren Verletzungen.

Sie hatten einen jungen Mann aus Emsdetten mit zerrissenen Hosen und Schmutz verklebten Haaren vorsichtig in eine Ecke des Raumes auf Jacken gebettet. In seiner rechten Schulter steckte eine Kugel und sein ehemals weißes Hemd war mit Blut getränkt. Zum Glück war es nur eine Fleischwunde, aber er war sehr blass und hatte offensichtlich starke Schmerzen. Dr. Bertram von der Bürgerwehr Nottuln hatte ihn mit seinem eigenen, in Streifen gerissenen Unterhemd provisorisch verbunden und fluchte leise vor sich hin.

Am Boden neben dem Verletzten saß Franz Löhr von der Westfälischen und presste ein Tuch auf eine lange Platzwunde an der Stirn. Sein rechtes Auge war geschwollen und verklebt und nahm allmählich eine schwarz-blaue Färbung an.

„Genossen, bleibt ruhig. Sie können uns nichts. Wir haben nichts getan, außer friedlich an einer erlaubten Versammlung teilzunehmen. Ich denke mal, dass die Soldaten dem Magistrat Lügen aufgetischt haben, die es jetzt zu untersuchen gilt. Dafür gibt es Hunderte Augenzeugen. Die Soldaten haben uns zuerst angegriffen. Natürlich wird man jetzt auch die Presse für das Desaster verantwortlich machen. Ist ihnen wohl doch nicht so geheuer, die Meinungsfreiheit." Er lachte böse auf.

„Entsprechend dem Bürgerwehrgesetz vom 17. Oktober dürfen die Männer der Bürgerwehren Waffen tragen. Das haben wir doch gerade erst im Merkur gelesen. Und wir haben uns daran gehalten. Wir gehören der Bürgerwehr Dülmen, Nottuln,

Emsdetten und Münster an. Also, was wollen die von uns?",
brummte Keller und rieb sich das Knie, das er sich bei einem
Sturz verletzt hatte und schmerzte.

„Wenn sie sich an die Gesetze halten, haben sie nichts gegen
uns in der Hand. Und du hast recht, Löhr, es wird sich alles aufklären und eh wir uns versehen, sind wir wieder auf freiem
Fuße", bestätigte Baumgart, ein Redaktionskollege Löhrs. „Es
gibt immer noch die Versammlungsfreiheit. Als Bürgerwehr
dürfen wir unsere Waffen mit uns führen. Daraus können sie uns
keinen Strick drehen."

Das zustimmende Gemurmel der anderen Männer in dem sti-
ckigen und übelriechenden Raum erfüllte die Luft. Noch hatten
die Männer nichts von den neuesten Ereignissen in Münster erfahren.

„Westfälischer Merkur", 29. November 1848
„Am Morgen des 27.11. war Münster Schauplatz beklagenswerter
Auftritte. Die höchst brutalen und strafbaren Gewalttätigkeiten, wel-
che sich ca. 20-30 Soldaten des 15. Infanterie-Regiments in der am
26.11. stattgefundenen Volksversammlung hatten zu Schulden kom-
men lassen, über deren äußere Veranlassung zurzeit noch keine zuver-
lässigen Nachrichten vorhanden sind, hatte eine große allgemeine Ent-
rüstung hervorgerufen, die gestern Morgen, je mehr die einzelnen
Misshandlungen und Verletzungen sowie ein Todesfall bekannt wur-
den, den Charakter einer mit jeder Stunde steigenden gefährlichen Er-
bitterung annahm.

Bereits gegen 9 Uhr versammelten sich auf dem Prinzipalmarkt größere Volksmassen, welche gegen die Soldaten des genannten Regiments Rache zu nehmen drohten.

Gegen 10 Uhr wurden mehrere Soldaten auf dem Prinzipalmarkt gesehen. Kaum wurden ihre Waffen gesichtet, als sich die Masse mit wildem Wutgeschrei auf sie stürzte. Nur die Flucht der Soldaten in die Konditorei Steiners sicherte sie vor dem Verderben.

Eine Abteilung des 13. Infanterie-Regiments, das zur Hilfe herbeigeholt wurde, sicherte den Abgang der Verfolgten. Jedoch bemächtigte sich der wütende Haufen eines Soldaten, des Musketiers Brabander vom 13. Infanterie-Regiment, und verwundete ihn auf der Rothenburg mit Schaufeln und Holzspaltern so sehr am Kopf, dass wenig Hoffnung auf Wiederherstellung besteht. Zudem wurden zwei Soldaten des 15. Infanterie-Regiments (Unteroffizier Westhoff und ein anderer) schwer verletzt. Die Bürgerwehr setzte dem Spuk dann ein Ende und stellte die rechtliche Ordnung wieder her."

Am 30. November begannen die Vernehmungen der Inhaftierten und am darauffolgenden Montag kamen Gruwe, Keller, Löhr und die anderen frei. Man konnte ihnen keine Verschwörung oder Volksaufwiegelung nachweisen. Es hatte viele Zeugenaussagen gegeben, die alle das bestätigten, was die Männer beschworen hatten.

Die Soldaten hatten die Rennbahn bereits provozierend und aggressiv betreten, wüste Beschimpfungen gegen die Leute ausstoßend. Sie hatten angerempelt, geschubst und die Menschen, die sich beschwerten, sofort zusammengeschlagen. Es war ein

Wunder, dass niemand der Bürgerwehrmänner von seiner Schusswaffe Gebrauch gemacht hatte. Die meisten hatten die Flucht ergriffen oder die Waffen freiwillig gestreckt, um größeres Blutvergießen zu vermeiden.

Als Gruwe und Keller vom Tod ihres Kameraden Franz erfuhren, stießen sie Verwünschungen auf die königliche Armee aus und ballten die Fäuste. Aber erst einmal waren sie frei und konnten heim zu ihren Familien.

Dülmen, Dezember 1848

Am Abend des 9. Dezembers betraten Bernhard und Gertrud die Dülmener Stuben. Schon von draußen sah man durch die Sprossenfenster den unruhig flackernden Schein der Öllampen und die vielen menschlichen Silhouetten in der von Pfeifenrauch geschwängerten Luft.

Aufgeregte Stimmen drangen auf die Straße, als Bernhard die Tür öffnete und Gertrud als erste hineinließ. Sie brachten einen eisigen Hauch von der Straße mit in das Wirtshaus, denn dieser Samstag war mit minus 12 Grad Celsius in der Tat eiskalt. Sie klopften sich den pappigen Schnee von ihren Schuhen und Mänteln, hängten ihre Sachen an die überfüllte Garderobe und betraten den Schankraum.

Mit einem lauten Hallo begrüßten Freunde und Nachbarn das Paar. Viele waren dem Aufruf des Deutschen Vereins gefolgt. Buchbinder Kersting war da, Althoff vom Textilgeschäft auf der anderen Straßenseite, Friseur und direkter Nachbar Trippelvoet, einige Ratsleute, der Apotheker Bresky, mehrere Arbeiter der Eisenhütte. Sie alle verband der Wunsch nach Freiheit und größerer sozialer Gerechtigkeit, die trotz der drohenden Gefahren kein Traum bleiben sollte. Bernhard ging zum Tresen, um für sich und Gertrud ein großes Helles zu holen, und reichte seiner Frau das Bier. Gertrud begab sich zu einer Gruppe von Frauen des Frauenvereins, die um den großen Tisch im hinteren Bereich der Gaststube versammelt saßen und, angeführt von Elisabeth Osthues, diskutierten. Bernhard gesellte sich zu einer kleineren Gruppe Männer, die etwas abseits am Ende des Tresens standen und in ein Gespräch vertieft waren, begleitet von temperamentvollen Ausrufen und gestikulierenden Armen. Es war so voll, dass Bernhard achtgeben musste, in dem Gedränge sein Bier nicht zu verschütten.

„Ah, der Plästerer, da bist du ja. Gut, dass du kommst", begrüßte ihn Assessor Gruwe mit Zornesfalte zwischen den dunkel wuchernden Augenbrauen, in denen sich das eine und andere graue Haar zeigte. „Im Westfälischen Merkur hat man heute die neue Verfassung vom 5. Dezember veröffentlicht. Will man uns zum Narren halten?", rief er vor Aufregung zitternd und fuhr sich mit der rechten Hand fahrig durch das schüttere dunkle Haar. Er war sonst die Ruhe in Person und so schnell durch nichts zu erschüttern. Bernhard sah ihn an und hob verwundert die Brauen.

„Ja, ich habe davon gehört. Allerdings noch nichts gelesen. Die in der Charte Waldeck erklärte liberale Verfassung für Preußen sollte doch umgesetzt werden. Das ist doch das, was wir alle wollten. Was gibt's nun zu meckern?"

„Was es zu meckern gibt?", raunzte Joseph Schücking und blickte höhnisch von einem zum anderen. „Gestrichen und verändert haben die Schufte die wichtigsten Sachen." Seine kräftigen Schreinerhände von rötlicher Hautfarbe mit den hellen, buschigen Härchen auf Handrücken und Fingern hielten sich an einem großen Bierkrug fest, aus dem er nun einen kräftigen Schluck nahm. Die ebenfalls rötliche Farbe seines Gesichts hatte bereits einen dunklen Ton angenommen, der vom Rot der großporigen Nase noch übertrumpft wurde. Er spuckte in kein Glas, so viel war klar.

„Tja, um es kurz und knapp zu machen: Der König hat wieder das absolute Vorrecht, im Notfall die Grundrechte aufzuheben und eigenmächtig Gesetze zu erlassen." Bürgerwehr Oberst Keller, Gastwirt und Inhaber der Dülmener Stuben, faltete die Hände vor dem beträchtlichen Bauch und senkte mit übertriebener Demut das runde Gesicht. Sein Schnauzbart zitterte leicht an den Enden. Dafür, dass der fast immer gut gelaunte und witzige Gastwirt ansonsten mit lauter, durchdringender Stimme sprach, klang das, was Bernhard hier hörte, leise und scharf.

„Das darf doch wohl nicht wahr sein!", platzte es aus Bernhard heraus. „Soll denn all unser Bemühen umsonst gewesen sein? Ist Franz für nichts und wieder nichts gefallen?" Er hatte so laut gesprochen, dass es in der Gaststube für einen Moment ganz still wurde, und alle zu ihnen herüberblickten.

Er sah, wie Gertrud mit erschrocken aufgerissenen Augen aufgesprungen war und zum ihm eilen wollte. Doch mit einer beruhigenden Geste und einem leichten Kopfschütteln gab er ihr zu verstehen, dass alles in Ordnung sei. Gertrud nahm wieder Platz. Bevor er sich wieder seinen Kameraden zuwandte, sah Bernhard vor den Frauen auf dem Tisch einen aufgeschlagenen Münsterischen Anzeiger sowie den Merkur, über die sie nun die Köpfe zusammensteckten und aufgeregt redeten.

Der Raum füllte sich erneut mit der wilden Kakofonie laut durcheinanderredender Männerstimmen. Alle hatten das gleiche Thema, die neue Verfassung, eine aufoktroyierte, ungerechte Verfassung, mit der sie nicht gerechnet hatten. Sie würde sie wieder als Verlierer dastehen lassen.

Der große, leicht vornübergebeugte Pastor Hülskamp schüttelte betrübt den Kopf und bildete mit seinen Händen ein spitzes Dreieck vor der Knopfleiste seiner schwarzen Jacke. Seine dunklen, durch das tägliche Bibelstudium bei Kerzenlicht kurzsichtigen Augen blitzten hinter den runden Brillengläsern.

„Wir haben doch so viel Gutes vor in unserem Deutschen Verein. So viel Gutes. 90 Leute haben wir seit Oktober auf der Mitgliederliste, alles brave Bürger aus allen Schichten. Der Stadtbeamte Kerkerinck aus der Verwaltung, im Vorstand Richter Fischer und der stellvertretende Oberbürgermeister Osthues, Schriftführer bist du, Gruwe, dann da drüben Pfarrer Wender von der Evangelischen ist dabei, meine Wenigkeit als Mann der katholischen Kirche, unsere Schreiner Roters und Schücking, Brauer Holtkamp mit Sohn Gabriel, Weber Pläster und seine

Frau Gertrud und, und, und. Wir alle wollten doch die politischen und sozialen Fragen der Gegenwart angehen und für sie eintreten." Hülskamp schnalzte leicht mit der Zunge und griff gedankenverloren nach seinem Bierkrug, der auf der völlig überschwemmten Theke stand.

Kellers rundlich aparte Tochter Margarete wollte gerade mit einem Lappen das verschüttete Bier wegwischen, wartete aber, bis der Pastor seinen Krug in die Hand genommen hatte. Sie nutzte den kurzen Augenblick einer Verschnaufpause, um im Gedränge den Blick Gabriels zu suchen, der mitten im Raum neben seinem Vater stand und ebenfalls versuchte, unter gesenkten Augenlidern und leicht schrägem Kopf ihren Blick zu erhaschen. Margarete schob kokett eine rotbraune Locke zurück, die sich aus dem um ihren Kopf gewundenen Zopf gelöst hatte. Kurz trafen sich die Augen der jungen Leute und warfen einander Blitze zu, bis Margaretes Mutter Klara mit einem leeren Bierkrug in der Hand an ihre Seite trat.

„Na, machst du dem Gabriel wieder schöne Äugelein? Vergiss darüber die Arbeit nicht. Wisch das Bier vom Tresen und füll den Krug hier für Schücking mit Dunklem auf. Nicht träumen, mein Mädchen, nicht träumen." Lachend wandte die Mutter sich ab und den nach ihr rufenden Gästen zu.

Margarete riss sich von den grünen Augen ihres Liebsten los, wischte mit einer schwungvollen Bewegung das Bier vom Tresen und hielt den Krug unter den Zapfhahn. Was wusste die Mutter denn schon. Träumen. Es würde jetzt nicht mehr lange dauern und Gabriel würde zuerst mit seinem und dann mit ihrem Vater sprechen. Er hatte sie bereits gefragt, ob sie seine Braut werden wolle und natürlich hatte sie leichten Herzens ja gesagt. Sie war sicher, dass beide Väter nichts gegen diese Verbindung einzuwenden hätten. Sie waren befreundet und die Mütter besuchten beide den Frauenkreis um Elisabeth Osthues. Ja, selbst ihre konservative Mutter hatte sich von den revolutionären Ideen der Anneke anstecken lassen. Außerdem, gab es eine bessere Verbindung als die zwischen einem Brauerssohn und einer Gastwirtstochter?

„Schöne Maid", die Stimme Roters, der direkt vor Margarete am Tresen stand, schreckte das Mädchen aus ihren Gedanken auf. „Mach mir noch einen Krug voll Helles und ein Tablett mit Kurzen. Ich geb' der Truppe noch einen aus, bevor ich nach Hause gehe." Margarete strich mit beiden Händen ihr Leibchen und die Schürze glatt und machte sich an die Arbeit.

„Wir könnten einen Brief an Benedikt Waldeck aufsetzen und ihn um Rat fragen. Er ist ein Landsmann aus Münster und weiß sicher, was jetzt zu tun ist", schlug Bernhard vor. Seine Aufregung hatte sich gelegt und er gab dem pragmatischen Teil seines Verstandes Raum, der ob der unerwartet misslichen Sachlage nach Auswegen suchte. „Wir sollten nicht lange herumhampeln und jammern. Schlimm genug, das alles. Aber wir sind doch hier, um etwas zu tun, oder etwa nicht?", sagte er mit fester Stimme, die augenblicklich auch den anderen Männern um ihn herum etwas Zuversicht zu geben schien.

Bernhard arbeitete hart, um seine kleine Familie über Wasser zu halten. Obwohl nur ein einfacher Heimweber, wurde er von allen geschätzt wegen seines hellen Verstandes, der jede Gelegenheit nutzte, um sich zu bilden, mehr zu erfahren über die Welt und ihre Zusammenhänge. Die gebildeten Männer des Demokratenvereins, allen voran Rektor Gundermann, der ihm immer wieder Bücher aus seiner Bibliothek auslieh, waren Vorbilder für ihn.

Wenn er zu Hause am Webstuhl saß, konnte er nach getaner Arbeit nicht sofort schlafen. Er war in der Regel der Letzte, der zu Bett ging. Mutter Elisabeth legte sich zuerst hin, gefolgt von Gertrud. Er tüftelte oftmals noch über neuen Webmustern, die Sterner ihm aufgetragen hatte. Es machte ihm Freude, schwierige Aufgaben zu lösen und den Verleger zufriedenzustellen. Der alte Sterner wusste das zu schätzen und zahlte ihm mehr Lohn als den anderen Heimwebern. Auf Bernhard war Verlass. Er lieferte pünktlich beste Qualität. Aber nicht selten setzte sich Bernhard auch an den Küchentisch, holte eine weitere Kerze aus der Schublade, zündete sie an, ließ etwas Wachs auf das Holz tropfen, drückte die Kerze so lange darauf, bis sie feststand, griff nach einem Buch und las.

In Dülmen schienen Demokratie und Gleichberechtigung angekommen zu sein, so empfanden es die Mitglieder des Deutschen Vereins jedenfalls. Hier galten in weiten Kreisen der Stadtgesellschaft nicht Geld und Stand, sondern Geisteskraft und der Einsatz für die höheren Ziele der Menschheit allgemein.

„Waldeck kämpft seit Jahren um die politische Gleichheit und Freiheit. Allerdings hat er auch nie einen Hehl daraus gemacht, dass er die Umsetzung in einem geeinten deutschen Staat unter preußischer Führung, also unter dem König, sieht", bemerkte Redakteur Essewisch vom Dülmener Tageblatt mit leicht stolpernder Zunge. Schwitzend versuchte er, die oberen Knöpfe seines Hemdes zu öffnen, was ihm durch den reichlichen Biergenuss mit einigen Kurzen zwischendurch nicht sofort gelingen wollte.

„Ich möchte nicht wissen, wie es jetzt in ihm aussieht angesichts eines solchen Verrats", zischte Keller, der sich leicht an Gruwe gelehnt hatte, um nicht das Gleichgewicht zu verlieren. „Der hat immer und immer wieder vor einer Politik gewarnt, die sich innen und außen auf rohe Gewalt stützt und die nicht eins ist mit der großen Idee von Gleichheit und Freiheit. Jawohl, Gleichheit und Freiheit!"

„Und er sah nie einen Widerspruch zwischen seiner idealistischen Sicht der Dinge und dem katholischen Glauben", bekräftigte Pastor Hülskamp seinen Vorredner.

„Die eigentliche Entfaltung des Christentums hängt im Wesentlichen auch mit der politischen Freiheit und den Freiheiten des Individuums zusammen", zitierte Redakteur Essewisch einen Aufsatz des großen Waldeck.

Einen Moment trat ehrfürchtige Stille ein. Alle nickten zustimmend und diejenigen, die an der jetzt bereits schon legendären Demokratenversammlung auf der Knapp'schen Rennbahn teilgenommen hatten, dachten an Waldecks Rede, die dort bei allen Teilnehmern einen ungeheuren Eindruck hinterlassen hatte.

„Dieser Ehrenmann!", Gruwe hatte sich aus der Gruppe gelöst und ging um den Tresen herum, um seinen Krug erneut zu füllen. Er verspürte ein Gefühl tiefer Ehrerbietung, wenn er an Waldecks Auftritt dachte. „Gibt es überhaupt einen zweiten Politiker, der wie er aus dem Gefühl lebt und handelt? Dem es nicht um die Verwirklichung eines Systems, sondern um das Erreichen von Gerechtigkeit und Gleichheit für alle Menschen geht? Habt ihr nicht auch diesen Zauber empfunden, als er da oben auf dem Podest stand und mit seinen glühenden Augen auf uns blickte?"

„Es war geradezu magisch", schwärmte Roters.

„Na ja", relativierte Bernhard. „Mir kam er fast schon ein wenig fanatisch vor, irgendwie dämonisch mit seinem bohrenden, dunklen Blick."

„Ist ja nicht verkehrt", mischte sich Essewisch ein und ließ das Monokel herunterfallen, das an einem silbernen Kettchen vor seinem Revers hin und her schwang, als er sich mit wichtiger Miene leicht nach vorne beugte. „Einer wie der, Mitglied des Königlichen Obertribunals in Berlin, führender juristischer Kopf unter den Demokraten in der Nationalversammlung, Leiter der Verfassungskommission, Verfasser der Charte Waldeck, ein Visionär, so einer darf etwas fanatisch und dämonisch sein. Er will die bestehende Ordnung verändern, da braucht es doch genau solche Männer mit solcher Wirkung. So einem hört man zu."

„Auf jeden Fall eine grandiose Rede, die er da abgeliefert hat. Tosender Beifall. Ihr erinnert euch!", ergänzte Keller mit verhangenem Blick und mit einem mulmigen Gefühl an das darauffolgende Drama denkend.

„Kein Wunder, dass er gewissen Kreisen ein Dorn im Auge ist", bestätigte Bäcker Reinermann, der sich mit einem weißen Batisttuch den Schweiß von der Stirn wischte.

„Und ein ganz besonders dicker im Auge seiner preußischen Hoheit, König Friedrich Wilhelm IV!", rief Kaplan Bergfeld mit hämischem Grinsen vom anderen Ende des Tresens.

„Er hat die konservativen Kreise gegen sich aufgebracht, als er die Eigentumsverhältnisse anging. Entrüstet waren die hohen Herren." Reinermann lachte sarkastisch und leckte sich den Bierschaum mit einer erstaunlich langen Zunge vom Schnauzbart.

„Und dann erst seine Rede vor dem Parlament, als er von der Revolution als bewaffnetem Protest des Volkes gegen den alten bürokratischen Militär- und Feudalstaat sprach. Der Volkszorn! Das Volk erhebe sich gegen Polizeiwillkür und Unrecht in deutschen Landen!" Essewisch war wankend auf einen Stuhl gestiegen, um sich dann auf einen der Schanktische zu stellen.

Von dort donnerte er auf alle mit geballter Faust herab: „Wir sind das Volk!" Seine Stimme überschlug sich schier und alle Demokraten, Männer wie Frauen, fielen in den Schlachtruf ein, sodass Pippo, der Dackel Kellers, der im Eingang die Mäntel bewachte, erschrocken aufsprang und ein lautes Geheul anstimmte.

Der nächste Morgen brachte zutage, was Bier und Kurze am Vorabend vorbereitet hatten. Kopfweh plagte fast alle, die bei Oberst Keller diskutiert und getrunken hatten. Die Frauen kochten ihren leidenden Männern Kamillentee und legten kühle, feuchte Tücher auf die umwölkten Stirnen.

Es war Sonntag und somit ein freier Tag für die meisten. Bernhard hatte nur ein paar Bier getrunken, die Kurzen aber nicht angerührt. Er wusste, was passierte, wenn er Schnaps trank. Dann setzte irgendwann der Verstand aus, er begann zu krakeelen und wenn nötig, auch sich zu prügeln. Nicht gut! So einer war sein Vater gewesen. Der hatte jeden Sonntag Schnaps getrunken und dann die Kinder und die Mutter verprügelt. Etwas Schlimmeres gab es für Bernhard nicht, und so verzichtete er auf das teuflische Getränk.

Er saß mit der Schwiegermutter und Gertrud beim Frühstück. Zum Haferbrei gab es Milch und Kaffee, der mittlerweile stärker ausfiel als noch vor ein paar Jahren. Solange er denken konnte, stand auf dem Herd ein Topf mit schwarzem Kaffee, der den ganzen Tag über warmgehalten wurde. Als die Zeiten noch schwieriger waren und es sehr wenig zu essen gab, waren Kaffee und Brot, das hineingestippt wurde, die Hauptmahlzeit in jedem Weberhaushalt. Bei manch einem der Ärmsten im Ort war es noch immer so. Kaffee ließ den Hunger eine Weile vergessen, wärmte und hielt die Kraft bei der Arbeit aufrecht. Mit etwas Zucker versüßt war er um einiges besser. Dann konnte man noch länger ohne andere Nahrung aushalten.

Elisabeth holte ein Töpfchen Honig aus dem Schrank, das sie von der Nachbarin Liesel geschenkt bekommen hatte. Sie hatte der Frau des Imkers Berthold bei der Geburt ihres achten Kindes geholfen. Die Hebamme Line Ulbrich war nicht abkömmlich gewesen und das kleine Mädchen hatte es plötzlich sehr eilig gehabt, ans Licht der Welt zu gelangen. So war Elisabeth eingesprungen, denn sie war Line schon häufiger bei Geburten in der Nachbarschaft zur Hand gegangen. Sie war zwar alt und hatte einen wehen Rücken von der Arbeit am Webstuhl, aber ihr Verstand war hellwach und ihre grauen Augen blitzten nur so vor Energie. Sie half, wo immer sie helfen konnte, und war bei den Frauen in der Straße sehr beliebt. Der Honig war ein besonderes Geschenk. Eine Medizin, mit der man sorgsam umgehen musste. Jetzt, im Winter, half der goldene Saft bei Erkältungen und dem Brustkatarrh. Zusammen mit heißer Milch wirkte er geradezu Wunder. Doch heute Morgen goss sie ausnahmsweise einmal jedem ein Löffelchen Honig über den Haferbrei. Zu ihrer Freude begannen die Augen ihrer Tochter und Bernhards sogleich zu glänzen.

Es ging auf Mittag zu. Elisabeth und Gertrud kochten ein Sonntagsessen aus Kartoffeln, Zwiebeln und Möhren. Dazu gab es ein paar Scheiben gebratenen Speck und zum Nachtisch Stippmilch mit Zucker. Da die Familie kinderlos war, fiel das Mittagessen reichlich aus. Die drei waren mittlerweile gut genährt und hatten genügend Fleisch auf den Rippen, um auch diesen eisigen Winter gut und leidlich gesund zu überstehen.

Ein appetitlicher Duft nach gebratenem Speck erfüllte die Küche. Im Herd flackerte ein Feuer und wärmte das kleine Haus. Elisabeth, Gertrud und Bernhard setzten sich um den Tisch herum und wollten gerade mit dem Essen beginnen, als es klopfte. Bernhard stand auf, ging in den kleinen Vorraum des Hauses und öffnete die Tür. Assessor Gruwe trat ein, schüttelte sich den Schnee von den Schultern und zog sich die Pelzmütze vom Kopf.

„Meine Güte, ist das ein Wetter. Es hat offenbar die ganze Nacht geschneit. Sicher einen halben Meter Neuschnee. Ich bin kaum von der Kirche zu euch durchgekommen. Wir haben euch dort vermisst. Hattest wohl einen Kater?", sagte Gruwe lächelnd und klopfte Bernhard väterlich auf den Rücken, der ihm Mantel und Mütze abnahm und beides an die Garderobe hängte.

„Nein, so schlimm war es nicht bei mir. Aber du weißt ja, wir haben es nicht so mit der Kirche. Bei allem Respekt für unseren Pastor und Kaplan Bergfeld. Komm herein. Möchtest du etwas mit uns essen?"

„Hm, das riecht ja sehr verführerisch." Gruwe hob schnuppernd die Nase, als er die durch zwei Öllampen erhellte Stube betrat, und rieb sich die vor Kälte roten Hände. Ihm lief das Wasser im Mund zusammen.

„Setz dich und fühl dich wie zu Hause", forderte Bernhard den Freund auf.

„Danke, da sage ich nicht nein und nehme gern einen Happen." Damit setzte er sich neben Elisabeth an den Tisch und ließ sich von Gertrud den schnell herbeigeholten Teller füllen.

„Die Predigt des Pastors war heute von besonderer Art. Da war wohl immer noch der spritzige Kartoffelgeist drin. Er knispelte immerzu mit den Augen, nahm seine Brille ab, sah uns verwirrt an, setzte sie wieder auf. Der Ärmste konnte sich nicht recht sammeln und brachte alles durcheinander", kicherte Gruwe. „Die Leute haben gelacht, was ihn nur noch mehr verwirrte. Ich dachte, er hätte sich vielleicht vom Kaplan vertreten lassen, aber der liegt wohl mit einem heftigen Darmgrollen im Bett, den Nachttopf direkt neben sich."

„Na, die beiden haben auch ordentlich zugelangt. Haben ja auch sonst keine Freud im Leben", ulkte Bernhard und musste sich einen strafenden Blick Elisabeths gefallen lassen.

„Seid nicht so lästerlich. Hülskamp und Bergfeld sind gute Seelsorger, sind's immer gewesen. Hülskamp steckt zwar seine Nase zu tief in die Bibel, hat das Herz aber am rechten Fleck. Vor allem versteht er unsere Sorgen und verweist uns nicht auf ein besseres Jenseits", mischte sich Gertrud ein.

Gruwe nickte bestätigend. „Frau Gertrud, sie sind nicht nur hübsch und klug, sondern auch weise. Ich nehme diese Zurechtweisung von Ihnen mit Demut an", sagte er und deutete eine leichte Verbeugung in Richtung Gertruds an. Auf ihrem Gesicht breitete sich ein Lächeln aus.

„Assessor Gruwe, Sie sind ein Charmeur erster Güte, dazu ein Mann in den besten Jahren. Wieso Sie immer noch allein sind, verstehe ich nicht", sagte Gertrud und nahm sich ein knuspriges Stück gebratenen Specks aus der Pfanne, die vor ihnen auf dem Tisch stand.

Gruwe war seit drei Jahren Witwer. Sein einziger Sohn lebte als Jurist mit einer stetig wachsenden Familie in Osnabrück und besuchte den Vater nur selten. Sein konservativer Geist ließ die revolutionären Ideen der Demokraten nicht gelten und so war eine schier unüberbrückbare Kluft zwischen Vater und Sohn entstanden. Schade war es Gruwe Senior um die sechs Enkelkinder, die den Großvater kaum kannten. Aber so war das Leben. Gingen die Kinder erst einmal in eine andere Stadt, löste sich nicht selten die Familienbande.

„Die Merle hat heute frei und deshalb gibt es zu Hause nichts Warmes zu essen für mich", sagte Gruwe mit kauendem Mund und versuchte Gertruds Anspielung zu umgehen. „Kompliment, Frau Elisabeth, es schmeckt hervorragend. Die einfachsten Gerichte sind die besten, nicht wahr?"

Merle war Hausmädchen und Köchin in einem und hatte bei der Familie Gruwe am Bült, einem großen und vornehmen Haus am Marktplatz, schon unter der gnädigen Frau gedient. Jung hatte sie dort angefangen, mit 19 Jahren, hatte den Jungen mit großgezogen und konnte sich nicht vorstellen, jetzt mit 35 Jahren noch einmal woanders zu schaffen. Es hatte zuerst Gerede gegeben, als nach Frau Gruwes Tod der Mann mit einer nicht unansehnlichen Hausangestellten in dem großen Haus allein wohnen blieb. Es gab noch den alten Hausdiener Clemens, der schon weit über 60 und ziemlich taub war, und den Stallburschen Michael, der sich um die drei Pferde seines Dienstherrn und dessen Kutschen kümmerte. Michael lebte aber praktisch im Stall oder zumindest in einer Kammer direkt daneben.

Das Gerede hatte sich jedoch bald gelegt. Zu groß war der Respekt vor dem Herrn Assessor. Und solange er nicht öffentlich gegen Anstand und Sitte verstieß, war es den Dülmenern letztendlich doch egal. Und somit blieb alles, wie es war, Merle tat ihren

Dienst und versorgte Gruwe so gut sie konnte. Nur an ihrem freien Sonntag, einmal im Monat, besuchte sie ihre alten Eltern in Nottuln. Davon ließ sie sich auch durch den vielen Schnee nicht abhalten.

Gruwe hatte Michael beauftragt, den Schlitten anzuspannen, Merle den Wintermantel seiner verstorbenen Frau mit dem üppigen Pelzkragen ausgeliehen und sich über ihr glücklich strahlendes Gesicht gefreut. So war er, der Gruwe. Und dann hatte er sich nach der Kirche direkt zum Bernhard aufgemacht, um mit ihm einige Dinge zu besprechen.

Als sich die beiden Männer nach dem Essen satt und recht zufrieden zurücklehnten und ihre Pfeifen stopften, kam Gruwe auf die Bürgerwehr zu sprechen.

„Was gab es doch einen Aufschwung im Kreis, als der Kongress die Nationalversammlung dazu aufforderte, eine Landwehr zu bilden. Weißt du noch, Bernhard? Und wie blitzschnell dieses Ersuchen umgesetzt wurde. Schutz und Aufrechterhaltung der in der Märzrevolution errungenen Volksfreiheiten sollten gewährleistet werden. Da haben wir alle noch geglaubt, es geschafft zu haben, und dass es kein Zurück mehr in die alte Ordnung gäbe. Wie stark sind die Bürgerwehren seither und was haben wir mit ihnen alles erreicht. Und jetzt sollen sie ihre Waffen wieder abgeben. So mir nichts, dir nichts. Das verstehe einer wer will, ich nicht. Außerdem bin ich sicher, dass damit gegen das Gesetz verstoßen wird", brummte Gruwe, tat einen tiefen Zug aus seiner Pfeife und stieß kleine Rauchwölkchen aus.

„Ja, Keller war der erste Oberst unserer hiesigen Bürgerwehr. Er hat auf dem Kongress am 18. und 19. November in Münster den Antrag gestellt, die Waffen nicht ausliefern zu müssen. Er meinte sogar, wir sollten uns weigern, dies zu tun. Das hat ganz offensichtlich viel Aufregung verursacht", antwortete Bernhard nachdenklich. „Ich habe den Zeitungsbericht über die Versammlung und die Reden im Merkur gelesen."

„Es hat den Oberen nicht gefallen, dass sich so viele Bürger zusammengetan haben, um wie auf der Knapp'schen Rennbahn friedlich zu demonstrieren. 3000 Leute haben die Volksversammlungen zwischen dem 12. und 14. November besucht. Alles verlief friedlich, auch wenn die Stimmung recht aufgeheizt war. Da hatte ich schon meine Sorgen."

„Aber sie sind friedlich wieder auseinandergegangen und alles war gut, bis zum Drama mit der 15. und unserem armen Franz", entgegnete Bernhard, wütend an seiner Pfeife ziehend. „Hast du den Aufruf gelesen, der fast an jeder Wand im Münsterland hängt? Warte mal, wie war das doch noch? Aufruf an das Volk Westfalens! Moment, ich habe mir ein Exemplar mitgenommen und in meinem Nachttisch verstaut. Ich hole es rasch." Bernhard wollte aufstehen, doch Gertrud, die ein Kleid ausbessernd am Herd saß und der Unterhaltung der Männer aufmerksam folgte, erhob sich und legte die Handarbeit zur Seite.

„Ich geh schon", sagte sie und ging in die Schlafkammer.

Als sie zurückkehrte, stellte sie sich vor Gruwe und Bernhard auf, entrollte theatralisch das Plakat und begann mit getragener Stimme vorzulesen:

„Aufruf an das Volk Westfalens",

wir, die Demokraten, rufen zum Umsturz der bestehenden Gewalten und zum Treuebruch der Armee auf. Verhindert die Rückgabe der Waffen und unterstützt die Bürgerwehren. Folgt alle dem Steuerverweigerungsaufruf! Jede Steuerzahlung bereichert nur die Reichen und Besitzenden. Die armen Menschen, die diese Steuer an die Obrigkeiten und den Adel für alles und jedes zu zahlen haben, nagen jedoch am Hungertuche.

„Ja", lachte Gruwe, „ein exzellenter Vortrag, Frau Gertrud von und zu den Demokraten. Habt ihr denn auch den Gegenaufruf des Katholischen Vereins zu Münster gelesen, der diesem auf dem Fuße folgte? Man solle sich ruhig verhalten und Vertrauen in Gott zeigen, der das Vaterland vor dem Untergang retten werde. Dass ich nicht lache! Wann hat Gott, bei allem Respekt, schon einmal das Vaterland, irgendein Vaterland gerettet!"

„Hört, hört, der gottesfürchtige Herr Assessor schwingt ketzerische Reden!", mischte sich schmunzelnd Mutter Elisabeth ein, die bis dahin still auf einem Hocker neben dem Herd gesessen und Strümpfe gestopft hatte.

„Papperlapapp, Frau Elisabeth, diese Münsterschen Katholiken faselten von Lügen, von einer unheilvollen Krise, die unser Land schüttele, und beschworen Anarchie und Bürgerkrieg herauf, folge man den Aufrufen der Demokraten."

„Verlogenes Pack. Kriechen nur dem Bischof in den feisten Hintern." Bernhard war aufgestanden, um den dampfenden

Kaffeetopf vom Herd zu holen und goss allen eine große Tasse des Getränks ein.

„Tja, und was haben die Demokraten geantwortet?", stellte Gertrud in den Raum. „Ich zitiere, denn das habe ich auswendig gelernt: *In die kalten Glieder des längst totgeglaubten Absolutismus strömt neue Lebenswärme und Lebenssaft. Jedoch hat die Linke seit der schauerlichen Hinrichtung Robert Blums nicht nur moralische Kraft, sondern auch numerischen Zuwachs erhalten! Das politische Verhältnis zwischen Österreich und Deutschland ist durch diese Untat auf einmal in die unheilvolle Katastrophe geraten. Mit dem Justizmord wurde dem deutschen Parlament der Fehdehandschuh zugeworfen.*"

Gertruds Stimme war lauter geworden. Die Männer schauten sie bewundernd an.

„Frau Gertrud, Sie sind die geborene Kämpferin, eine Germania. Frauen wie Sie werden in diesem Lande gebraucht", begeisterte Gruwe sich.

„Das sagen Sie mal dem König und seinem Gefolge. Die Anneke kann davon ein Lied singen. Verfolgt wird sie, geschmäht und verleumdet."

Gertrud wärmte sich die Hände an der Tasse und trank genießerisch einen Schluck.

„Die Anträge zur Steuerverweigerung sind dann ja auch nicht weiter gediehen", sagte sie und stellte ihre Kaffeetasse zurück auf den Tisch. „Obwohl es da ja auch manch einen Wandanschlag gegeben hat, wie ich las."

„Da haben Sie Recht, Frau Gertrud", sagte Gruwe. „Ich erinnere mich an einen, den ich am Eingangsportal des Doms zu

Münster gelesen habe, kurz bevor ein Kirchendiener ihn schimpfend abgerupft hat. Da hieß es in etwa, dass wir Bürger ein Recht darauf hätten, die Steuer zu verweigern. Nein, es sei gar unsere Pflicht! Das denke man sich einmal. Wer Steuern zahle, bevor die Krone nicht nachgegeben habe, sei des Hochverrats mitschuldig, so wie das Ministerium in Brandenburg. Ha, das schlug ein! Sogar die Beamten seien anklagbar, wenn sie Steuern annähmen oder zu deren Zahlung aufforderten. Man stelle sich die Gesichter dieser Beamten vor, als sie das lasen."

Bernhard, der kurz in den Schuppen hinterm Haus gegangen war, kam mit einem Arm voller Holz in die Stube zurück, legte die Scheite vor den Herd und sagte: „Keller erzählte, dass ihm Redakteur Löhr bei seinem letzten Besuch in Münster von einer Bekanntmachung berichtet hat, in der es um die Steuerverweigerung und ihre Folgen ging."

Kniend öffnete er das Herdtürchen und legte einen Scheit nach dem anderen hinein. Das flackernde Rot-Orange des Herdfeuers ließ zuckende Schatten durch den Raum und über die Gesichter tanzen. „Der Zuchthausbau sollte angeblich gestoppt werden, es gäbe kein Leder fürs Militär mehr und kein Gehalt für dasselbe und auch keins für die Beamten."

„Ach Gottchen", mischte sich Mutter Elisabeth ein, „kein Geld für die Beamten. Denen würd es mal guttun, kein Geld zu bekommen. Dann hätten sie vielleicht etwas mehr Verständnis für die arme Bevölkerung, die sie dauernd drangsalieren."

„Sie haben wohl auch gesagt, dass, wer kein Geld habe, auch keines ausgeben könne, die raffinierten Schufte. Dann könne man weder die Bäcker noch die Schreiner, die Schmiede und Zimmerleute für ihre Arbeit bezahlen. Und natürlich würde der Metzger kein Fleisch mehr verkaufen und der Gärtner kein Gemüse. Sie gingen so weit zu behaupten, dass man die Dienstboten und das Personal in den Geschäften entlassen müsse, gäbe es keine Steuerzahlungen." Bernhard setze sich wieder zu den anderen an den Tisch.

„Das schlägt dem Fass den Boden aus. Jetzt sind wir Demokraten also schuld an der Misere im Land?" Gertrud schlug mit der Hand vor Zorn so fest auf den Tisch, dass die Tassen klapperten.

„Sie suchen jeden erdenklichen Grund, andere in Misskredit zu bringen", antwortete Gruwe und schüttelte missmutig den Kopf.

„Na ja, ist dann ja auch anders gekommen", brummte Bernhard durch den Pfeifenqualm. „Hieß es nicht sogar, Adel und Bürgertum seien durch die Ereignisse erschöpft? Niemand von ihnen denkt daran, wie es uns Arbeitern ergeht und wie erschöpft wir sind."

„Es gibt tatsächlich eine Mehrheit im Lande, die daran glaubt, der König liebe sein Volk!", schimpfte Gertrud. „Zudem wird immer lauter gegen die Presse und die Volksversammlungen gehetzt. Weiß der Himmel, was da noch alles auf uns zukommt."

„Jetzt haben wir erst einmal die neue Verfassung, die uns herbe Rückschläge zugefügt hat, der gesamten Bewegung", sagte Bernhard und schaute in die Runde der vertrauten Gesichter. „Wer weiß, wie lange wir noch so offen reden können, ohne uns fürchten zu müssen."

„Junge, mal den Teufel nicht an die Wand", rief Elisabeth erschrocken aus und hielt sich die Hand vor den Mund.

„So schnell schießen die Preußen nun doch nicht, Frau Elisabeth", versuchte Gruwe sie zu beruhigen. „Wir werden weitermachen und uns nicht so schnell einschüchtern lassen."

Buch 3

Ende und Anfang eines Traums, Westfalen 1849–1854

Im Westfälischen Merkur war am 23. Januar 1849 zu lesen, dass die Wahlen vom 22. zur neuen zweiten Kammer des preußischen Abgeordnetenhauses ruhig und unter großer Teilnahme der Wähler verlaufen waren. Je nach Wahlkreis schnitten die Demokraten noch einmal gut ab. In Berlin erhielten sie an die 50 % aller Stimmen.

Die Bevölkerung Westfalens spaltete sich in zwei Lager, die Konservativen, die hinter der Regierung in Berlin standen und diejenigen, die sich den Demokraten zugehörig fühlten. Der Riss ging durch beinahe jede Familie und sorgte in Stadt und Land für größte Aufregungen. Handfeste Prügeleien waren keine Seltenheit.

Die Revolutionsbewegung nahm noch einmal Fahrt auf und in den Dülmener Stuben wurden heiße Diskussionen geführt. Was waren die Ziele der Demokraten? Natürlich die Verteidigung der Reichsverfassung mit all den Errungenschaften der März-Revolution des Vorjahres. Jedoch stießen sie auf massive Ablehnung der Fürsten, deren Absichten offensichtlich waren. Sie wollten den Absolutismus zurück, den die Demokratiebewegung überwunden zu haben glaubte. Welch ein Irrtum! Es kam in allen Provinzen zu blutigen Auseinandersetzungen zwischen den Aufständischen und dem preußischen Heer. Angst ging um.

Die Mitglieder des Deutschen Vereins wollten nicht wahrhaben, dass sie gescheitert waren. Viel zu schnell waren all ihre

Ideen und Träume zerplatzt. Als klar wurde, dass die Gegenrevolution der Fürsten gesiegt hatte, blieb nichts als Abscheu gegenüber Preußen. Zum Abschluss ihrer Sitzungen in den Dülmener Stuben stimmten die Männer nun jedes Mal ein kleines Liedchen an, dass seit geraumer Zeit in den Gassen der Provinz zu hören war. Sie sangen es mit gedämpften Stimmen, aber mit zornfunkelnden Augen:

„Schlaf mein Kind, schlaf leis! Dort draußen geht der Preuß.
Gott aber weiß, wie lang er geht, bis dass die Freiheit aufersteht.
Und wo dein Vater liegt, mein Schatz, da hat noch mancher Preuße
Platz."

Am 6. Mai war es dann so weit. Oberst Anton Keller forderte die Dülmener Bürgerwehr auf, die Waffen abzuliefern, nicht ohne einen Seitenhieb gegen die, wie er es nannte, „konterrevolutionären Bestrebungen eines sehr missliebigen und volksfeindlichen Ministeriums in Brandenburg" auszuteilen.

Mitte Mai erfuhren die Dülmener Genossen von der Verhaftung Waldecks. Empörung machte sich um die Stammtische breit. Wer hatte es gewagt, diesem integren, großartigen Politiker, ihrer Leitfigur, die Freiheit zu nehmen und vor allem, warum? War es eine dieser einsamen Entscheidungen Friedrichs?

„Er wird beschuldigt, an konspirativen Plänen zum Sturz des Königs und zur Errichtung einer deutschen Republik beteiligt zu sein", wusste Essewisch zu berichten, der gerade von einem dreitägigen Aufenthalt in Münster zurückgekehrt war. Er hatte sich mit Redakteur Löhr getroffen und die neuesten Informationen aus Berlin und Brandenburg erhalten. Er sah in entsetzte Gesichter. Einen Moment lang waren die Männer sprachlos.

Bernhard fand als Erster die Sprache wieder: „Das ist unerhört! Wer glaubt denn solch einen Unsinn?"

„Es gibt angeblich Beweise, die eben diese Pläne belegen sollen", antwortete Essewisch und schob sein Monokel zurecht. „Ein Mitarbeiter der ‚Kreuzzeitung' in Berlin hat zusammen mit einem Polizeiinformanten dem Gericht entsprechende Dokumente vorgelegt."

„Ich kann es nicht glauben", seufzte Gruwe, legte den Kopf in den Nacken und schloss die Augen.

„Es handelt sich sicher um ein Missverständnis, das sich alsbald aufklären wird. Es ist eine Intrige." Pastor Hülskamp war ganz und gar nicht bereit, auch nur ein Wörtchen der Anklage gegen Waldeck zu glauben.

War der Deutsche Verein an Mitgliedern erheblich geschrumpft, weil viele sich in die Resignation zurückgezogen hatten, blieb der Frauenverein um Elisabeth Osthues stark und hatte sich zusammen mit der evangelischen und katholischen Kirchengemeinde zu einem Hilfsverein für Bedürftige in Dülmen zusammengetan. Er verlangte den vollen Einsatz Elisabeths und ihrer Mitstreiterinnen. Sie sammelten Geld und veranstalteten einmal im Monat einen „Wohlfahrts-Sonntag" in den Dülmener Stuben, wo sie Kuchen und kleine Handwerksarbeiten verkauften. Mit dem Erlös füllten sie den Topf für die Ärmsten der Armen auf und halfen, wo sie konnten.

Dank der Hilfe und Unterstützung der Frauen konnte Marianne, die Witwe des erschossenen Franz, in Dülmen bei ihren Schwiegereltern bleiben, zumal ihr ältester Sohn mit 16 eine Arbeit auf der Eisenhütte bekommen hatte. Die Frauen waren froh darüber, denn sonst hätte Marianne ins Ruhrgebiet umsiedeln müssen und von dort hörte man nicht nur Gutes. Alleinstehenden Müttern und Kindern drohte in den großen Städten viel eher ein Absturz ins Elend als hier in den ländlichen Regionen Westfalens. Es war nach wie vor nicht leicht für Marianne, aber der Zusammenhalt im Frauenverein, in den sie inzwischen ebenfalls eingetreten war, gab ihr Kraft und Zuversicht.

Die Stimmung bei den Männern war nicht mehr euphorisch, eher verhalten. Der revolutionäre Schwung war dahin.

„Da hat unser hochherrschaftlicher Friedrich mal wieder das letzte Wort behalten", sagte Bernhard, der über sein Helles gebeugt am Tresen stand, mit bitterem Unterton in der Stimme.

Gruwe, Keller, Essewisch und Pastor Hülskamp, der seine Brille mit einem Zipfel seines grün-rot gestreiften Stofftaschentuchs putzte, saßen um den runden Stammtisch im hinteren Teil des Schankraums, zogen an ihren Pfeifen und nickten dabei schweigend.

„Nun denn, ein paar Ideen der Revolution hat er dann doch umgesetzt", sagte Gruwe und rieb sachte über seinen immer beachtlicher werdenden Bauch. „Wir müssen jetzt alle etwas geduldig sein und abwarten, was geschieht."

„Heine hat gesagt, dass Freiheit der Meinung voraussetzt, dass man überhaupt eine Meinung hat", ereiferte sich Bernhard und straffte den Oberkörper. „Wir haben eine eigene Meinung und sprechen sie auch aus, ganz frank und frei. Ich jedenfalls lasse mir dieses Recht nicht mehr nehmen!"

„Wir sind immer noch weit von einer Demokratie entfernt, auch wenn die Verfassung manch eine liberale Position übernommen hat", gestand Keller und räusperte sich. „Es gibt jetzt einen großen Grundrechtekatalog, Schwurgerichte werden eingerichtet."

„Ja, ja, Schwurgerichte mit dem Auftrag der Sicherstellung von Rechtsstaatlichkeit und Kontrolle der Monarchen. Wer's glaubt wird selig", rief Hülskamp, faltete seine Hände wie zum Gebet vor der Brust und schaute theatralisch gen Zimmerdecke. „Der Monarch steht immer noch unangefochten an oberster Stelle und kann Gesetze erlassen, verändern oder streichen, ganz wie es seiner Hoheit gefällt."

„So viel zur Rechtsstaatlichkeit und Kontrolle", begehrte Bernhard auf und nahm wütend einen kräftigen Schluck aus seinem Bierhumpen.

„Und was das neue Wahlrecht betrifft, weiß ich nicht, ob ich lachen oder weinen soll", entgegnete Keller. „Es hat im Frauenverein Tränen deswegen gegeben. Die Frauen sind nämlich mal wieder ausgeschlossen davon. Und wie steht es mit den Männern? Sie müssen 24 Jahre alt sein, seit sechs Monaten in Preußen wohnen, so weit, so gut. Jetzt kommt's … Sie dürfen keine öffentliche Armenunterstützung erhalten! Was einen nicht unbeträchtlichen Teil unserer Bevölkerung von vornherein ausschließt."

„Das sind diejenigen unter uns, die sowieso kaum noch etwas zu verlieren haben und dringend Veränderungen zum Besseren brauchen. Denen hat man das Maul ordentlich zugebunden", kommentierte Hülskamp böse.

„Das Dreiklassenwahlrecht schlägt dann aber dem Fass den Boden aus", schimpfte Essewisch und drückte sein Monokel so mit dem rechten Zeigefinger zurecht, dass ein Fingerabdruck auf dem Glas zurückblieb. „Die ganze Sauerei zeigt sich darin, dass erst einmal nur Männer wählen dürfen und dass nach Steuerleistungen eingeteilt wird. Man stelle sich das nur vor: nach Steuerleistungen! Jede Wahlstimme hat nach Klassenzugehörigkeit ein anderes Gewicht. Das schreit doch zum Himmel." Essewisch hatte sich in Rage geredet.

„Damit müssen wir vorerst leben, Genossen", sagte Bernhard und trank seinen Humpen bis zum letzten Tropfen in einem Zug aus. „Nehmen wir uns ein Beispiel an Waldeck. Der lässt sich garantiert nicht einschüchtern, auch wenn man ihn hinter Gefängnismauern verschwinden lässt. Von dem werden wir alle noch hören, das garantiere ich euch."

Am 27. November 1849 sandte der Dülmener Magistrat die eingesammelten Waffen der Bürgerwehr mit dem Polizeidiener Brandt nach Münster, was manch einem der tapferen Männer die Tränen in die Augen trieb. Auch wenn das Revolutionsjahr nicht den Erfolg gebracht hatte, den die Demokraten sich wünschten, so blieb es dennoch in den Köpfen haften. Jetzt gab es eine breitere und durchaus lebendige politische Öffentlichkeit. Alle interessierten Bürger einschließlich der Frauen und der Juden konnten an den politischen Prozessen teilnehmen. Und das, das wusste Bernhard, war ein erster Schritt in die richtige Richtung. Darauf würden künftige Generationen aufbauen können.

Das große Vorbild Gertruds und ihrer Freundinnen im Dülmener Frauenverein war nach wie vor Mathilde Anneke. Sie hatte sich zusammen mit ihrem zweiten Mann, dem radikalen Offizier Fritz Anneke, den sie 1847 im Mindener demokratischen Verein kennengelernt und nicht lange darauf geheiratet hatte, in Köln niedergelassen. Sie führten einen Salon, in dem nicht nur Karl Marx und Friedrich Engels ein und aus gingen. Das stelle man sich vor? Diese Männer diskutierten mit einer Frau politische Ideen, interessierten sich für ihre Gedanken, hörten ihr zu.

Die Anneke hatte an der Seite ihres Mannes am badischen Feldzug teilgenommen. Gertrud erinnerte sich an ein Zeitungsbild, auf dem Soldaten des Feldzuges zu sehen waren. Neben ihnen die Anneke mit Gatten. Sie war groß wie ein Mann, maß wohl an die sechs Fuß, wie man hörte, dazu schön und strahlend. Das Aufsehenerregendste aber war ihre Kleidung, Männerhosen, darüber ein kniekurzer Mantel, der wie ein Kleid geschnitten war, auf dem Kopf ein Männerhut, ein Gewehr über die Schulter gehängt. So viel Mut würde Gertrud niemals aufbringen. Aber einer wie der Anneke war nichts zu revolutionär.

Die Annekes mussten im Juli 1849 fliehen und gingen ins Exil nach Amerika. Dank der internationalen Presse erfuhren die Frauen immer wieder etwas Neues über Mathilde, auch, dass sie in Amerika zum Leuchtturm einer neuen Frauenbewegung geworden war.

Alle im Frauenverein waren stolz darauf, eine Landsmännin der Anneke zu sein und zu ihrer Generation zu gehören. Im Grunde hatten sie gemeinsam mit ihr um ihre ureigensten Rechte gekämpft. Das würde sich, wenn nicht heute, so doch in der Zukunft auszahlen. Da waren sich die meisten der Dülmener Frauen sicher. Sie alle waren Teil von etwas Bedeutendem geworden, ihrer Zeit weit voraus. Gertrud wusste, dass sie Samen in die Erde gelegt hatten, die dann zu gedeihen beginnen würden, wenn die Zeit reif dafür war. In der Zwischenzeit kümmerten sie sich gewissenhaft um die Menschen im Ort, die ihre Hilfe benötigten.

Um die gleiche Zeit hörte man auch endlich vom Freispruch Benedikt Waldecks. Das Häuflein Aufrechter und die letzten der demokratischen Diskussionsrunde Dülmens standen mit erhitzten Gesichtern an Kellers Tresen.

„Nun erzähl schon, Essewisch, was hast du von Löhr erfahren?", drängte Gruwe den Zeitungsmann.

„Ein wahres Bubenstück, Genossen, man kann es kaum glauben", begann Essewisch zu erzählen. „Die beiden Männer mit den angeblichen Beweisen sind nichts anderes als üble Spitzbuben. Ein erfolgloser Reporter und ein übel beleumundeter Spitzel der Polizei hatten dem Untersuchungsrichter im Mai gefälschte Unterlagen vorgelegt. Der hatte nicht lange gefackelt und Waldeck verhaften lassen, trotz fragwürdiger Beweise."

„Da sitzt der arme Mann sechs Monate in erniedrigender und unwürdiger Untersuchungshaft und alles, weil zwei Gauner gefälschte Papiere eingereicht haben! Das ist ein Ding!" Gruwe stand auf und ging unruhig im Raum auf und ab.

„Dazu noch sehr schlecht gefälschte", betonte Essewisch, der sich eben einen Kurzen genehmigte und geräuschvoll schluckte.

„Armselig! So armselig, was sich die preußische Justiz da leistet. Wieder einmal leistet, muss ich wohl sagen, denn solcherlei Dinge hört man nicht zum ersten Mal", polterte Keller, der jetzt hinterm Tresen stand und schwungvoll fünf Bierhumpen für die Runde füllte.

„Nicht genug, dass das Revolutionsjahr für Waldeck gescheitert ist und damit all seine politischen Hoffnungen zum Teufel sind!", sagte Bernhard, der ebenfalls aufgestanden war, um von Keller einige Bierhumpen entgegenzunehmen und zum Tisch zu tragen. „Wie geht es denn nun weiter mit ihm?"

„Nun", entgegnete Essewisch, „selbst der Staatsanwalt war so empört, dass er den sofortigen Freispruch Waldecks forderte. Dem wurde vom Gericht stattgegeben. Waldeck ist auf freiem Fuß. Wie man hört, war ganz Berlin aus dem Häuschen. Großer Bahnhof, ein Triumphzug, der Waldeck vom königlichen Schloss bis zu seinem Haus begleitete."

„Sicher wird man ihn jetzt mit Ehrungen, Telegrammen und Briefen überschütten", sagte Keller grinsend.

„Ob ihn das für die erlittenen Erniedrigungen entschädigt?"
Pastor Hülskamp, der bislang geschwiegen hatte, schüttelte traurig den Kopf. „Ein halbes Lebensjahr perdue, für nichts und wieder nicht. Das ist mehr als bitter. So kann man einen Adler am Fliegen hindern."

„Ich kann kaum glauben, dass diese beiden Lumpen das alles allein bewerkstelligt haben sollen", brummte Bernhard.

„Ja", antwortete Essewisch, „es gab wohl Vermutungen über ein Komplott höherer Regierungsstellen, mit dem Ziel, den ungeliebten Politiker loszuwerden. Allerdings ließ sich das durch nichts belegen."

„Die Gerechtigkeit hat zwar gewonnen, aber Recht sieht anders aus", resümierte Essewisch mit betrübtem Gesicht, klemmte sich sein herabgefallenes Monokel wieder ans Auge und hob seinen Bierhumpen.

„Genossen, lasst uns auf Waldecks Freiheit anstoßen und darauf, dass wir nicht umsonst gekämpft haben. Vergesst nie: Wir sind das Volk, jawohl, und wir geben nicht auf, niemals! Hurra!"

„Wie sind das Volk! Hurra!", grölten Gruwe, Keller, Bernhard und Hülskamp aus voller Kehle, sodass Dackel Pippo, der wieder einmal nicht wusste, warum sein Herrchen so laut schrie und eine mögliche Gefahr witterte, erschrocken aufsprang, seine lange Schnauze in die Luft reckte und mit Gejaule in die Hurrarufe einstimmte.

Die Hugenotten kommen

Noch etwas hatte in diesem Jahr Dülmen aufgeregt und Teile der Bevölkerung verstimmt. Es war die Ankunft der Hunsrücker, die mit ihrem Tross am 28. Mai in der Stadt ankamen. Es war ein beachtlicher Wagenzug mit 250 Menschen, die am Morgen dieses denkwürdigen Tages die Türme der Dülmener Kirchen von Weitem sichteten.

Die Sonne war gerade am Horizont erschienen und beleuchtete mit ihren Strahlen die Szenerie. Sie sah einen Tross müder, durchgeschüttelter Männer, Frauen und Kinder, die sich die Hände über die Augen hielten, um nicht geblendet zu werden. Vor ihnen tat sich eine weite, flache Landschaft mit Feldern und Wiesen auf, durchbrochen von Obstbaumwiesen, an deren Rändern die herrlichsten bunten Blumen in rot, gelb und blau blühten. Es war alles so anders als in der bergigen, waldreichen Heimat, so ganz anders.

„Wenn ein Sonnenstrahl durch die Wolken bricht, dann ist das wie Auferstehung", sagte Marie Cath leise zu Joseph, der ebenso staunend wie sie neben ihr auf dem Wagen saß, und bekreuzigte sich. Die kleine Anna Maria schlief in seinen Armen, atmete sanft und friedlich mit dem Ausdruck eines Engels im Gesicht.

„Hierher hat uns also das Schicksal geführt." Joseph dachte an das Ende der Bootsfahrt über den Rhein. Er war als erster mit der Tochter auf dem Arm über die Planken geschritten und hatte den Boden des Kölner Hafens betreten. Doch zuvor musste er sich straffen, die Angst beiseiteschieben, die kurz in ihm hochgekrochen war, ein Lächeln auf sein Gesicht zaubern, das Anna Maria

Vertrauen geben sollte. Hinter ihm ging Marie Cath mit ihrem Bündel auf dem Rücken, in dem sie auch das Beutelchen der Schwester verwahrte. Auch sie betrat zögerlich die Planken, bevor sie tief Luft holte und voranschritt.

Die zweitägige Schiffsreise war ruhig gewesen, ohne besondere Vorkommnisse. Vorbei an unbekannten Landschaften und malerischen Orten, hoch über dem Fluss liegenden Burgen und Burgruinen. Das Wetter hielt sich gut, sodass sich die Leute immer wieder auf das Deck begaben, um frische Luft zu schnappen. Ansonsten saß man an seinem zugewiesenen Platz, tief in Gedanken und ins Gebet versunken. Bloß die Kinder tollten unter den wachsamen Augen ihrer Mütter lachend herum. Anna Maria war ein stilles, schüchternes Mädchen und hatte fast nur auf Mutters Schoß gesessen. Sie war zu ernst für ihr Alter, fand Marie Cath. Kein Wunder, sie hatte ja auch schon zu viel Trauriges gesehen, um unbeschwert und fröhlich zu sein. Marie Cath fragte sich manchmal, was in diesem Kopf unter dem glatten, hellbraunen Haar, das zu einem kurzen Zopf geflochten war, vorging, wenn die Kleine sie mit ihren großen grauen Augen nachdenklich ansah.

Sie hatte in der Nacht, als alle um sie herum schliefen, das Bündel der Schwester geöffnet. Es enthielt ein geschnitztes Holzkreuz sowie ein noch kleineres Bündel, das mit Erde gefüllt war, Hunsrücker Erde. Da löste sich etwas in ihrem Herzen und Tränen liefen aus ihren Augen, still und stetig, bis der Morgen graute.

Alle Passagiere waren zutiefst beeindruckt von der „Concordia", einem Dampfschiff mit zwei Schaufelrädern, das geradezu an den Ufern vorbeiflog. Dieses Boot gehörte der „Preußisch-Rheinischen Dampfschifffahrtsgesellschaft" und war schon etwas in die Jahre gekommen, aber es ließ sich immer noch sehen, fasste alle 250 Hunsrücker in seinem Bauch und an Deck.

Die jungen Leute waren fasziniert, denn so etwas hatten sie noch niemals gesehen. Wer war denn auch schon weiter als bis zum Nachbarort seines Dorfes gekommen? Viele der Älteren jedoch beteten den lieben langen Tag und fürchteten, im nächsten Augenblick vom Rhein verschlungen zu werden.

Joseph konnte sich nicht sattsehen an diesem Wunderwerk der Technik und beobachtete die Vorgänge an Deck zuerst mit einem flauen Gefühl in der Magengegend, doch dann mit wachsendem Vergnügen. Wie ein Bootsmann ihm erklärte, handelte es sich um einen sogenannten Glattdecker, da es keinerlei Aufbauten auf dem Freiborddeck gab, wie er sie auf anderen Schiffen sah. Die riesigen Schaufelräder begeisterten ihn am meisten. Die Kraft und Gleichmäßigkeit, mit der sie das Flusswasser durchpflügten, flößte ihm Respekt ein. Wenn die Zukunft seiner Familie ebenso vielversprechend war wie diese moderne Technik, dann wollte er nicht mehr grübeln.

Das bunte Treiben im Kölner Hafen, die vielen Menschen und die Arbeiter, die die Boote be- und entluden, das Stimmengewirr von Rufen, Anweisungen und Gelächter, all das war so fremd und neu wie die Gerüche, die in die Nasen der Auswanderer drangen. Als sie mitsamt ihrem Hab und Gut an der Sammelstelle standen und ihre Sachen von den wartenden Fuhrleuten auf die Wagen geladen wurden, kamen erste zaghafte Gespräche auf. Man stand in Gruppen zusammen. Meist waren es Familien und ihre Nachbarn aus dem eigenen Dorf, die wie zum Schutz einen Ring um die Kinder gebildet hatten. Sie alle hatten das Abenteuer ihres Lebens begonnen und blickten ihm mit großen, noch ängstlichen Augen entgegen.

Die dreitägige Reise von Köln nach Dülmen war beschwerlich, alle wurden mächtig durchgerüttelt und die Knochen taten weh. Doch jetzt waren sie dem Ziel endlich nah. Joseph wandte sich zu den anderen um und sah in allen Gesichtern das Gleiche: Furcht und Hoffnung. Niemand sprach ein Wort. Die Stille wurde von den Wagenführern unterbrochen, die die Pferde antrieben, um auch den Rest des Weges hinter sich zu bringen.

Ein Rucken fuhr durch die Kolonne und es ging schaukelnd weiter. Durch den leichten Morgendunst konnte man in der Ferne die rauchenden Schlote der Eisenhütte Prinz Rudolph sehen, ihrem neuen Brotherrn, ihrer Hoffnung auf ein ganz normales, menschenwürdiges Leben ohne Not, ohne Hunger.

Die Fuhrleute lenkten die Wagen um die Stadt herum direkt auf das Werk zu. Kurz davor erreichten sie ein Hüttendorf, von dem man sehen konnte, dass es nagelneu war. Wie sich herausstellte, bestand es aus etwa 50 Häuschen mitten auf einer Wiese, die in fünf Reihen halbkreisförmig um einen überdachten Brunnen aufgereiht standen, sowie drei unterschiedlich großen Häusern am äußeren Rand der Siedlung.

Die Wagen hielten an und ein beleibter Herr mit grauem Backenbart und Halbglatze kam auf den ersten Wagen zu. Er rief etwas in die unruhig werdende Menge, wandte sich um und ging mit durchgedrücktem Rücken und leicht wankendem Schritt zu einer etwas größeren Hütte am Anfang der ersten Reihe. Über der Eingangstür prangte das Schild **Verwaltung** in dicker schwarzer Schrift.

Ein zweiter Mann, größer und dünner als der erste, mit einer etwas geckenhaften blonden Haartolle auf der Stirn, trat heraus und kam auf die Kolonne zu. Bernward Klein hatte vor fünf Jahren mit einem Empfehlungsschreiben an die Juristerei Hovestadt in Münster den Hunsrück verlassen. Sein Onkel, ein bekannter Jurist in Boppard, bei dem er in die Lehre gegangen war, hatte ihn seinem ehemaligen Studienkollegen Herrmann von Hovestadt empfohlen. Dort macht er sich daran, das Hochdeutsche zu erlernen und musste lange üben, um seinen Hunsrücker Dialekt zu überwinden. Vor einem Jahr war er zur Eisenhütte Prinz Rudolph gewechselt, weil er sich dort eine schnellere Bürokarriere versprach. Jetzt, als erster Sekretär des Justiziars Grotemeyer, schien er seinem Ziel ein Stück näher gerückt zu sein.

Mit dem Eintreffen der Hunsrücker Arbeiter war er zu einem der wichtigsten Männer der Werksverwaltung geworden. Er sprach den Hunsrücker Dialekt und wurde so zum Mittler zwischen Verwaltung, Vorarbeitern und Arbeitern, bis diese leidlich der hiesigen Mundart mächtig waren. So konnte er sich die nötigen Lorbeeren verdienen, um das Treppchen ein Stückchen weiter hochzusteigen. Grotemeyer, der in spätestens drei Jahren seinen wohlverdienten Ruhestand antreten wollte, hatte ihm seine Nachfolge bereits in Aussicht gestellt.

Klein verstand es, seinen Landsleuten gegenüber den richtigen Ton zu treffen, verstand ihre Mentalität. Er machte ein ernstes Gesicht, trat vor die Leute, von denen die meisten bereits von den Wagen gestiegen waren, und sprach sie in breitestem Hunsrücker Dialekt an.

„Aisch schwätz honsregger platt un aach hudetisch." Überraschtes Gelächter löste die Anspannung bei den Versammelten. „Herzlich Willkommen, liebe Hunsrücker, in unserem schönen Westfalen. Wie ihr seht, bin ich ein Landsmann und seit einigen Jahren hier ansässig. Diese Siedlung wird euer vorläufiges Zuhause sein. Jede Familie erhält eine Hütte, die Junggesellen teilen sich zu fünft ein Haus. Die Nummern der Häuser werden gleich von Herrn Assessor Grotemeyer von der Verwaltung zusammen mit dem passenden Schlüssel an euch vergeben. Ich möchte darum bitten, dass nur das Familienoberhaupt die Verwaltungshütte betritt, einer nach dem anderen. Wir wollen doch ein Durcheinander vermeiden, nicht wahr?"

Als Joseph an der Reihe war, betrat er zögerlich die Verwaltungshütte, seine Kappe unsicher in der Hand haltend. Herr Grotemeyer sah kurz auf, lächelte ihm freundlich zu und bat ihn, auf dem Stuhl vor seinem Tisch Platz zu nehmen. Bis auf den Schreibtisch und die beiden Stühle stand in der Hütte nur ein großer Schrank, daneben ein Brett mit vielen Haken, an denen nummerierte Schlüssel hingen.

Joseph war so viel Freundlichkeit nicht gewohnt und fühlte sich unwohl. Er traute dem Braten noch nicht ganz und fragte sich, wo der Haken an der ganzen Sache war. Zu gut wirkte das alles auf ihn.

„Sie sind der Joseph Stein aus Seibersbach? Hier mit Frau und einem Kind, richtig?"

„Richtig", antwortete Joseph knapp, den wohlgenährten und rotwangigen Mann vor sich nicht aus den Augen lassend.

„Sehr gut. Sie sind ein erfahrener Sandformer und haben einen Arbeitsvertrag?" Grotemeyer sah Joseph aus kleinen, blauen Augen unter schweren Lidern an, die ihm aufmunternd zuzuzwinkern schienen.

Joseph holte aus der Jackentasche den Brief mit dem Siegel des Herzogs von Blois und reichte ihn schweigend über den Tisch. Grotemeyer prüfte das Dokument, machte einen Haken in das Buch, das vor ihm auf dem Tisch lag. Er schob das Buch zu Joseph herüber und zeigte auf dessen Namen.

„Sie können schreiben?", fragte er sein Gegenüber mit einer entsprechenden Geste, immer noch sehr freundlich. „Wenn nicht, hier ist ein Stempelkissen für einen Fingerabdruck."

„Ich kann meinen Namen schreiben", entgegnete Joseph, nahm die Feder zur Hand, die ihm Grotemeyer entgegenhielt, und unterschrieb langsam und bedächtig. Der Sekretär zog das Buch wieder zu sich, nickte kurz nach einem Blick auf Josephs Unterschrift, stand auf und ging zum Schlüsselbrett.

„Ihr habt die Nummer 28. Da ihr nur zu dritt seid, bekommt ihr eines der kleineren Häuser. Aborte und Waschhaus sind am

Ende der fünften Reihe. Auf Wiedersehen, Herr Stein, Gott schütze Sie."

Joseph stand etwas benommen auf, nahm den Schlüssel vom Tisch, bedankte sich mit einer leichten Verbeugung und verließ das Verwaltungshäuschen. Vor der Tür warteten Marie Cath mit der Kleinen und eine junge Frau. Sie führte die Familie hinter das Haus, wo an langen Tischen weitere Frauen und ein paar Fabrikarbeiter standen, die Joseph beiseitenahmen und ihm seinen ersten Dienst am kommenden Morgen zuteilten.

Die Frauen händigten unterdessen Marie Cath ein Bündel mit Lebensmitteln aus und wiesen auf eine Kiste mit Holz, die sich Joseph nahm, bevor sie sich zusammen auf den Weg zu ihrem Häuschen machten. Sie schwiegen auf dem Weg dorthin. Alles war wie in einem Märchen. Sie fanden die Nummer 28 in der dritten Reihe und sahen, dass nur zwei Häuser weiter Familie Brockmann Einzug hielt. Sie nickten einander zu und traten durch die Tür in das Innere des einzigen Raumes.

Ein Fenster zeigte nach Süden. Marie Cath öffnete es sogleich, um frische Luft hereinzulassen. In dem Raum standen drei Betten, jedes mit einem grauen gewebten Laken und einer braunen Wolldecke ausgestattet, ein Tisch mit drei Stühlen, eine große Holztruhe, auf der irdenes Geschirr mit Löffeln, Messern und Gabeln bereitlagen. In der rechten Ecke befand sich ein eiserner Ofen mit einem Topf und einer Pfanne darauf. Der Abzug ging durch einen Kamin in der Decke nach draußen. Neben dem Herd sahen sie einen Eimer zum Wasserholen mit einer Schöpfkelle darin.

Der Boden des Häuschens bestand aus einfachen Holzdielen, die Wände aus Backsteinen und über den Balken des Daches lagen rötliche Schindeln. Da es bereits Nachmittag geworden war, drangen Sonnenstrahlen durch das Fenster und ließen Staubflöckchen in der Luft tanzen.

Sie hatten sich schweigend auf eines der Betten gesetzt. Marie Cath hielt das Kind auf dem Schoß, das sich noch etwas ängstlich an die Mutter drückte. Marie Cath fuhr mit der Hand über die Decke.

„Wie glatt, weich und sauber."

„Mama, bleiben wir jetzt hier?", fragte Anna Maria und sah die Mutter mit ihren großen Augen an.

„Das tun wir, Mariechen. Jetzt können wir uns ausruhen." Joseph legte seinen Arm um Marie Cath.

„Es ist gut, es ist wirklich gut. Hier haben wir alles, was wir brauchen. Morgen früh um sieben beginnt meine erste Schicht. Es wird alles gut, Frau."

Marie Cath lehnte sich einen Augenblick an ihren Mann und schloss die Augen. Dann stand sie mit Schwung auf, strich den Rock glatt, legte das Bündel mit den Lebensmitteln auf den Tisch und begann es zu lösen. Joseph ging zum Ofen hinüber und zündete das erste Feuer in ihrem neuen Heim an.

Anna Maria erhob sich ebenfalls zaghaft und ging zur weit offenstehenden Haustür, durch die die laue Luft des hereinbrechenden Maiabends drang. Sie hatte draußen das ausgelassene Lachen anderer Kinder gehört. Um Erlaubnis bittend blickte sie zum Vater, der ihr aufmunternd zunickte, und trat ins Freie.

Elisabeth Osthues, Gertrud Pläster, Bernhilde Reinermann und Margarete Keller hatten sich freiwillig für das Empfangskomitee gemeldet und zusammen mit den anderen Vereinsfrauen eine Liste mit der nötigen Erstversorgung für die Neuankömmlinge erstellt. Sie alle waren beim Eintreffen der Hunsrücker erschrocken über deren schlechte Verfassung gewesen. Ihre hageren und zerfurchten Gesichter erzählten von Leid und Entbehrung. So schlimm hatten es sich die Frauen nicht vorgestellt.

„Die sehen ja alle unterernährt und viel älter aus, als sie wahrscheinlich sind", sagte Gertrud leise zu den anderen, die Mühe hatten, ihren Schrecken zu verbergen.

„Habt ihr euch die Kinder angesehen? Dünn wie eine Spindel. Es ist ein Wunder, dass sie die weite Reise hierhergeschafft haben." Elisabeth sortierte die Lebensmittelbündel auf dem Tisch hinter dem Verwaltungsgebäude der Siedlung.

„Da kommt ganz schön viel Arbeit auf uns zu", meinte Margarete und wandte sich der ersten Familie zu, die gerade um die Ecke bog und schüchtern auf sie zukam.

„Die Sprache wird ein Problem werden. Die sprechen ja einen Dialekt, den außer Klein hier niemand versteht", meinte Bernhilde.

„Lass die Kinder erst einmal in die Schule gehen. Rektor Gundermann und Hilfslehrer Berger werden das schon hinbekommen. In den Kirchengemeinden können wir auch alle etwas mithelfen. Es sind ja gute Christenmenschen. Wir sollten sie rasch zu den Gottesdiensten einladen", entgegnete Gertrud.

„Habt ihr euch mal die jungen Kerle angesehen? Ein bisschen dünn, aber nicht übel", kicherte Margarete und zog übertrieben verzückt die Augenbrauen hoch und spitzt ihre Lippen. „Wenn die erst einmal genügend zu futtern bekommen und zugelegt haben, wird wohl so manch ein Mädel hier schwach."

„Lass das nicht den Gabriel hören", amüsierte sich Elisabeth. „Immerhin bist du jetzt verlobt." Die Frauen lachten.

Dann hatten sie nicht mehr viel Zeit zum Reden, denn es kam eine Familie und ein Junggeselle nach dem anderen, um sich ihre Rationen abzuholen. Erst gegen Abend waren alle versorgt und in ihre Häuser eingezogen.

Am nächsten Morgen fanden sich die Vereinsfrauen mit einigen jungen Burschen in der Siedlung ein, im Schlepptau Handkarren mit Eimern voller Milch, Kisten mit Eiern und Brot. Sie verteilten alles gerecht nach Köpfen im Haushalt und versuchten eine erste Unterhaltung mit den Ankömmlingen, was für viel Gelächter sorgte.

Die Hunsrücker Frauen sahen heute schon anders als gestern aus, waren gewaschen, hatten ihre Haare ordentlich gebunden. Ihre Kinder, die um den Brunnen im Hof tobten und einander kreischend nachjagten, waren ebenfalls gewaschen und hatten alle ein Frühstück erhalten.

„Guten Morgen, liebe Frauen", richtete sich Gertrud an die Umstehenden, redete mit Händen und Füßen. „Jedes Kind ab dem sechsten Jahr muss nächste Woche in die Schule kommen. Der Frauenverein bezahlt die Erstausstattung, eine Tafel, Kreide und einen Wischlappen. Achtet darauf, dass die Hände gewaschen und die Fingernägel sauber sind."

Die Hunsrücker Frauen nickten zustimmend und sahen Gertrud mit offenen Gesichtern an.

„Ich bin die Frau des Bäckers Reinermann", begann Bernhilde, die neben Gertrud stand und mit Händen und Füßen das Gesagte unterstrich. Sie blickte aufmunternd in die Runde. „Diese Woche werden wir euch mit Brot versorgen. Ab nächster Woche könnt ihr eine Backgruppe aufstellen, die einmal in der Woche den großen Brotbackofen hinterm Rathausplatz nutzen kann. Über den Tag müssen wir uns noch einigen. Mehl und alles andere, was ihr braucht, könnt ihr in unserer Bäckerei kaufen oder anschreiben lassen, bis eure Männer den ersten Lohn nach Hause bringen."

Aus der Frauengruppe löste sich Marie Cath und richtete sich an die Frauen des Vereins.

„Weiß nicht, ob ihr uns versteht, aber ich spreche im Namen aller Frauen und Familien hier. Wir sind überrascht von so viel Christlichkeit und werden euch alles vergelten, in Gottes Namen." Sie wandte sich ihrer Gruppe zu, aus der sie lächelnde Gesichter zustimmend ansahen.

„Ich weiß auch nicht, ob ich alles richtig verstanden habe, aber ich sehe euern Gesichtern an, was ihr fühlt. Und das reicht erst einmal. Alles andere, auch die Sprache, wird sich in Zukunft finden", antwortete Elisabeth und trat mit ausgestreckter Hand auf Marie Cath zu. Eine Frau nach der anderen schüttelten die Hände der Vereinsfrauen. Nun kamen auch einige der kleineren

Kinder herbeigelaufen, die sich das alles aus sicherer Entfernung angesehen hatten. Sie schmiegten sich an die Röcke ihrer Mütter und sahen mit großen Augen aus den viel zu blassen und mageren Gesichtchen zu den anderen hoch.

Ein guter Anfang schien gemacht, doch nicht alle Dülmener Bürger sahen das Eintreffen der Hunsrücker mit Wohlwollen. Manch einer neidete ihnen die neuen Hütten, obwohl sie alle in besseren Steinhäusern lebten und ein gutes Auskommen hatten. Sie maulten und beschwerten sich, sprachen von weggeworfenen Steuergeldern, ungeachtet der Tatsache, dass die Siedlung auf dem Grund und Boden des Herzogs stand, dieser für alle Baumaterialien aufgekommen war und ebenso die meisten Gelder für Einrichtung und Erstversorgung zur Verfügung gestellt hatte. Lediglich ein kleiner Teil sowie die Erstausstattung für den Schulunterricht war mit Spenden des Frauenvereins und dem Hilfsfond der Stadtverwaltung bezahlt worden.

Dennoch hörte das Maulen nicht auf. Diese seltsame Sprache könne kein Mensch verstehen. Ob die da nicht Deutsch könnten. Das seien doch alles Sektierer und seltsame Hugenotten, also gar keine echten Christenmenschen, wollte jemand wissen. Dann die vielen Junggesellen. Man müsse neuerdings seine Töchter einsperren. Und noch so mancherlei Blödsinn wurde verbreitet. Es ging so weit, dass eines Tages zwei Frauen aus der Siedlung beim Metzger nicht bedient, ja geradezu wie Luft behandelt wurden. Sie verließen unverrichteter Dinge den Laden, beschämt und mit gesenktem Kopf. Die dicke Metzgersfrau hatte ihnen noch hinterhergerufen, dass sie doch wieder dahin gehen sollten, wo sie herkämen, und die Ladentür so heftig zugeschlagen, dass das Glöckchen, das an einer Kette über der Tür hing, laut schepperte.

Der Vorfall war nicht geheim geblieben, vielmehr hatte die Metzgersfrau obendrein mit ihrem Glanzstück geprahlt, über die „blöden Gesichter" der Frauen hergezogen und mit einigen Nachbarinnen herzhaft darüber gelacht.

Und so kam es, dass Pastor Hülskamp am nächsten Sonntag von der Kanzel mit drohend ausgestrecktem Zeigefinger eine Geschichte von der Falschheit des Herzens und von Nächstenliebe herabdonnerte, dass allen Gläubigen Hören und Sehen verging. Auch Pfarrer Wender von der Evangelischen hatte in Absprache mit Hülskamp eine entsprechende Predigt vorbereitet und, wie dieser, an das Gewissen seiner Schäfchen appelliert. Damit hatten sie allen ordentlich der Kopf gewaschen und es war wohl auch dem Letzten in der hintersten Reihe klar geworden, worum es ging.

Diejenigen, die gemeint waren, saßen gesenkten Blickes mit unruhigen Händen im Schoß, in den Bänken. Ihre hochroten Wangen verrieten, dass sie am liebsten auf der Stelle im Erdboden versunken wären.

Doch es gab auch welche, an denen die mahnenden Worte abprallten, die sich nicht um ihr Seelenheil sorgten und glaubten, mit ihren Urteilen recht zu haben. Die blickten trotzig geradeaus, als sie die Gotteshäuser verließen, um bereits auf dem Kirchhof in die alte Leier von zu vielen Fremden und Vergeudung von Steuergeldern zu verfallen.

Die Mehrheit in den Gemeinden war aber nicht gegen die Hunsrücker, im Gegenteil, sie bewunderten deren Fleiß, Ausdauer und Genügsamkeit. Die gute Erziehung ihrer Kinder, die statt Ärger in der Schule zu machen, fast immer zu den Fleißigsten und Besten gehörten, ließ manch einen Dülmener anerkennend mit dem Kopf nicken und nachdenklich auf den eigenen Nachwuchs blicken. Auch waren sie eifrige Kirchgänger und bald schon fester Bestandteil der Kirchengemeinden.

Im Laufe der folgenden fünf Jahre zogen immer mehr Hunsrücker mit ihren Familien aus der Hüttensiedlung in die Stadt. Sie hinterließen gut gepflegte Häuschen in der Feldmark, die nach und nach von anderen Ärmsten der Armen Dülmens bezogen wurden, von Menschen am Rande der Gesellschaft, die ohne Arbeit waren oder ihr weniges Geld im Schnaps versenkten.

Die Hunsrücker jedoch, deren Männer fast ausnahmslos auf der Hütte Prinz Rudolph in Lohn und Brot standen und gar nicht mehr unterernährt daherkamen, siedelten in neugebaute Häuser am inneren Wallgürtel mit Stall und Hinterhofgärtchen um. Einige pachteten dazu größere Gärten hinter dem Marienplatz, um sich und ihre Familien selbst mit Gemüse und Obst versorgen zu können.

Es dauerte nicht lange und es entstanden neue Nachbarschaften. Alt- und Neubürger arbeiteten Hand in Hand, tauschten Erfahrungen und Rezepte für Marmeladen und eingelegte Gemüse aus. Die Hunsrücker Frauen, die vom Herzog einen Webstuhl erhalten hatten, überzeugten die Dülmener Weberfrauen mit neuen Webmustern, die recht bald schon zum festen Repertoire des Handwerks gehörten und von Verleger Sterner mit Kusshand aufgekauft wurden.

Brauerssohn Gabriel Holtkamp heiratete im Sommer 1851 die Wirtstochter Margarete Keller. Von der großen Hochzeit auf der Schützenwiese, auf der das Bier in Strömen floss, sprach ganz Dülmen noch lange. Der Vater übergab ihm kurz darauf die Brauerei, da er selbst der Arbeit nicht mehr gewachsen war. Sein Herz war schwach und der Arzt hatte ihm viel Ruhe und Erholung verordnet. Er trat die Geschäfte mit Freude und gutem Gewissen an seinen Sohn ab, da Gabriel, ganz wie er selbst, eine Leidenschaft für das Brauen hatte und mit Begeisterung gutes Bier herstellte. Schon bald war er zweifacher Vater geworden und führte ein glückliches Familienleben mit seiner Frau und den Kindern.

Hermann Prinkler, einer der Hunsrücker Junggesellen, der nicht wie die meisten anderen seiner Kollegen nach einiger Zeit ins Ruhrgebiet abgewandert war, arbeitete bei Gabriel. Er eröffnete seinem Brotherrn eines Tages, dass er nach einem großartigen altüberlieferten Rezept seines Großvaters aus Simmern exzellenten Obstbrand herstellen könne.

Gabriel gab ihm die Möglichkeit, eine kleine Menge zu brennen, und war schon nach dem ersten Schluck begeistert. Er beantragte eine Brennlizenz und als diese auf seinem Schreibtisch lag, erweiterte er zusammen mit Hermann die Brauerei um eine Schnapsbrennerei, die er auf dem Gelände des ehemaligen großen Stalls von Göllmann direkt neben der Brauerei erbaute. Sein Familienhaus errichtete er bald darauf auf einem großzügigen Grundstück Westring Ecke Coesfelder Straße, um seine Wege von der Arbeit nach Hause zu verkürzen. Sein Vater blieb mit der Mutter im Haus am Nonnenwall wohnen. Er wollte sich auf seine alten Tage nicht mehr verpflanzen lassen.

Hermann legte sich ins Zeug und schon bald galt sein Obstbrand als das beste geistige Getränk, das in Westfalen zu bekommen war. Man hatte ihm den Spitznamen Pinkler gegeben, weil sein Kumpel Lorenz seinen Hausnamen nach einer durchzechten Nacht in den Dülmener Stuben und dem gemeinsamen Pinkeln in des Oberbürgermeisters Vorgarten verballhornt hatte. Dabei war es geblieben. Hermann nahm es mit Humor.

Jetzt nannte er seinen Schnaps „Pinkler Viez", auch wenn Viez eigentlich Wein war, aber das wusste hier in Westfalen niemand. Seinen Hunsrücker Landsleuten war es recht, denn nun hatten sie wieder etwas, das sie an die Heimat erinnerte und ihnen Herz und Bauch erwärmte.

Dazu führte Herrmann einen Hunsrücker Trinkspruch ein „De Branntwein schon getrunk?", der fortan als Begrüßungsformel von keiner Gesindeverdingung, Brautwerbung oder Totenwache wegzudenken war.

Der Umsatz in Brauerei und Brennerei erhöhte sich im Laufe der nächsten zwei Jahre um ein Vielfaches, sodass Gabriel dem Hermann im Herbst 1854 die Teilhaberschaft anbot. Auf dem neuen Firmenschild über dem Eingang war nun *Brauerei-Brennerei Holtkamp und Prinkler* zu lesen. Natürlich wurde darauf mit einem guten Gläschen „Pinkler Viez" angestoßen.

Buch 4

Anton Bernhard Pläster, Dülmen, Spätsommer 1873

Anton, der in seiner Dachkammer vor dem Fenster saß, beugte sich zu dem Buch hinunter, das er las. Mit einer kurzen Bewegung strich er sich die braunen Locken aus der Stirn. Dieses Buch erforderte seine ganze Aufmerksamkeit. Er stützte sich auf den linken Arm, hatte sein Kinn mit dem markanten Grübchen in die Handfläche gelegt und trommelte mit den Fingerspitzen leicht gegen seine Schläfe. Durch das kleine Fenster sah er einzelne Sterne am wolkenlosen schwarzen Himmel blinken. Wie lange hatte er gelesen?

Anton hatte nach der Sonntagsmesse die Einladung Pastor Böckenhoffs zum Mittagessen angenommen und war danach mit dem Buch unter dem Arm heimgegangen, hatte die Mutter begrüßt, die in der Küche saß und offensichtlich auf ihrem Stuhl eingenickt war. Sie war ein wenig erschrocken gewesen, als sie Anton eintreten hörte.

„Alles in Ordnung, Mutter, ich bin es nur", hatte Anton gesagt und der Mutter einen Kuss auf die Wange gedrückt, das Tütchen mit Kaffeebohnen vom Pastor vor sie auf den Tisch gelegt und dessen Grüße ausgerichtet. Er hatte ihre Antwort nicht abgewartet, sondern mit großen Schritten die Stiege genommen und die Tür zu seiner Dachkammer hinter sich zugezogen.

Seitdem hatte er die Welt um sich herum vollständig vergessen. Jetzt tauchte er aus dieser anderen Welt langsam wieder auf und spürte, wie hungrig er war. Die Kerze war heruntergebrannt, sodass er kaum noch einen Buchstaben erkennen konnte. Was er gelesen hatte, bewegte und wühlte ihn auf: „Reise um die Erde in 80 Tagen" von Jules Verne. Er spürte eine eigenartige Aufregung in seinem Herzen. Da sucht sich einer große Aufgaben, große Herausforderungen, die er mit Vision und Mut angeht, dachte Anton. Es ging schon um Technik, aber das war nicht das Hauptsächliche. Die Figuren sind erfolgreich durch die Nutzung modernster Technik, ja, aber was sie vor allem benötigen, ist ihr Einfallsreichtum, ihre Findigkeit und ihre Klugheit. Fogg läuft, fährt und fliegt gegen die Zeit.

All die fremden Länder, die Geschehnisse dort, die Bilder der Menschen und Landschaften, strömte mit rasantem Tempo durch Antons Blut und berauschte ihn wie der Schnaps, den die Mutter zu besonderen Gelegenheiten aus der Speisekammer holte. Und dann war da Aouda, die schöne indische Prinzessin, die, man höre und staune, Fogg sogar einen Heiratsantrag macht. Er hatte noch nie von einer gehört, die so keck und mutig war wie Aouda. Er seufzte leise und schloss die Augen. Seine Aouda schien so weit entfernt und unerreichbar wie der Mond selbst. Seine Prinzessin Catharina.

Anton war das einzige Kind von Bernhard und Gertrud, die alles dafür taten, ihrem Sohn so viel wie möglich mit ins Leben zu geben. Großmutter Elisabeth umsorgte ihn liebevoll. Bis zu ihrem plötzlichen Tod im Februar 1853. Ihr Herz hatte einfach aufgehört zu schlagen und sie war im Schlaf mit lächelndem Gesicht gegangen.

Er war ein gesundes, kräftiges Kind, das so gut wie niemals krank wurde und zu großer Hoffnung Anlass gab. Von Kindes Beinen an lernte er den Umgang mit dem Webstuhl, der das Hauptmöbel in der Stube zu Hause war. Der Webstuhl war bis auf die Nachtstunden immer in Bewegung. Das Spinnrad wurde nicht mehr benötigt, da der Verleger fertige Garnrollen lieferte, die von der Familie hauptsächlich zu Tüchern und Laken verwebt wurden. So war jetzt mehr Platz in der Stube. Ein neuer Tisch mit Stühlen war dazugekommen sowie ein hoher Tellerschrank mit ausziehbarer Brotlade direkt neben dem Herd.

Entweder saß der Vater oder die Mutter bei der Arbeit und webte. Abwechselnd kümmerten sich die Eltern um das Haus und den Garten dahinter. Dort stand auch ein Stall mit einigen Hühnern, deren Eier Anton, sobald er vier Jahre alt war, jeden Tag aus dem Stroh aufsammeln durfte.

Mit sechs Jahren besuchte Anton zusammen mit den Kindern der Nachbarschaft die Volksschule im Ort und lernte schnell. Je älter der Junge wurde, umso ähnlicher sah er dem Vater. Er war Bernhard geradezu aus dem Gesicht geschnitten. Selbst das rehbraune Viertel im rechten Auge hatte er geerbt. Bald überragte er Bernhard um Haupteslänge, wurde jedoch breitschultriger und sehr stattlich. Ein hübscher Junge, der manch einen Mädchenblick auf sich zog. Im Gegensatz zu Bernhards leicht aufbrausendem Temperament hatte er den ruhigen Charakter von Gertrud und ihre ausgleichende Art mitbekommen. Alles in allem eine sehr gute Kombination.

Vater Bernhard gab ihm früh Abschnitte aus der Wochenzeitung zu lesen, und gemeinsam mit Gertrud erzählte er ihm von der Revolution 1848/49 und den großartigen Ideen der Demokraten jener Zeit. Anton schwor sich, auch ein Demokrat wie die Eltern zu werden, wenn er erst einmal groß war.

Er war 1851 zur Welt gekommen, nachdem die Eltern bereits die Hoffnung auf ein Kind aufgegeben hatten. Er sei das prachtvollste Ergebnis der ganzen Revolution, hatte die Mutter ihm einmal gesagt.

Nach dem Tod der Großmutter Elisabeth, an die Anton sich nicht mehr erinnern konnte, stand die Dachkammer einige Jahre leer und wurde zum Aufbewahren von Arbeitsmaterial genutzt. Er selbst schlief in einem Bettchen neben dem der Eltern. Doch mit sieben Jahren durfte er die Kammer endlich beziehen, schlief in einem großen Bett mit einer neuen Strohmatratze, besaß einen kleinen Tisch vor dem Dachfenster, den der Vater für ihn gezimmert hatte, einen Stuhl und die alte Truhe der Großmutter, die er nach und nach mit seinen Sachen füllte. Da der Kamin durch seine Kammer hinauf auf das Dach führte, wurde es im Winter auch hier oben warm, sobald unten in der Stube eingeheizt wurde.

Mit 16 Jahren ging er zusammen mit dem Vater in die Fabrik der Familie Sterner, die ihr ehemaliges Handelshaus und die Immobilienfirma zu einem Industriebetrieb mit mechanischen Webstühlen umgewandelt hatte. Statt wie früher zu Hause Stoffe aus den Garnen der Firma Sterner zu weben, brach nun eine neue

Zeit in der Fabrik für sie an. Das versprach ein besseres Einkommen, weitaus geregeltere Arbeitszeiten und bezahlte Feiertage.

Den Webstuhl in der Stube nutze Gertrud, die die Magerkeit ihrer jungen Jahre verloren hatte und füllig geworden war, für den eigenen Bedarf, webte Bettleinen und Kleidungsstoffe, sorgte aber hauptsächlich für das Haus, den kleinen Gemüsegarten und die Tiere. Zu den Hühnern hatten sich ein Schwein und eine Ziege gesellt, die gehegt und gepflegt werden wollten, um täglich Milch und einmal gutes Fleisch zu liefern.

Die Eltern waren sehr stolz auf ihren Sohn, vor allem der Vater, der zusammen mit ihm an einer Maschine im Werk arbeitete. Ihr Lohn war in den Jahren 1870/71, in Zeiten des Krieges, nicht gestiegen, doch sie hatten Glück gehabt. Viele Männer waren damals zum Militärdienst einberufen worden. Die Fabriken und Werkstätten leerten sich und es kam zu Schließungen. Sterner jedoch hatte größere Aufträge zur Herstellung von Lazarettbettwäsche erhalten. Damit waren nicht nur die Arbeitsplätze gesichert, sondern auch der Grundstein für den weiteren Ausbau der Fabrik gelegt. Die Fabrikarbeiter bei Sterner waren allesamt vom Kriegsdienst freigestellt worden, da sie im Auftrag der Armee kriegswichtige Dinge herstellten.

Mit dem Kriegsende kam eine verheerende Seuche: die Pocken, die große Teile der Bevölkerung erneut ins Elend stießen. Seuchen waren, solange Anton denken konnte, ein allgegenwärtiges Übel. Sie wanderten in regelmäßigen Abständen durch die Provinzen, forderten vor allem das Leben der Kinder und der Alten. Aber auch starke Männer waren vor ihnen nicht sicher.

Nach dem wiederholten Aufruf des Magistrats, sich gegen die Pocken impfen zu lassen, und nachdem die Familie Sterner eigens dafür einen Arzt in die Fabrik bestellt hatte, war Bernhard, der selbst bereits als Kind geimpft worden war, mit seiner Familie diesem Ruf gefolgt. Viele von denen, die der Medizin nicht vertrauten, zahlten einen hohen Preis dafür.

Als Ersten traf es in der Tiberstraße den kleinen Wilhelm Beckschulte. Sein zarter Körper war von schwarzen, mit Blut und Eiter gefüllten, stinkenden Pusteln übersät. Niemand würde die gequälten Schreie des Jungen vergessen, bevor ihn der Tod erlöste. Die Mutter kostete es fast den Verstand. Sie schlug auf ihren Mann ein, der lauthals das Ende der Welt heraufbeschworen hatte, wenn man sich und seine Kinder impfen ließe. Sie ging mit dem Messer auf ihn los und hätte ihn gar getötet, wenn sie nicht im letzten Moment von ihrer Schwiegermutter zurückgehalten worden wäre.

Dem kleinen Wilhelm folgten noch viele Ungeimpfte, die elendig starben und wenn sie überlebten, fürs Leben gezeichnet waren. Nur eine Woche später folgte Wilhelms Vater seinem Sohn ins Grab. Das Wehklagen war groß in jenen Tagen.

Nach dem Krieg investierten die Sterners ein Vermögen in die Firma und bauten sie weiter aus. Sie kauften weitere Grundstücke im Ort, um darauf neue Fabrikgebäude, ein Kesselhaus, ein Lager und eine große Villa für die Familie zu errichten. Bernhard und Anton waren Teil des Aufschwungs geworden und verdienten mittlerweile 38,80 Mark pro Mann. Nach der Währungsreform gab es im gesamten Deutschen Reich nun keine Taler und all die anderen Zahlungsmittel mehr, sondern nur noch die Goldmark.

Die Arbeit in der Fabrik war hart, aber Anton lernte schnell, mit den modernen Maschinen umzugehen. Dem Vorarbeiter blieb sein technisches Talent nicht lange verborgen. Anton freundete sich mit einigen jungen Männern in der Weberei an, von denen die meisten unverheiratet wie er waren, aber nicht aus Dülmen stammten. Sie waren als Schlafgänger irgendwo untergekommen und hatten alle das gleiche Problem, in ihrer Freizeit nirgendwo anders hinzukönnen als in die Kirche, in die Kneipe oder bei gutem Wetter in der Landschaft herumzuspazieren. Hin und wieder lud Anton sie zu sich nach Hause in die Tiberstraße ein, wo sie von Mutter Gertrud willkommen geheißen wurden. Es gab immer einen Pott Kaffee und auch schon mal Streuselkuchen oder Kekse, die die Mutter in einer großen Kiste auf dem Küchenschrank aufbewahrte.

Da sie zu Hause nur einen Dreipersonenhaushalt hatten, wovon zwei einen recht guten Lohn nach Hause brachten, war das Geld nicht so knapp wie bei den meist kinderreichen Nachbarn. Es gab immer genügend zu essen, um auch mal den einen und anderen hungrigen Kollegenmagen zu füllen.

Anton konnte sich kein besseres Leben vorstellen, da es ihm auch noch Raum zum Lesen ermöglichte. Mutter Gertrud hatte eine wunderschöne Bettdecke in seinen Lieblingsfarben grün und blau aus Restgarnen für ihn gewebt, dazu ein weißes Leinenkopfkissen mit einem Blumenmuster bestickt. Die Dachkammer war Antons Paradies. Hier bekam seine Fantasie Flügel, wenn er die Bücher las, die ihm Pastor Böckenhoff auslieh.

Johannes Böckenhoff, Pastor der St. Viktor Kirche, war ein hochgewachsener, schlanker Mittfünfziger mit kurzem grauen Haar, blassem Gesicht und hellen Augen, denen nichts so schnell entging. Er war früh auf Anton aufmerksam geworden. Ihm gefiel seine hilfsbereite und freundliche Art, mit der er allen Leuten begegnete, wenn er mit der Mutter zum sonntäglichen Gottesdienst in die Kirche kam. Böckenhoff mochte den gutaussehenden Jungen mit dem offenen, zugewandten Blick und dem wirren braunen Haar, der sich gern auf Gespräche einließ und mit klugen und überlegten Antworten glänzte. Er schien auch nicht zu den jungen Männern zu gehören, die jede freie Minute im Wirtshaus verbrachten, sondern zog Bücher und Zeitungslektüre vor.

Der Vater Bernhard war ein „politischer" Kopf, etwas hitzig, aber zugänglich und vertrat eine gar nicht so üble Weltanschauung. Nur was die Kirche betraf, ließ er nicht mit sich reden und brummte etwas von Opium des Volkes in seinen Bart. Dennoch überließ er es seiner Frau Gertrud und seinem Jungen, ob sie den Gottesdienst besuchten oder nicht. Das rechnete Böckenhoff ihm hoch an.

Da er ebenso wie Bernhard den politischen Stammtisch in den Dülmener Stuben beim alten Wirt Keller besuchte, der jetzt bereits 74 Jahre alt war und allmählich gebrechlich wurde, hatte er das eine oder andere interessante Gespräch mit dem Mann geführt. Kellers Sohn Gustav war, nachdem er einige Zeit in Münster in der Schrodt'schen Weinstube gearbeitet hatte, nach dem Tod der Mutter vor einigen Jahren nach Dülmen zurückgekehrt, um die elterliche Gaststätte zu übernehmen.

Bernhard hatte seinem Sohn das Denken, durchaus auch das kritische Denken beigebracht und unterschied sich somit von vielen seiner Schäfchen, die sich auch nicht selten wie solche benahmen. Böckenhoff wollte den jungen Anton Pläster fördern und so fragte er ihn am letzten Augustsonntag nach der Messe, ob er nicht Interesse hätte, mit ihm ins Pfarrhaus zu kommen.

„Kaufmann Althoff hat vor ein paar Tagen eine Lieferung aus Hamburg erhalten. Großartige Kaffeebohnen aus Südamerika. Die musst du probieren. Ich werde dir ein Tütchen für die Mutter mitgeben. Du kannst dir auch ein paar neue Bücher anschauen, die erst gestern aus Köln eingetroffen sind."

Als sie ins Pfarrhaus eintraten, war die Haushälterin Berte gerade dabei, den Tisch in der Stube zu decken.

„Berte", sagte Böckenhoff, „leg noch ein weiteres Gedeck auf. Anton wird mir eine Weile Gesellschaft leisten. Du hast doch nichts dagegen, Anton? Oder wartet die Mutter mit dem Essen auf dich?" Ohne die Antwort des jungen Mannes abzuwarten, trat er ans Fenster und schaute hinaus auf die Straße. „Ein kühler Tag heute. Wir werden bald Regen bekommen", sagte er nachdenklich. Anton schwieg und stand wartend im Türrahmen.

„Herr Pastor, wann soll ich denn servieren?", fragte Berte.

„In einer Viertelstunde", antwortete er freundlich und wandte sich Anton zu.

„Aber gerne, Herr Pastor", erwiderte Berte. Anton trat einen Schritt in den Raum hinein, um der kleinen rundlichen Frau, die sich mit kokettem Lächeln und einem Augenaufschlag an ihm vorbeizwängen wollte, Platz zu machen. Berte kicherte mädchenhaft und verschwand in der Küche.

„Entschuldige, Anton, aber Berte benimmt sich wie ein junges Ding, obwohl sie schon fast 40 ist."

Anton lachte. „Sie ist so nett und freundlich zu mir, dass ich ihr alles verzeihe."

„Na, na, na, Vorsicht, nicht dass ihr auf dumme Gedanken kommt", antwortete der Gottesmann mit erhobenem Zeigefinger und ernstem Gesichtsausdruck. Aber in seinen Augen blitzte der Schalk. „Bist ja auch ein flotter Junggeselle, Anton."

„Hab weder Zeit noch Geld für solche Geschichten", konterte Anton lachend.

„Setz dich, Junge, wir sollten uns vielleicht noch etwas über meine Predigt unterhalten, bevor Berte das Essen bringt. Wie fandest du sie? War die Verbindung von Korn und Seele nicht vielleicht doch etwas zu gewagt? Was meinst du?"

Böckenhoff hatte seinen verstorbenen Vater zitiert, der allzu gern selbst Schnaps gebrannt und diesen auch reichlich getrunken hatte. Des Vaters grundlegende Meinung war, dass die Qualität eines Kornbrandes, die Seele eines Schnapses sozusagen, in dessen Reinheit läge. Vater war ein guter Freund des alten Holtkamps gewesen und die beiden hatten so manche Stunde dem Probieren des damals neuen „Pinkler Viez" gewidmet.

Erst vor einem halben Jahr war Gabriel Holtkamps Teilhaber und Freund Hermann Prinkler mit 45 Jahren an einem Fieber verstorben. Gabriels ältester Sohn Adalbert, dessen Taufpate Hermann Prinkler gewesen war und der seither zusammen mit dem Vater die Geschäfte leitete, kreierte eine Sonderausgabe des beliebten Schnapses. Auf dem Etikett der schlichten Flasche stand *„Schon de Obstbrand getrunk? 1853–1873"* mit dem Konterfei Prinklers darunter. Ein Teil des Verkaufserlöses sollte Prinklers Witwe und den drei Kinder zugutekommen.

So wie Böckenhoffs Vater Reinheit und höchste Qualität eines Kornbrandes zu erkennen vermochte, so suchte der Pfarrer die höchste Reinheit und Qualität in der Seele eines jeden Menschen. In der Messe war also von der Kanzel zu hören gewesen, dass hier und da die Reinheit der Seele ein wenig ins Hintertreffen geraten könne. Schließlich sei auch nicht jeder Kornbrand von vornherein ein Erfolg. Mit der nötigen Unterstützung jedoch könne die Seele wieder zurück zur Reinheit finden. Diese Worte hatten auf den Gesichtern der meisten Männer ein Schmunzeln hervorgerufen. Und selbst die Frauen kicherten hinter vorgehaltener Hand.

Nach dem Ende des Gottesdienstes hatte Anton vor dem Portal eine Frau lachend zu ihrem Mann sagen hören: „Also gut, dann geh noch rasch und such die Reinheit deiner Seele. Aber dass du mir ja nicht zu spät zum Essen kommst." Die Gemeindemitglieder, die noch auf einen kurzen Plausch auf dem Kirchhof standen, waren in das allgemeine Gelächter eingefallen und hatten ihre Witze gemacht.

„Herr Pastor, das war sehr gut und vor allem verständlich. Damit können die Leute etwas anfangen. Wer von den Männern kennt nicht die Seele des Korns und ihre Qualitäten", sagte Anton grinsend.

„Gut, dann bin ich zufrieden. Übrigens, die neue Gesellschafterin von Madame Sterner war neulich einmal bei mir. Catharina Stein. Sehr nettes Mädchen. Um nicht zu sagen ein erstaunliches Mädchen."

„Wie meinen Sie das, Herr Pastor? Wie ist sie denn so?", fragte Anton vorsichtig.

„Nun ja, sie ist ein sehr aufgeräumtes Frauenzimmer. Sehr starker Charakter, eigenwillig und ziemlich hübsch. Ein ganz anderer Typ als Madame Sterner, viel agiler und temperamentvoller. Sie ist die Tochter von Marie Cath Stein. Hm, ganz erstaunlich, dass sie es von der einfachen Dienstmagd bei der Herzogin zur Gesellschafterin bei den Sterners geschafft hat. Ich muss sagen, sie imponiert mir. Sie liest übrigens sehr gern."

Schon seltsam, dachte Anton, dass sich ein katholischer Pastor so über Frauen mit ihm unterhielt. Aber das war es ja auch, was er an Böckenhoff mochte, seine unkonventionelle Art, die sich nicht hinter Bibelwissen verschanzte, sondern lebendig und offen war. Vor der Gemeinde war er allerdings wesentlich zurückhaltender und strenger. Wenn er hoch oben auf der Kanzel seine Sonntagspredigt hielt, wirkte sein vornehmes Gesicht mit der hohen Stirn und dem intensiven Blick seiner grauen Augen Autorität heischend. Seine Erscheinung hatte etwas von Adel, obwohl er einer einfachen Handwerkerfamilie entstammte. Seit sich jedoch zwischen ihnen beiden so etwas wie Freundschaft entwickelt hatte, sprachen sie eher wie ganz normale Männer miteinander, was Anton stolz machte. Er sagte dem Geistlichen allerdings nichts darüber, dass er die „Neue" selbst schon in Augenschein genommen hatte, heimlich, wie die Kollegen in der Fabrik an die Lagermauer gelehnt, die Schirmmütze tief über die Augen gezogen. Und natürlich sagte er auch nichts darüber, wie sehr sie ihm gefiel.

Als Berte mit einer dampfenden Suppenschüssel eintrat und die Teller füllte, wünschten sie einander guten Appetit und ließen es sich schmecken. In der kurzen Pause vor dem zweiten Gang fragte Anton, ob er sich das Buch von Jules Verne ausleihen dürfe, das er im Bücherschrank gesehen hatte.

Die Fabrik, 1873

Die drei Sterner-Brüder, Chaim, Johan und Alon, die das Familienunternehmen als Kaufleute seit 1867 führten, waren in jedem ihrer Bereiche sehr erfolgreich. Chaim kümmerte sich um die Spinnerei, Johan um die Finanzen und der jüngste von ihnen, Alon Sterner, hatte die Weberei unter sich. Er zeigte großes Interesse am Wohl seiner Arbeiter und hatte den Ehrgeiz, ein modernes, zukunftsweisendes Unternehmen zu schaffen, in dem die Menschen nicht ausgebeutet wurden. Alon Sterner nahm seine Verantwortung ernst. Anton, der nur ein paar Jahre jünger als der Fabrikant war, sah dessen ehrliches Engagement. Alon kam immer wieder in die Werkhallen und sprach mit Karl Wagner, dem Obermeister der Weberei. Wagner hatte ihm vor ein paar Wochen den jungen Anton vorgestellt, als sie zusammen einen Rundgang durch die Weberei machten.

Anton arbeitete gerade an einem der neuen mechanischen Webstühle, als er bemerkte, dass der Obermeister zusammen mit Herrn Sterner neben ihm stehen blieb. Anton machte seinem Vater, der an dem Webstuhl rechts von ihm arbeitete, ein Zeichen, unterbrach seine Arbeit und sah fragend zu den Männern.

„Das ist Anton Pläster, Herr Sterner, einer meiner besten Leute. Ein hervorragender Weber. Er hat großes Talent in der Handhabung der neuen Maschinen, lernt schnell", Karl musste schon fast schreien, damit man bei dem Lärm, der durch die laufenden Maschinen in der Halle herrschte, etwas verstehen konnte.

„Guten Tag, Anton, das höre ich gerne. Wie lange arbeitest du schon bei uns?"

„Seit fast sechs Jahren, Herr Sterner, zusammen mit meinem Vater." Anton zeigte auf Bernhard, der seinen Webstuhl mit übernommen hatte und nun aufblickte.

„Freut mich, freut mich. Leute wie dich brauchen wir. Weiter so!", sagte Sterner und wandte sich zum Gehen.

„Meinen herzlichsten Glückwunsch nachträglich, Herr Sterner, zu Ihrer Hochzeit. Sie ist zwar schon einen Monat her, aber ich möchte Ihnen und Ihrer Gattin alles Gute und viel Glück wünschen."

„Danke, Anton, das ist sehr nett", sagte Sterner und sah ihn dabei etwas erstaunt an. Ein forscher junger Mann, gar nicht schüchtern. Das gefiel ihm.

Am ersten Mai hatte Alon Sterner eine schöne, erst 17-jährige Holländerin, Esther de Vries, aus einer Rotterdamer Fabrikantenfamilie geheiratet und ein rauschendes Fest in der gerade fertiggestellten Villa gefeiert. Sie mussten erst vor ein paar Tagen von der Hochzeitsreise aus Italien zurückgekehrt sein. Das hatte jedenfalls die Meierin aus der Spinnerei erzählt, die irgendwie immer alles wusste. Weiß der Teufel, woher!

„Was wollte Sterner von dir, Junge?", fragte Bernhard seinen Sohn in der kurzen Pause, die sie zusammen auf dem Fabrikhof verbrachten und in der sie die Brote aßen, die Gertrud ihnen mitgegeben hatte. „Hoffentlich nichts Ärgerliches?"

„Ganz und gar nicht, Vater. Karl hat mich nur vorgestellt."

„Nur vorgestellt? Wieso denn das? Das macht er doch sonst mit keinem von uns. Bist du sicher, dass das keinen Ärger bedeutet?" Bernhard schaute unsicher zu seinem Sohn hoch.

„Keine Sorge, Vater, er hat mich gelobt und Sterner hat geantwortet, dass er sich darüber freut, mich kennenzulernen. Und ich habe ihm dann noch zu seiner Hochzeit gratuliert."

„Na, du traust dich was, Junge", antwortete Bernhard nachdenklich und biss herzhaft in sein Brot.

Ein paar Tage später ließ Meister Franz Ebeling Anton in seine kleine Meisterbude rufen, die am Eingang der Weberhalle lag. Ebeling war dort für die Arbeitseinteilung und die Abrechnung zuständig. Die Bude lag etwas erhöht, sodass er durch die rundherum laufenden Fensterscheiben einen guten Blick auf die Maschinen und die Vorgänge in der Halle hatte.

Anton spürte einen leichten Druck in der Magengegend, als er über drei Holztreppen unsicher den kleinen Raum betrat. Franz drehte sich zu ihm um und ging mit bedeutungsvoll hochgezogenen Augenbrauen an ihm vorbei und zur Tür hinaus.

Erst jetzt bemerkte Anton, dass Alon Sterner anwesend war und am Arbeitstisch des Meisters saß, in einige Aufzeichnungen vertieft. Der Tisch war aus einfachem Holz gezimmert, davor ein schlichter Stuhl sowie ein Schrank mit Akten auf der rechten Seite. Sterner sah auf.

„Gut, dass du kommst, Anton. Ich würde mich gern ein wenig mit dir unterhalten. Kannst du mir etwas über die Arbeit an den neuen Maschinen erzählen?" Der Fabrikant zeigte auf einen zweiten Stuhl, der in einer Ecke der Bude stand, und bat Anton Platz zu nehmen. Sterner war ein sehr gut aussehender Mann mit feinen Gesichtszügen. Sein schwarzes, glänzendes Haar war ordentlich gescheitelt und pomadisiert. Der elegante Anzug aus dunkelgrauem Tuch war einreihig geknöpft. Unter dem Revers sah man eine grau-blau gestreifte Seidenweste über einem feinen weißen Hemd mit hohem Kragen. Sterner hatte gepflegte Hände und trug an der linken einen blinkend goldenen Ehering. Er hatte sie vor sich auf dem Schreibtisch übereinandergelegt und sah Anton erwartungsvoll aus fast schwarzen Augen entgegen. Ein dezenter Duft von Eau de Cologne lag in der Luft.

Mit klopfendem Herzen nahm Anton den Stuhl, setzte sich auf die vordere Kante und blickte nervös auf seine Finger. Seine Hände waren von der Arbeit rau und die Nägel nicht gerade sauber. Außerdem wurde ihm die Einfachheit seiner Arbeitskleidung im Kontrast zu Sterners Eleganz peinlich bewusst. Etwas nervös strich er die in die Stirn fallenden braunen Locken zurück, schluckte und sah zu Sterner. Er wusste, dass jetzt viele Augen der Kollegen in der Werkhalle auf die Budenfenster gerichtet waren.

„Was möchten Sie denn genau wissen, Herr Sterner?", fragte Anton.

„Nun, mich interessiert, wie ihr mit den neuen Maschinen zurechtkommt, wo es Probleme gibt, wo etwas hakt, wo es etwas zu verbessern gilt."

Anton entspannte sich und begann zu erzählen.

Das gemeinsame Interesse an den technischen Neuheiten und nicht zuletzt die gegenseitige Sympathie führten dazu, dass Anton und Sterner nun regelmäßig Fachgespräche führten. Auf dem Fabrikgelände in einer Pause, im Vorraum oder auch im außerhalb der Werkhalle gelegenen großen Kontor des Betriebsleiters Egmond Bos, den Sterner vor ein paar Monaten aus Holland hergeholt hatte. Bos war Webmeister und Fachmann auf dem Gebiet der mechanischen Webstühle. Durch sein großes Wissen trug er maßgeblich zum zunehmenden Erfolg der Produktion bei. Anton hielt sehr viel von ihm. Bos seinerseits hielt sehr viel von Anton und übergab ihm immer mehr Verantwortung für die Kontrolle und Wartung der Maschinen.

Anton arbeitete nun eng mit dem Obermeister zusammen, dessen eifersüchtige Blicke dem jungen Mann nicht entgingen. Aber Anton versuchte so nett und zuvorkommend zu Wagner zu sein, wie er konnte, fragte ihn nach seiner Meinung und lobte seine Kenntnisse, von denen er doch so viel lernen könne. Das gefiel dem Altmeister und allmählich stellte sich eine sehr gute Zusammenarbeit der beiden Männer ein.

An einem warmen Spätsommertag lud Alon Sterner Anton ein, mit ihm ein wenig durch den neu angelegten Garten der Villa, der an das Firmengelände angrenzte, spazieren zu gehen, um ihm von seinen Eindrücken der letzten Englandreise zu berichten. Sterner hatte seinen Wohnsitz nicht irgendwo außerhalb der Stadt in einer ruhigen Gegend mit guter Luft gebaut, sondern direkt neben der Fabrik, sodass er jederzeit zu Fuß hinübergehen konnte und im Notfall schnell erreichbar war.

„Die Zustände in den dortigen Webereien sind erbarmungswürdig", begann er. „Dort arbeiten Kinder unter 14 Jahren oft bis zu 16 Stunden am Tag, bekommen einen sehr geringen Lohn bei gleicher Arbeit wie die Erwachsenen. Die Kleinsten sitzen hoch oben auf den Webstühlen auf winzigen Holzplatten und müssen aufpassen, dass sich die Garne nicht verheddern. Wenn sie müde werden, wird es gefährlich für sie, und es geschehen immer wieder schlimme Unfälle. Von den Wohnverhältnissen will ich gar nicht erst reden. Die sind eines Menschen unwürdig. Die schlechten hygienischen Verhältnisse rufen die schlimmsten Krankheiten hervor und es gibt ein großes Säuglings- und Kindersterben. Alle Kinder sind unterernährt und in elendem Zustand. Nun ja, hier in deutschen Landen gibt es so etwas auch noch, aber seit den 50er-Jahren weitaus weniger als zuvor."

„Das haben wir der Revolution 48/49 zu verdanken", antwortete Anton.

„Wie ich gehört habe, Anton, war dein Vater damals in Münster beteiligt. Guter Mann. Du kannst stolz auf ihn sein. Nun, ich möchte deine Meinung hören. Sei ehrlich und aufrichtig. Wie schätzt du die Lage unserer Arbeiter hier in Dülmen ein? Ich weiß im Grunde so wenig von dem Alltag der Leute."

Anton war betroffen und schwieg eine Weile. Bei Sterner durften keine Kinder unter 14 Jahren arbeiten, das war schon eine ganze Weile so, und die 14- bis 16-Jährigen nicht an den gefährlichen Arbeitsplätzen. Aber allgemein mangelte es an Sicherheitsvorkehrungen, sodass es durch die offenen Maschinen fast wöchentlich zu Unfällen mit Quetschungen und Brüchen bei den Arbeitern kam.

„Wissen Sie, Herr Sterner, die Arbeitsbedingungen in Dülmen sind offensichtlich nicht so schlecht wie die in den englischen Städten. Dülmen ist eine kleinere Stadt mit vielen Bauernhöfen drum herum. Viele Frauen und auch Kinder arbeiten bei einem Bauern für Lebensmittel. Einige Familien haben auch Gärten vor den Toren der Stadt, in denen sie Gemüse anbauen. Deshalb ist die Versorgung gar nicht so übel. Aber es ziehen immer mehr Menschen hierher, um in den Fabriken zu arbeiten, und es gibt nicht genügend Wohnhäuser. Viele Arbeiter wohnen in der Barackensiedlung am Rande der Stadt oder in kleinen Siedlungshäusern, die sich drei Familien teilen müssen. Die einzelnen Räume sind klein und oft wohnen darin bis zu acht Menschen. Der Abort befindet sich hinterm Haus und muss für mindestens sechs Familien reichen. Die Leute sind nicht umsonst so oft krank, haben Läuse und die Krätze." Anton hielt einen Moment inne.

Alon Sterner nickte nachdenklich mit dem Kopf. „Verzeihen Sie, Herr Sterner, und dann sind da die ungeschützten Maschinen in unseren Hallen. Die schwere Arbeit macht müde und wenn die Männer nicht mehr richtig aufpassen können, geschehen Unglücke. Die meisten Leute haben kein Geld für den Arzt. Es gibt viele Männer, die anschließend nicht mehr arbeiten können, weil eine Quetschung nicht richtig ausgeheilt oder ein Bruch schlecht zusammengewachsen ist und der Arm oder die Hand nicht mehr zu gebrauchen sind. Wenn der Vater ausfällt und die Familie noch kleine Kinder hat, dann haben sie keinen Lohn und was das bedeutet, muss ich Ihnen sicher nicht erzählen. Selbst wenn die Frau zur Arbeit geht, so bekommt sie doch als Ungelernte einen sehr geringen Lohn, der hinten und vorne nicht ausreicht, um die Familie zu ernähren."

„Danke, Anton, für deine offenen Worte. Ich weiß das sehr zu schätzen. Meine Brüder und ich werden darüber reden. Uns ist an einer besseren Arbeits- und Wohnsituation unserer Leute gelegen. Wir müssen uns beraten."

Er wandte sich zum Gehen. Doch dann hielt er abrupt inne und drehte sich noch einmal zu Anton um.

„Der Krupp in Essen hat schon 68 ein Wohlfahrtsprogramm für seine Belegschaft auf den Weg gebracht. Dazu gehört auch eine Konsumanstalt, in der die Arbeiter preiswerte Waren für den täglichen Bedarf kaufen können. Es gibt in den Fabriken jederzeit gekochten Kaffee, damit die Leute bei der Arbeit wach bleiben. Was hältst du von diesen Maßnahmen, Anton?" Er sah Anton direkt in die Augen.

Anton nickte nachdenklich. „Das ist eine großartige Idee. Wir Weber haben zu Hause immer Kaffee getrunken, um wach zu bleiben. Er ist auch dazu gedacht, den Hunger zu stillen, jedenfalls für eine kurze Weile. Freier Kaffee würde sicher bei der harten Arbeit helfen."

„Vielen Dank, Anton. Unsere Gespräche sind sehr aufschlussreich für mich." Damit ging Sterner gesenkten Blicks und mit auf dem Rücken verschränkten Händen zur Villa zurück und ließ Anton stehen.

Oh je, dachte Anton, wenn ich mir da mal nicht das Maul verbrannt habe. Er ging langsam zum Lagerhaus der Fabrik hinüber, dessen Rückseite fast bis an den Garten grenzte. Einige Kollegen lehnten an der Mauer und machten Pause. Sie wärmten ihre Rücken an den von der Spätsommersonne aufgeheizten dunkelroten Klinkersteinen, aßen ihr Brot oder einfachen Grießbrei aus einem Henkelmann.

„Na, haste dem jungen Herrn mal wieder ein Ohr angeknabbert? Was habt ihr beide eigentlich immer zu quatschen? Bild dir bloß nix ein. Der horcht dich doch nur aus und kloppt dich wie 'ne Copse in die Tonne."

„Ne, lass mal, Eberhard, unser Anton macht so was nicht. Denk doch nur dran, dass wir ihm eine zweite Pause zu verdanken haben. Das hat sein Gequatschte, wie du es nennst, gebracht."

„Is ja schon gut. Hab ja nur so gedacht. Nix für ungut, Anton."

„Schon klar, Eberhard, versteh dich ja. Aber der Sterner ist ein Guter. Er ist wirklich daran interessiert, wie es uns hier ergeht. Er war grad in England und hat da schlimme Sachen in den Webereien gesehen. So was will er hier nicht", sagte Anton und wandte sich zum Gehen.

„Anton, was hältste denn von der neuen Gesellschafterin der Madame? Sie soll vorher bei der Herzogin im Dienst gewesen sein. Ne schicke Schickse mit Holz vor der Hütte, wenn du weißt, was ich meine", feixte Willi, der neben Eberhard an einer Maschine arbeitete, und jetzt mit beiden Händen eine eindeutige Geste machte.

„Was meinste wohl, warum neuerdings so viele Kollegen hinterm Lager stehen und unbedingt hier Pause machen wollen?", griente Eberhard. „Die Madame und ihre Begleitung gehen oft am Nachmittag im Garten spazieren. Da kann man ungeniert ein Äuglein riskieren. Musst nur die Schiebermütze tiefer ins Gesicht ziehen." Er lachte albern.

„Halt dein Schandmaul, Willi", schimpfte August Matthei aus der Spinnerei, der den Männern den Vogel zeigte. „Das ist doch dem Joseph Stein seine Jüngste, die Catharina. Er ist vor zwei Jahren gestorben. Das Herz! Ist auf der Eisenhütte zusammengebrochen und war hin. War Sandformer. Ein guter Mann. Sie haben ein Häuschen am inneren Ring, direkt am Tiberbach, dort wo vormals die Pferdewiesen und die Tränke waren. Sind damals 49 halb verhungert mit ihrer kleinen Anna Maria aus dem Hunsrück hergekommen. Die Frau Marie Cath und meine

Mutter tauschen seit Jahren Webmuster aus. Machen dolle Sachen die beiden, auch wenn die Finger jetzt nicht mehr so wollen."

„Ja, genau", rief Berthold dazwischen, der am Webstuhl neben Anton arbeitete, seit Bernhard neuerdings mit nun 58 Jahren wegen seiner rheumatischen Finger und einem nicht mehr ganz gesunden Herzen im Lager Beschäftigung gefunden hatte. „Das Fräulein Catharina war erst der Herzogin ihr Dienstmädchen und ist dann Kammerzofe geworden. Muss was aufm Kasten haben. Das schafft so schnell keine von unsereins. Aber zum Anbeißen isse schon, die Kleine."

„Blödmänner!", rief Anton lachend, ohne zu sagen, dass er selbst schon so manchen Blick riskiert hatte, und ging weiter in Richtung Weberei. Der zweite Teil seiner Schicht würde in fünf Minuten beginnen.

Catharina, Anfang September 1873
Die Zofe Jule hatte Catharinas langes brünettes Haar heute früh kunstvoll hochgesteckt. Gekrönt wurde ihre Frisur von einem Kapotthütchen mit schulterlangen Bändern, die vorne zu einer dekorativen Schleife gebunden waren. Da sie heute besonders aufgeräumt und guter Dinge war, hatte sie das Hütchen keck seitlich aufgesetzt und fühlte sich durchaus etwas verwegen. Sie betrachtete ihr Gesicht mit prüfenden bernsteinfarben Blicken. Unter ihren geraden dunklen Brauen sah sie zwei große hellbraune Augen. Ihre Nase war nicht besonders zart, aber dennoch

ansehnlich. Die hohen Wangenknochen gaben ihrem Gesicht Ausdruck. Den hübsch geschwungenen Mund umspielte ein zartes Lächeln. Ihre Haut war leider nicht so weiß wie die der vornehmen Damen, aber glatt und rein. Zum Glück hatte sie die kleinen Ohren der Mutter geerbt und nicht die großen des Vaters. Sie nickte ihrem Spiegelbild zufrieden zu und verließ die Villa durch den Haupteingang.

Catharina hatte einen freien Nachmittag, da Esther zusammen mit ihrem Mann zu einem Verwandten nach Greven gefahren war. Und so machte sie sich auf den Weg zum Pfarrhaus. Sie wollte sich ein Buch aus der Pfarrbibliothek ausleihen, was Pastor Böckenhoff ihr freundlicherweise vorgeschlagen hatte. Sie nahm dieses Angebot sehr gerne an. Wann immer sie Zeit hatte, vertiefte sie sich zu gern in ein Buch. Zwar benutzte sie auch die Bibliothek der Familie Sterner, aber sie wollte gern einmal das Haus verlassen und durch die Stadt schlendern. Heute hatte sie einen guten Anlass, dies zu tun.

Das Wetter war noch recht warm und die Sonne spielte mit den sich hier und da bereits gelb und rot verfärbenden Blättern. Auf den Straßen herrschte geschäftiges Treiben. Wie immer, wenn sie die Sterner'sche Villa verließ, achtete sie besonders auf ihre Kleidung. Darum hatte Esther sie gebeten. Niemals ging sie ohne Schirm. Sie hatte gelernt, bei der Auswahl eines dieser kleinen Accessoires, von denen sie so viele wie Kleider besaß, auf die Farbe des Kleides zu achten. Heute trug sie eines aus feinem blau-weiß gestreiftem Baumwollstoff. Das Schirmchen aus dem gleichem Stoff war um den Rand herum mit einer weißen

Spitzenbordüre verziert. Die zarten weißen Handschuhe machten das Bild perfekt.

Da es spätnachmittags schon etwas frischer werden konnte, trug Catharina über dem Kleid einen leichten hellblauen Umhang, der vor der Brust durch einen großen Perlmuttknopf zusammengehalten wurde. Die Harmonie der äußeren Erscheinung war wichtig, auch das hatte Catharina schon bei der Herzogin gelernt. Nur den Schleier vor dem Gesicht hatte sie rundheraus abgelehnt. Das war nun doch zu viel des Guten. Sie wollte ihr Gesicht in den Wind halten können.

Durch das enge Korsett, das unbedingt zur Grundausstattung einer jeden Frau gehörte, wenn sie keine einfache Arbeiterin war, und das Jule heute auf Catharinas Wunsch nicht allzu straff geschnürt hatte, wurde ihre Brust leicht nach oben gedrückt. Mit ihrer Sanduhrenfigur und diesem schönen Dekolleté war sie auf der modischen Höhe der Zeit. Das jedenfalls betonte ihre überschlanke Freundin Esther, die sich selbst ein paar mehr Pfunde auf den Rippen wünschte.

Catharina schlenderte die Lüdinghauser Straße entlang in Richtung Ortsmitte. Doch anstatt sich auf direktem Wege zum Pfarrhaus zu begeben, umrundete sie den Kirchplatz, ging am Rathaus vorbei bis zum Marktplatz, spazierte an den Dülmener Stuben, dem Friseur Gerversmann und der Apotheke Bresky entlang, dann hinüber zum Kontor und Ladengeschäft der Sterners.

Es waren viele Leute unterwegs, Pferdewagen beladen mit Fässern und Kisten sowie ein leichter Einspänner überquerten den Platz. Fußgänger eilten von hier nach da, Dienstmägde machten die letzten Besorgungen des Tages, ein paar halbwüchsige Jungen trieben Schabernack mit einigen empört aufflatternden Tauben, die um den Brunnenrand herum gesessen hatten.

Einen Moment lang besah sich Catharina die Auslagen von Sterner, dann ging sie auf der anderen Seite des Marktplatzes hoch in Richtung Pfarrhaus. Da das Wetter trocken war, konnte sie leicht den Platz überqueren. Sie musste lediglich die Röcke etwas raffen, die sonst mit dem Unrat, der die Straße bedeckte, in Berührung gekommen wären.

Hier gab es noch viel mehr zu sehen als drüben. Die Fenster des Textilgeschäftes Wiese waren immer einen Blick wert. Die neumodischen Seidenkrawatten der Berliner Firma Pelo in gewagten Farben waren absolut sehenswert. Nicht viele Männer in Dülmen trugen so etwas, nur Herr Sterner und sein Bruder Johan. Die bewiesen Mut zur Mode, wobei Johan, was Farben betraf, noch mutiger als Alon war.

Die Schneiderei Kuhlmann stellte einen feinen Herrenanzug von edlem grauen Tuch aus. Dazu einen eleganten Hut, Lederhandschuhe und einen Gehstock mit einem Pferdekopfknauf aus geschnitztem Elfenbein. Catharina dachte darüber nach, wie einfach es doch für Männer war, sich gut zu kleiden. Sie mussten nicht darauf achten, ob die Farbe zum Teint passte und welcher Stoff die Blässe der Haut unterstrich. ‚Letzteres spielt bei mir keine Rolle', dachte sie amüsiert. Kräftige Farben, die blasse Frauen nicht gut tragen konnten, passten zu ihrer leicht olivgetönten Haut hervorragend. Männer bevorzugten dezente Töne, liebten jedoch gute und edle Stoffe, je nach Geldbeutel natürlich.

Das Stickereigeschäft Friesen kannte sie gut. Dort hatte sie oftmals etwas für die Herzogin besorgen müssen. Sie schaute zum Fenster hinein und winkte Frau Friesen, die hinter dem Ladentisch stand und Bänder sortierte. Ihr fröhliches „Guten Tag, Fräulein Catharina" konnte sie durch das Fenster hören.

Beschwingt ging sie weiter, nickte hier und da grüßenden Bekannten freundlich zu, schaute sich ihre Silhouette im Schaufenster des Textilgeschäfts Althoff an, kam an der Dechanei und am Haus der alten Frau Sterner vorbei, in das diese erst vor ein paar Wochen eingezogen war. Noch ein Blick in das Fenster der Buchhandlung Kersting und schon war sie beim Pfarrhaus angelangt.

Sie klopfte sich gerade den Staub von Rock und Umhang und säuberte die Schuhsohlen am Kratzer, der aus der Hauswand ragte, als sich die Tür öffnete und eine strahlende Berte vor ihr stand.

„Das Fräulein Stein! Ja so eine Überraschung. Und wie elegant sie ausschaut. Ganz eine feine Dame. Da mag ich gar nicht mehr du sagen."

„Ach Berte, was redest du denn da. Ich bin doch keine Dame. Und außerdem, wie lange kennen wir uns schon, hm? Ist der Herr Pastor zu Hause?"

„Der ist grad heimgekommen. Hast Glück, Mädchen. Komm nur herein. Möchtest du eine Tasse Kaffee? Kann schnell einen aufbrühen und später in den Garten gehen", plapperte die rundliche Berte ohne Punkt und Komma.

„Ja, wunderbar, Berte, wie immer in bester Stimmung, was?", antwortete Catharina und streckte Berte lachend die Hand entgegen. Berte zog Catharina hinter sich her in die Stube und schob sie in die Mitte des Raumes.

„Setz dich, Mädchen, ich geh nur schnell in die Küche und bin gleich wieder da. Sicher willst du nach Büchern schauen? Der Pastor hat mir gesagt, dass du lesen magst. Er wird auch gleich herunterkommen. Ach lesen, ich würd's ja auch gern, kann es aber nicht. Hab es nie gelernt. Bist da sehr gut dran, Mädchen." Noch im Hinausgehen rief sie die Treppe im Flur hinauf:

„Herr Pastor, die Catharina ist da und möchte zu Ihnen." Dann verschwand sie in der Küche, von wo Catharina das Klappern von Geschirr hörte. Kurz darauf betrat Pastor Böckenhoff den Raum und kam fröhlich lächelnd auf Catharina zu.

„Catharina, ich freue mich, dass du gekommen bist. Und wie elegant du wieder aussiehst. Die Arbeit bei den Sterners gereicht dir allemal zum Vorteil", sagte der Geistliche galant und bot Catharina einen Stuhl an. „Nun erzähl mir, wie es dir bei deiner Herrschaft ergeht und was es Neues zu berichten gibt."

Catharina erzählte von den Lesestunden, dem gemeinsamen Musizieren mit Esther und Johan und gab die eine oder andere harmlose Tratscherei aus der Küche zum Besten, was Böckenhoff sehr zu amüsieren schien.

„Ich sehe schon, liebe Catharina, dass du wohl aufgehoben bist und du sicher nicht mehr von dort fortgehen willst." Noch bevor er weiterreden konnte, öffnete sich die Tür und Anton Pläster kam mit einem Buch unterm Arm herein.

„Anton, na, das ist ja eine Überraschung. Soeben ist Fräulein Stein gekommen, um sich ein Buch auszuleihen. Wie ich sehe, hast du den Jules Verne mitgebracht. Den kannst du dir dann gleich ausleihen, Catharina. Ich könnte mir vorstellen, dass das etwas für dich ist. Du interessierst dich doch für moderne Schriften. Und hier haben wir etwas Besonderes. Der Anton ist begeistert, wie ich sehen kann, nicht wahr, Anton. Hat ja auch was mit Technik zu tun. Anton arbeitet an den mechanischen Webstühlen bei den Sterners, musst du wissen. Gleichzeitig ist die Geschichte so fantastisch, dass es jedem abenteuerlustigen Wesen zur Freude gereicht."

„Ich habe es bereits gelesen, Herr Pastor, es ist wirklich großartig", sagte Catharina verlegen lächelnd und sah den ebenfalls verlegen lächelnden Anton an.

In diesem Augenblick betrat Berte mit einem Tablett die Stube, stellte drei Tassen und eine Kaffeekanne auf den Tisch, dazu eine Schüsselchen selbst gebackener runder Kekse.

„Anton, setz dich und trink einen Kaffee mit uns. Berte hat die Kekse gebacken, die du so gerne magst." Pastor Böckenhoff zeigte auf einen Stuhl.

Anton konnte kaum den Blick von Catharina wenden. Verwirrt sah er zu Böckenhoff hinüber und sagte: „Es tut mir leid, ich muss sofort wieder los. Der Vater braucht zu Hause meine Hilfe. Er hat neuerdings wieder solche Herzschmerzen. Ich wünsche Ihnen allen einen guten Tag", wandte sich um und verließ geradezu fluchtartig das Pfarrhaus.

Pastor Böckenhoff sah ihm kopfschüttelnd nach und wandte sich wieder Catharina zu. Berte schüttelte ebenfalls den Kopf und ging etwas vor sich hin brummelnd aus dem Salon.

Zwischen zwei Schlucken Kaffee fragte Catharina mit niedergeschlagenem Blick: „Wer ist denn eigentlich dieser Anton, Herr Pastor, der auch so gerne liest?" Sie ließ unerwähnt, dass sie dem jungen Mann schon häufiger auf dem Firmengelände begegnet war. „Ein Arbeiter, der sich für Bücher interessiert, das ist ja schon mal was, nicht wahr?"

„Ja, ja, das ist schon mal was", antwortete Böckenhoff und warf Catharina mit leicht schräg geneigtem Kopf einen verschmitzten Blick zu.

Catharina und Esther, November 1873

„Weißt du, Cathi, diese Geschwindpostkutsche, wie man die Diligence im Volksmund nennt, war ein wahres Wunder der Technik, damals 1841." Esther Sterner sprach wie immer mit vornehm leiser Stimme und einem entzückenden holländischen Akzent. Sie sah nicht von ihrer Stickarbeit auf, die sie auf dem Schoß in ihren sehr weißen zarten Händen hielt.

„Ihre Stahldruckfedern dämpfen die harten Stöße, die einem das Reisen früher als so schrecklich unangenehm empfinden ließen. Die Abteile sind zwar elegant und komfortabel eingerichtet, aber altmodisch. Immerhin haben wir das Jahr 1873, nicht wahr, und das Reisen in einem der neuen Dampfzüge ist doch viel aufregender. Die Landschaft fliegt an einem nur so vorbei, wenn man aus dem Fenster schaut."

„Das scheint mir wirklich sehr aufregend zu sein. Ich bin bisher weder in einer Diligence noch in einem Zug gereist. Ich bin überhaupt noch niemals gereist", Catharina schaute zu Esther und betrachtete deren kindlich zartes Profil mit der fast durchscheinenden Haut. An den Schläfen sah sie feine blaue Äderchen pochen. Dann blickte sie auf ihre eigenen Hände, die wie Esther eine Stickarbeit in einem runden Rahmen hielten. Ihre Hände waren größer, mit langen Fingern, die in schön geformten Nägeln mündeten. Überhaupt war sie kräftiger gebaut als Esther, überragte sie um einen halben Kopf. Ihre weibliche Figur bildete einen auffallenden Kontrast zur mädchenhaft flachen Gestalt Esthers, deren Hüften nur durch die Turnüre Form bekamen. Der üppige Faltenwurf des Stoffes von der Brust abwärts täuschte ebenfalls vor, was nicht da war.

Sie fühlte eine tiefe Zuneigung zu Esther, die eine echte Freundin geworden war. Catharina war dankbar für die Chance, die sie durch die Vermittlung der Herzogin hierher in die Familie Sterner, erhalten hatte.

„Also, Cathi, wir werden mit dem Zug und nicht mit der Diligence reisen. Abgemacht?"

„Sehr gern, Esther. Aber wirst du da nicht Ärger mit deiner Schwiegermutter bekommen? Malka Sterner ist eine sehr resolute und bestimmende Person." Catharina dachte an die beeindruckende Erscheinung Frau Sterners, einer Patriarchin wie sie im Buche stand, die seit dem Tod ihres Mannes vor 20 Jahren ausschließlich schwarz trug. Sie hatte die Werksgeschäfte vor sechs Jahren an ihre Söhne abgetreten und bis zur Hochzeit ihres Jüngsten das Regiment in der Villa Sterner geführt.

Malka Sterner war klein und sehr schlank, trotz der sechs Kinder, die sie zur Welt gebracht hatte, und von denen nur ihre drei Söhne das Erwachsenenalter erreichen durften. Ihre helle Haut bildete einen starken Kontrast zum schwarzen, mit weißen Strähnen durchzogenen Haar, das sie immer in einem strengen Knoten trug, darüber eine schwarze Spitzenhaube. Ihre großen pechschwarzen Augen funkelten wie nasse Kohlen und waren von einem Kranz schwarzer Wimpern umgeben. Ihr Gesicht war von tausend feinen Fältchen durchzogen, was ihrer Schönheit aber keinen Abbruch tat.

In der Eingangshalle des Hauses hing ein lebensgroßes Porträt dieser Frau, das sie in der Blüte ihrer Jugendjahre zeigte, kurz nach der Hochzeit mit Alfons Sterner. Man mochte kaum den Blick von dieser strahlenden Schönheit in einem blütenweißen Gewand im griechischen Stil, durchwirkt von Silberfäden, abwenden.

Malka Sterner neigte zum Herrischen, war aber nicht unliebenswürdig, wenn sie wollte. Sie hatte die Geschäftsbühne rechtzeitig verlassen und das Zepter an die junge Generation weitergereicht, was für ihre Klugheit und Weitsicht sprach. Im Herzen aber war sie nach wie vor eng mit der Weberei verbunden, die sie zusammen mit ihrem Mann aufgebaut hatte. Sie verfolgte die Entwicklung mit wachsamen Augen, ließ sich Neuerungen von den Söhnen erklären und bewunderte sie für ihre moderne Art und Weise, die Fabrik zu führen und zu erweitern. Sie war sehr stolz auf ihre Familie, auch wenn sie das nicht zeigte.

„Außerdem hält sie das Zugreisen für ungesund und Geist ver-
wirrend, geradezu gefährlich für den Körper einer jungen Frau",
sagte Catharina, die sich erst vor Kurzem einen entsprechenden
Vortrag Frau Sterners beim Tee hatte anhören müssen.

Esther lachte fröhlich auf. „Unsinn, sie heißt nicht umsonst
Malka, Königin, sie benimmt sich auch immer noch so, obwohl
ich hier jetzt die Herrin bin. Seit sie in ihrem neuen Haus am
Marktplatz wohnt, haben Johan, Alon und ich das Reich für uns
allein."

Catharina staunte immer wieder, wenn die sonst so zarte und
feinfühlige Esther diesen selbstbewussten Ton anschlug.

„Du hast sehr viel Glück mit deinem Mann, Esther, auch wenn
er für dich ausgewählt wurde. Er steht an deiner Seite und lässt
sich von der Mutter nicht mehr allzu viel sagen. Dieses Glück
haben nicht alle Schwiegertöchter. Ich höre da so manch Uner-
quickliches", antwortete Catharina mit ernstem Gesicht.

„Ich glaube, das ist so, weil er der jüngste Sohn ist. Er durfte
sich immer alles erlauben. Chaim und meine Schwägerin Gabriela haben es da nicht so leicht. Mutter Malka mischt sich in alles
und jedes ein, vor allem in die Kindererziehung. Ihr scheint Gabriela nichts recht zu machen. Sie ist ihr zu temperamentvoll, ver-
wöhnt und verweichlicht ihre Kinder zu sehr, ja, sie mäkelt sogar
an ihrem Haar herum. Dabei ist ihres ebenso schwarz. Und
schließlich ist Gabriela Sizilianerin. Da kann sie nichts für ihre
Lockenpracht. Zum Glück lässt sie Johan noch in Ruhe, obwohl
es ihr natürlich ein Dorn im Auge ist, dass er immer noch nicht
verheiratet ist."

„Er ist eben ein ganz besonderer Charakter und sehr eigenwillig. Ich wünsche ihm nur, dass er sich zu nichts drängen lässt. Er hat solch ein sanftes Gemüt", entgegnete Catharina und dachte an Johan mit seinen feinen Händen und dem oftmals traurigen Lächeln um einen etwas zu weichen Mund. Er hatte so gar nichts Preußisch-Männliches. Dafür besaß er ein Gespür für die Finanzen der Firma, war ein bekannter Kunstsammler und überhaupt ein Liebhaber der feinen Künste. Er war mit einigen jungen Malern der Provinz eng befreundet und förderte sie. Seit Malka Sterner die Villa verlassen hatte, war er in deren Räume gezogen und hatte sie nach seinem Geschmack umdekorieren lassen, was modernes Mobiliar und viel zeitgenössische Kunst bedeutete. Er lebte im Haus, schloss sich den anderen aber fast nur zu den Mahlzeiten an.

„Wird er schon nicht. Manchmal denke ich, aus ihm wäre besser eine Tochter geworden. Aber jetzt zu unserer Reise: Wir nehmen den Zug. Ich werde der Tante in Paris telegrafieren. Ich freue mich so sehr, Cathi." Esther legte ihre Handarbeit zur Seite und schlang die Arme um Catharinas Hals. „Endlich mal wieder in einer richtigen Stadt sein. Paris, du wirst sehen, es ist so herrlich dort und wunderbar. Die ganz große Welt. Das Theater, die Museen, die Gesellschaft, ach, einfach alles", schwärmte Esther.

Catharina sah sie mit einem amüsierten Blick an. „Na ja, so klein ist unser Dülmen doch auch nicht."

„Das sagst du nur, weil du nichts anderes kennst. Dülmen ist ein verschlafenes Nest gegenüber Paris. Warte es nur ab, Cathi."

Auf dem Bahnsteig in Dülmen warteten nicht viele Menschen. Werner Wohlfahrt, Kutscher der Sterners und nicht viel älter als Catharina und Esther, hatte die jungen Frauen mitsamt der Zofe Jule im Zweispänner zum Bahnhof gefahren. Am Tag zuvor war bereits ihr großes Gepäck vorgeschickt worden, so waren sie nun lediglich mit kleinen Reisetaschen unterwegs. Jule schleppte den Proviantkorb mit sorgfältig eingepackten Broten, Kuchen, einigen Äpfeln, Konfekt und zwei verschließbaren Glasflaschen mit Wasser.

Zum Glück hatten sie das Abteil für sich allein und konnten sich somit etwas legerer hinsetzen, als es in Gegenwart anderer Fahrgäste möglich gewesen wäre. Immer und überall musste man als Frau auf Etikette achten. Ein ziemliches Übel, wie Catharina befand. Nun, so ganz leger zu sitzen war allerdings doch nicht möglich. Die Korsettstangen drückten, obwohl das Reisekostüm, das sie trug, mit weicheren Stangen ausgestattet war als ein normales Tageskleid.

Jule hatte sich umgehend in eine Ecke des Abteils gesetzt, hatte sich versichert, dass es ihrer Herrschaft und Catharina wohl erging und war schnell eingeschlafen.

Bereits nach einer halben Stunde war das aufgeregte Herzklopfen Catharinas verschwunden. So schlimm war das Zugfahren nun wirklich nicht. Draußen raste alles an einem vorbei, aber es war auch wundervoll. Dies war die moderne Zeit und sie mittendrin auf dem Weg nach Paris.

Catharina sah an sich hinunter auf das neue Kostüm aus cremefarbenem Chintz, das einen hochgeschlossenen Stehkragen hatte und auf der gesamten Vorderseite mit dunkelgrünen Blüten bestickt war. Diese Stickerei setzte sich an den Volants der langen Ärmel fort und schmückte die Bordüre der schwungvoll hochgerafften vorderen Stoffbahn, die unterhalb der Taille auf der linken Seite festgenäht war. Auf dem Rock darunter rankten die Blüten der Bordüre an der linken Außenseite entlang und endeten erst kurz oberhalb ihrer Schuhe. Ein sehr schönes Kleid, das ihr ausgezeichnet stand, wie Frau Lovis, die Schneiderin der Sterners, anerkennend bemerkt hatte. Niemals hätte Catharina auch nur davon geträumt, ein solch herrliches Kleid zu besitzen, aber Esther hatte darauf bestanden. Sie wolle schließlich in Begleitung einer standesgemäß gekleideten Gesellschafterin reisen und nicht mit einem grauen Mäuschen in grauem Cotton, hatte sie schmunzelnd und mit wohlwollenden Blicken auf Catharina gesagt. Dann hatte sie eine Kamee hervorgeholt und sie am Stehkragen des Kleides festgesteckt.

„So, meine Liebe, jetzt ist das Kleid perfekt. Paris, wir kommen!", hatte Esther lachend gerufen und sich mit Catharina an den Händen im Kreis gedreht.

Nun saßen sie tatsächlich im Zug unterwegs in die große weite Welt. Paris! Das Zentrum der modernen Welt. Catharina hatte ihren kleinen Reisehut abgelegt und auf der Gepäckablage über sich platziert. Sie fragte sich, ob sie den Stehkragen am Hals öffnen könne. Als sie sah, dass auch Esther die oberen Knöpfe ihres Kleides gelöst hatte, tat sie es ihr gleich und fühlte sich augenblicklich wohler.

Esther trug selten braun, aber dieses Reisekleid aus gold-braunem Stoff war so raffiniert mit Stickereien, Bändern und glitzernden Schmuckknöpfen versehen, dass es wunderbar an Esthers zarter Gestalt aussah. Außerdem bildete es einen schmeichelnden Kontrast zu ihrem blonden Haar und den blassblauen Augen, mit denen sie Catharina immer wieder vergnügt anblickte. Ihr Hut hatte Fasanenfedern, die ganz auf den Braunton des Kleides abgestimmt waren. Auch dieser Hut lag auf der Ablage und die Federn wippten im Takt des Zuges hin und her.

Catharina lehnte sich etwas zurück und schloss die Augen. Das gleichmäßige Ruckeln des Zuges wiegte sie in einen leichten Dämmerschlaf. Als sie nach einer Weile aus einem etwas wirren Traum aufschreckte und erst einmal überlegen musste, wo sie sich befand, blickte sie zu Esther, die in ein kleines Buch vertieft war. Als die Freundin bemerkte, dass Catharina wach war, reichte sie ihr das Buch herüber.

„Kennst du dieses Buch? Ein Kriminalroman, „Im Eckfenster" von Friedrich Gerstäcker. Hast du davon schon etwas gehört?"

„Nein, um was geht es darin?"

„Es hat wohl vor drei Jahren für Aufsehen gesorgt, als es in der Kölnischen Zeitung als Fortsetzungsroman erschien. Ich habe es von Tante Miriam geschenkt bekommen. Menschliche Abgründe, hat sie gesagt, aber ich sei ja jetzt erwachsen und vor allem verheiratet, und somit reif für diese Art der Literatur. Nun bin ich natürlich sehr gespannt, wie du dir vorstellen kannst. Du kannst es auch lesen, wenn ich damit fertig bin."

Catharina wurde wieder einmal bewusst, welch ein Glück sie hatte, in Esther eine Dienstherrin gefunden zu haben, die sie nicht wie eine Magd, sondern so gut wie ebenbürtig behandelte. Das Haus Sterner war fortschrittlich und liberal, man sprach offen über Politik, Literatur, auch politische Literatur, über die Frauenbewegung und gesellschaftliche Skandale mit einer fröhlichen, fast schon ironischen Offenherzigkeit, die Catharina Einblick in Vieles gab, was ihr in ihrem Stand normalerweise verschlossen geblieben wäre. Sie wurde nicht hinausgeschickt, wenn die Familie nach dem Essen beisammensaß und diskutierte. Man behandelte sie freundlich und anerkennend, wenn sie einmal ihre Meinung zu dem einen oder anderen Thema äußerte. Natürlich tat sie dies nur, wenn sie gefragt wurde.

Malka Sterner mit ihrem größeren Standesbewusstsein war allerdings noch strenger als ihre Söhne. Da sie mittlerweile aber nicht mehr in der Villa, sondern im eigenen Haus in der Stadt wohnte, konnte Esther das Haus so führen, wie sie es für richtig hielt. Alon ließ ihr jeden Freiraum. Er vergötterte Esther und Catharina wusste, dass er sehr froh über ihre Anwesenheit im Hause war.

Sechs Monate war sie nun schon bei Esther und genoss ihre Arbeit jeden Tag. Die beiden jungen Frauen hatten schnell Gemeinsamkeiten festgestellt, ihre Liebe zu Büchern, die sich bei Catharina dank Esthers Unterstützung nun erst richtig entwickelte. Catharina konnte lesen, was für ein Mädchen ihre Herkunft, als zweite Tochter einer Hunsrücker Zuwandererfamilie, nicht unbedingt üblich war. Ihre sieben Jahre ältere Schwester Anna Maria war noch in Seibersbach im Hunsrück geboren und mit den Eltern im Treck nach Westfalen gekommen. Catharina war als das späte Kind der bereits über 40-jährigen Eltern in Dülmen geboren und hatte dort ihre Heimat. Der Tod des Vaters vor zwei Jahren hatte ein Loch in die Familie gerissen, das sich nicht stopfen ließ. Die Mutter war seither noch stiller geworden und sprach kaum noch. Nur wenn sie die kleine Quetschkommode aus der Truhe holte und darauf Hunsrücker Weisen spielte, hellte sich ihr trauriges Gesicht auf.

Anna Maria hatte mit 13 eine Stellung als Hausmädchen bei einem Amtmann angenommen, wo sie bis zu ihrer Heirat arbeitete. Sie selbst konnte bis zu ihrem 14. Lebensjahr in die Schule gehen und war traurig, als sie diese verlassen musste.

Zu Hause wurde Hunsrücker Platt gesprochen, draußen Westfälisch. Die Mädchen machten sich jedoch einen Spaß daraus, die Leute auf der Straße zu verwirren, wenn sie zu gemeinsamen Einkäufen unterwegs waren und ihren Dialekt sprachen.

„Aisch kauf mer en parbel un geh damit aufm traddewa", flötete Anna Maria mit vornehm gespitzten Lippen, was so viel hieß wie ,Ich kauf mir einen Regenschirm und gehe damit auf dem Bürgersteig'.

„Ne, aisch will heme, et wird a schutt genn", nein, ich will heim, es wird einen Schauer geben, antwortete dann lachend Catharina und hakte sich bei der älteren Schwester unter. Sie hatten so viel Spaß zusammen. Als der Vater noch lebte, hatten sie viel gelacht, gemeinsam musiziert und gesungen. Der Vater sang mit seiner schönen Stimme, die das kleine Haus heller werden ließ, und die Mutter spielte auf der Quetschkommode dazu.

Esther Sterner liebte die Musik ebenfalls und war eine hervorragende Klavierspielerin. Stimmte sie romantische Lieder an, begleitete Catharina sie mit ihrer klaren Stimme. Manchmal, wenn Johan zu Hause war und die Gesellschaft der jungen Frauen suchte, spielte Esther mit ihm vierhändig. Es war wunderbar. Die Musik erfüllte den Raum und die Flure und das Lachen der drei jungen Leute war bis in die Küche hinunterzuhören, wo Elsa das eine oder andere Liedchen mitsummte.

Bis auf die Abende, an denen Alon Sterner zu Hause war und mit seiner Angetrauten allein sein wollte, verbrachten Esther und Catharina so viel Zeit wie möglich miteinander. Alon war freundlich zu Catharina und froh darüber, dass seine junge Frau, die von zarter Konstitution und leicht melancholischem Gemüt zu sein schien, sich tagsüber nicht langweilen musste. Ihm gefiel auch Catharinas Art, für fröhliche Stimmung zu sorgen, was der stillen und eher ernsten Esther offenbar sehr guttat. Catharinas offenkundige physische und psychische Stärke beruhigte ihn in jeder Hinsicht. Und so hatte er nichts dagegen, dass die beiden Damen ohne Begleitung nachmittägliche Spaziergänge im Park unternahmen, der immerhin weder von einer Mauer noch einem Zaun umgeben nach allen Seiten offen war und direkt an die Fabrik angrenzte. Wenn er Esther in Gegenwart Catharinas lachen hörte oder sie in der Bibliothek fand, die Köpfe über einem Buch zusammengesteckt, dann wurde ihm leicht ums Herz und er war glücklich.

Catharina genoss die Freiheit im Hause Sterner sehr und dachte an ihre Jahre im Dienste des Herzogs von Blois, wo sie mit 14 als Küchenmagd angefangen hatte. Zu ihren Pflichten gehörte es, schon am frühen Morgen die vielen Kamine im Schloss auszukehren, anzuheizen, Wasser vom Brunnen zu holen und in die Küche zu tragen, dann musste sie Botengänge erledigen und der Köchin Agnes zur Hand gehen. Sie lernte viel bei Agnes, die streng und sehr fähig war, die keinen Widerspruch duldete und laut schimpfen konnte, wenn etwas nicht so lief, wie es ihrer Meinung nach sollte. Aber sie hatte das Herz auf dem rechten Fleck und mochte Catharina.

Im ersten Dienstjahr erhielt sie keinen Lohn für ihre Arbeit, dafür freie Kost und Logis. Alle 14 Tage hatte sie am Sonntag vier Stunden frei, die sie nutzte, um in die Kirche zu gehen und ihre Familie zu besuchen. Ihre Schwester Anna Maria hatte mit 21 den Schlosser Albert Vüllenhagen geheiratet und der junge Ehemann war zu Frau und Schwiegereltern an den Westring gezogen. Seine Eltern waren kurz zuvor einem Fieber erlegen.

Im zweiten Dienstjahr erhielt Catharina ein paar Groschen Lohn, den sie der Mutter jedes Mal heimlich in die Schürzentasche steckte. Sie wurde nur noch scherzhaft Jungfer von Stein genannt, mit Betonung auf „von". Alle hörten ihr gespannt zu, wenn sie Dönekes aus dem Schlossalltag zum Besten gab und mit viel schauspielerischem Talent die Bewohner nachahmte. Es gab Kuchen und Kaffee zur Feier des Tages.

Im herzoglichen Haushalt fiel Catharina der Hauswirtschafterin Frau Henriette von Padberg, die das gesamte Personal bis auf den Butler des Herzogs unter sich hatte, durch ihren Fleiß und ihr immer vorbildlicher werdendes Benehmen auf. Der Majordomus war eine Sache für sich und sprach kaum ein Wort mit den „niederen" Hausangestellten. Frau von Padberg führte für jede und jeden von ihnen ein Dienstbüchlein, das in Catharinas Fall so lückenlos und vorbildlich ausfiel, dass sie 1873 eine Empfehlung für die Familie Sterner ausprach.

Doch schon bevor dies geschah, stieg sie unerwartet eine Etage höher im Schloss auf. In ihrem dritten Dienstjahr durfte sie bei Tisch den Herrschaften das Essen servieren. Dort wurde dann auch die Herzogin auf sie aufmerksam. Als deren Kammerzofe Antonia im November 1871 mit der Grippe darniederlag, ließ sie Catharina zu sich in ihre Gemächer rufen, um ihr beim Ankleiden behilflich zu sein. Herzogin Bernadette betrachtete sie ausgiebig von allen Seiten, lobte ihre reine Haut, ihr hübsches Gesicht und ordnete an, dass Catharina ab sofort nur noch ihr unterstehe.

So war sie wie die Jungfrau zum Kinde in der Belle Etage des Schlosses gelandet, bekam eine Zofengarderobe mit einer schönen weißen Haube und einen guten Schlafplatz. Der lag zwar immer noch unter dem Dach, aber in einem besseren Zimmer ohne Zug und durchtropfenden Regen. Das Beste jedoch war, dass sie den Raum ganz für sich allein hatte und ihn nicht mehr mit zwei anderen Küchenmädchen teilen musste.

Als dann die arme Antonia im Januar an einer Lungenentzündung starb, wurde sie zur alleinigen Kammerzofe der Herzogin Bernadette, bis im Frühjahr 1873 eine Cousine des Herzogs aus

Wien eintraf und Catharina ablöste. Nach Rücksprache mit Frau von Padberg und Einsicht in Catharinas aussagekräftiges Dienstbüchlein, ließ die Herzogin ein Empfehlungsschreiben für sie an die Fabrikantenfamilie Sterner aufsetzen.

Aus Catharina war eine junge Dame geworden, die sich dank herzoglichen Unterweisungen in höfischem Benehmen und Etikette auskannte, die Geschmack bei der Auswahl der Roben und des passenden Schmucks bewies, frisieren und Kleider aus kostbaren Stoffen ausbessern konnte und durchaus geistreich zu konversieren verstand. Das alles hatte sie bei den von Blois gelernt und das alles hatte ihr den Weg in diese schöne Zukunft bei der Familie Sterner geebnet.

Manchmal tollte sie laut lachend mit Esther, die immer öfter auftaute, durch die Zimmer und Flure. Dann wieder genoss sie die Nachmittage mit Esther in der großen Bibliothek, wo sie Bücher der Geschwister Brontë lasen, sich gegenseitig Gedichte von Annette von Droste-Hülshoff vortrugen, sich in George Eliots Roman „Middlemarch" und in George Sands gesellschaftskritische Beiträge vertieften.

Esther sprach Niederländisch, Englisch und Französisch, las Bücher in den Originalsprachen, übersetzte Catharina wichtige Passagen und erklärte ihr die Nuancen und Stimmungen der Texte. Das Französische hatte es Catharina besonders angetan. Ihr gefiel der Klang dieser Sprache und so bat sie Esther, ihr ein wenig beizubringen. Esther kam diesem Wunsch mit großer Freude nach. Ab sofort erhielt Catharina täglich eine Stunde Französischunterricht und sie lernte schnell.

Es gab im Hause Sterner internationale Literatur aber auch in Übersetzungen. Catharina war besonders von den Schriften Georges Sands beeindruckt, die sich frank und frei kritisch zu verschiedenen Problemen der Zeit äußerte. Sie trat für die Rechte der Frauen ein und kritisierte die fragwürdige Stellung der Frau in der Institution Ehe. Sand forderte sogar die Gleichberechtigung der verschiedenen Klassen in Bezug auf die Verteilung der Güter. Das war mutig, geradezu unerhört. Eine überaus großartige Person, wie Catharina befand. Da sich Esther ebenfalls mit diesen Themen beschäftigte, hatten die beiden nie enden wollenden Gesprächsstoff, der sie manchmal, wenn Alon außer Haus übernachtete, bis tief in die Nacht diskutieren ließ.

Nachdem Catharina Jules Vernes Roman ausgelesen hatte, gab sie ihn Esther, die ihn ebenso begeistert verschlang.

„Die technische Revolution! Das ist doch genau das, was sich heutzutage vor unser aller Augen abspielt. Ja, jenseits unseres Gartens in der Fabrik meines Mannes ereignet sich genau jetzt diese Revolution", ereiferte sich Esther und bekam rosige Wangen.

„Immer mehr Frauen wollen in der Fabrik arbeiten und stellen sich offenbar ebenso geschickt an den Maschinen an wie die Männer", sagte Catharina. „Das ist Fortschritt. Das ist die Zukunft."

„Alon zahlt den Frauen seit letztem Monat genauso viel Lohn wie den Männern! Das ist fantastisch und so modern", schwärmte Esther.

Sie redeten giggelnd über die Arbeiter, von denen sie genau wussten, dass sie sie beobachteten, wenn sie nachmittags bei gutem Wetter durch den Park spazierten. Die Männer standen in ihrer Pause an die Fabrikmauern gelehnt, rauchten und unterhielten sich leise. Die beiden Frauen sprachen auch über Anton, einem der Vorarbeiter der Weberei. Als Catharina ihm Ende August bei Pastor Böckenhoff begegnet war, hatte sie bereits eine besondere Spannung zwischen ihnen beiden gespürt. Das erzählte sie Esther aber nicht, auch nicht, dass eben dieser Anton sie seither ein paar Mal nach dem Gottesdienst zu ihrem Elternhaus begleitet hatte.

Esther, die wie die ganze Familie Sterner jüdischen Glaubens war, ging natürlich in die Synagoge und somit hatte Catharina die Möglichkeit, sich allein außerhalb der Villa aufzuhalten und ein wenig Zeit mit Anton zu verbringen, wenn auch nur ein unauffälliges Viertelstündchen. Er gefiel ihr ausnehmend gut. Nicht nur, weil er so schön, männlich und groß war, weil seine blaugrauen Augen mit dem rehbraunen Viertelchen so verführerisch und geheimnisvoll leuchteten. Sie hatten so vieles gemeinsam, interessierten sich für Bücher und die Frauenbewegung, von der er als Mann sehr viel hielt. Er sei wie sein Vater Bernhard Demokrat, hatte er ihr erzählt, und der habe damals 1848 in Hiltrup bei Münster auf der Rennbahn an der großen Demokratenversammlung teilgenommen. Es gab so viele Dinge, über die sie miteinander reden wollten, und immer ging die Zeit viel zu schnell vorbei.

Anton, November 1873

Nun war Catharina in Paris und er musste sich bis zu ihrer Rückkehr irgendwann im Dezember gedulden. Sie fehlte ihm. Er war
verliebt, so sehr, dass er kaum an etwas anderes denken konnte.
Die Hänseleien der Kollegen hatten aufgehört, seit er mit ihr
ganz offen nach dem Gottesdienst spazieren ging und einmal
von ihrem Schwager zum Nachmittagskaffee eingeladen worden war.

Manchmal überfielen ihn jedoch auch Zweifel. Catharina kam
aus einfachsten Verhältnissen, war aber dennoch anderes gewohnt, seit sie bei den Sterners lebte und arbeitete. Niemals
würde er in der Lage sein, ihr solch einen Luxus zu ermöglichen.
Sie hatte ihm beteuert, dass sie ihn liebte und somit auch ein einfaches Leben an seiner Seite lieben würde. Er war nur zu gern
bereit, ihren Worten zu glauben, und verdrängte das ungute Gefühl im Bauch.

Nach ihrer Rückkehr wollte er um ihre Hand anhalten und sich
mit ihr verloben. Das hatte er sich fest vorgenommen. Er mochte
ihre Familie. Sein Vater hatte Joseph Stein gekannt und erzählt,
dass der zwar kein echter Hiesiger gewesen sei, aber die richtige
politische Einstellung gehabt hätte. Ein prima Kerl, mit dem er
beim legendären Wirt Keller oftmals zusammengesessen und
diskutiert habe. Da könne seine Tochter sicher nicht verkehrt
sein, hatte der Vater ihm schmunzelnd gesagt und ihn in die Rippen geknufft. Außerdem war sein Lohn im letzten Monat um einige Mark gestiegen, sodass er durchaus an eine Familiengrün-
dung denken konnte. Was würden sich die Eltern freuen! Und

im Haus war Platz genug für eine junge Frau und die hoffentlich folgenden Kinder.

Paris, November-Dezember 1873

Was Catharina in Paris erwartete, verschlug ihr den Atem. Schon die Ankunft am Gare du Nord war ein Schock. Menschen, wohin das Auge blickte, Gerüche, die der Nase nicht schmeichelten, dann auf den Straßen das unübersehbare Getümmel der Kutschen. Wie konnte man da nur ohne Beschädigung durchkommen? Es schien keinerlei Regeln zu geben. Der Kutscher der Haußmanns, der sie abholte, musste ein absoluter Fahrkünstler sein, um sein Gefährt sicher nach Hause zu bringen. Er saß unbeirrt mit grauem Zylinder, sich plusterndem Umhang und Pelerine auf dem Kutschbock und brüllte Anweisungen in das Getümmel hinein, wobei Catharina nicht wusste, ob sie überhaupt eine Wirkung hatten oder ob er sich damit nur selbst Mut zurief.

Und dann dieser Lärm! Ihr tat nach einer Viertelstunde bereits der Kopf weh. Die sonst so stille und empfindliche Esther jedoch schien sich pudelwohl zu fühlen. Sie lachte über Catharinas Verwirrtheit und tätschelte ihr beruhigend die Hand, als diese immer wieder kleine Schreckensschreie ausstieß, sobald eine andere Kutsche ihnen zu nahekam oder sie gar überholte. Noch nie in ihrem Leben war Catharina so froh, aus einer Kutsche auszusteigen, als sie das Viertel Marais erreichten, in dem die Wohnung der Haußmanns lag.

Tante Claire, die eine Cousine von Esthers Mutter war, bewohnte mit ihrem Mann Jacob Auguste im zweiten Stock eines prächtigen vierstöckigen Gebäudes an der Rue de Rosiers eine ganze Etage. Sie freuten sich sehr über den Besuch der jungen Frauen. Tante Claire, die mit einem entzückenden Akzent Deutsch sprach, beeindruckte Catharina mit ihrer eleganten Erscheinung. Ganz in Manier der aktuellen Mode trug sie einen marokkanischen Seidenkaftan mit orientalischen Blumenmustern und goldenen Stickereien. Sie verströmte bei jeder Bewegung einen intensiven Duft teuren Parfums. Ihr dunkelbraunes Haar war kunstvoll hochgesteckt und mit Perlen verziert. Die leicht mandelförmigen dunklen Augen strahlten und blitzten in einem fort.

Jacob Auguste war ein etwas beleibter Mann mittleren Alters, der sein Geld mit Aktiengeschäften machte. Noch am gleichen Abend erlebte Catharina, wie er Zigarre rauchend und nicht ohne Witz mit Freunden über Politik und Wirtschaft lebhaft disputierte.

Bei den Haußmanns wurde neben Französisch auch Deutsch gesprochen. Catharina war sehr froh darüber, selbst wenn sie mittlerweile eine einfache Unterhaltung in Französisch führen konnte. Nachdem man ihnen ihre mit opulenten dunklen Möbeln ausgestatteten Zimmer gezeigt und Jule in die Küche zu den Hausangestellten geschickt hatte, setzen sich Catharina und Esther auf die überaus eleganten Betten. Catharina sah sich um und war begeistert. Sie ließ sich rücklings auf die vielen weichen

Kissen fallen, stieß einen Juchzer aus und schaute in den brokatenen Himmel, der sich über den vier kunstvoll verzierten Mahagonistützen des Bettes wölbte.

Die schweren Damastvorhänge vor den Fenstern zeugten von Reichtum und moderner Eleganz. Auf dem Spiegeltisch stand eine zarte, mit einem Blumenmuster dekorierte Porzellanschale voller Rosenwasser, das einen feinen Duft im Raum verströmte. Catharina schloss einen Moment die Augen und wähnte sich im Paradies.

Kurz darauf klopfte es an der Tür und Jule erschien, gefolgt von einem mageren Wesen, das eine große Schüssel mit dampfendem Wasser trug. Das Mädchen der Haußmanns sagte auf Französisch: „Heißes Wasser, Mesdames, und hier ein paar Tücher. Sie können sich jetzt frisch machen, lässt Madame ausrichten. Und dann möchten Sie bitte in den Blauen Salon kommen, wo man Sie zum Tee erwartet." Esther übersetzte und Catharina musste Jule trösten, die sich darüber beklagte, in der Küche überhaupt kein Wort zu verstehen.

„Wieso spricht man in der Welt so viele verschiedene Sprachen, wo es doch auch auf Deutsch geht", jammerte sie.

„Liebe Jule, sei nicht so dumm. Es können doch nicht alle auf der Welt Deutsch sprechen." Catharina lachte.

„Ich werde dir in den nächsten Tagen ein paar französische Worte beibringen, Julchen. Du wirst sehen, das ist nicht so schwer, wie du denkst", versprach Esther. „Jedes Mal, wenn du meine Haare machst und mir beim An- und Auskleiden hilfst, versuchen wir uns in französischer Konversation."

„Aber Madame Esther, das lerne ich doch nie", jammerte das Mädchen.

„Außerdem kannst du in der Küche sehr viel lernen, wenn du nur recht gut zuhörst. Hände und Füße sind auch nicht das schlechteste Mittel zur Verständigung", tröstete Esther das Dienstmädchen, das jetzt den Mund zu einem etwas schiefen Grinsen verzog.

Jule drehte sich zu dem Mädchen der Haußmanns um und schickte sie mit einer brüsken Geste hinaus. „Ja, ja, machen Sie sich nur lustig über eine arme Dienstmagd", sagte sie und begann damit, die Koffer von Esther und Catharina auszuräumen.

Bei den Haußmanns ging es munter zu. Sie führten einen in der ganzen Stadt bekannten Salon, in dem man schon zum Nachmittagstee Maler, die hin und wieder sogar ihre hübschen Modelle mitbrachten, Schriftsteller, Musiker, Lebemänner und Adelige antreffen konnte. Catharina begegnete der berühmten Schauspielerin der Comédie Française Sarah Bernardt, deren selbstbewusst-eigenwillige offene Weiblichkeit sie faszinierte. Die Bernardt trug ein weites, fließendes Gewand in herrlichen Farben, um das Haar Bänder à la grecque gewunden. Soweit Catharina sehen konnte, trug sie kein Mieder. Unglaublich und so bewundernswert. Offenbar scherte sich die Frau nicht um Konvention.

Wie schwebend bewegte sich Tante Claire lächelnd und parlierend durch die Gästeschar, orderte bei den Dienern neuen Champagner und ließ sich mit kokettem Augenaufschlag von Jacob Auguste in die Wange zwicken. Nichts entging ihrer

Aufmerksamkeit, sie schien niemals müde zu werden, auch wenn der letzte Gast erst nach Mitternacht zu seiner wartenden Kutsche hinunterging.

Wenn es ruhig wurde, der Kartentisch mit Spielkarten übersät und verwaist dastand, leere oder halb volle Gläser auf Tischen und Kaminsimsen auf das Dienstpersonal warteten und die heruntergebrannten Kerzen in den Leuchtern schwach flackerten, ließ sich Claire auf eine Chaiselongue fallen, legte die Beine ungezwungen hoch, breitete die Arme weit aus und rief: „Was für ein herrlicher Abend!" Dann ging Jacob August zu ihr, beugte sich zu ihr hinab und flüsterte etwas in ihr Ohr, worauf Claire mädchenhaft kicherte und genüsslich die Augen schloss.

Catharina blieb selten so lange auf, hatte diese Szene dennoch schon beobachten können und wurde jedes Mal verlegen, ohne zu wissen, warum. Es war intim und sie schämte sich ein wenig für diesen Einblick in das Eheleben der Haußmanns.

Immer wieder staunte sie über die Menschen, die im Hause ein und aus gingen. Doch all diese berühmten Leute schüchterten sie von Mal zu Mal weniger ein. Sie waren ganz normal, so wie sie selbst, benahmen sich nicht immer ordentlich und vergaßen die Etikette. Mittlerweile amüsierte sie das und sie hatte ihre Freude daran, am späten Abend auf ihrem Zimmer mit Esther über diese bunten Vögel herzuziehen und sich über sie lustig zu machen.

Als sie bei einer Soirée den berühmten Renoir entdeckte, erschrak sie über seine eingefallenen Wangen und übernächtigten Augen. Diesen großartigen Maler, dessen Bilder sie ein paar Tage zuvor im Nationalmuseum bewundern konnte, hatte sie sich wirklich anders vorgestellt. Catharinas Sinne waren angespannt, weit geöffnet, und sie versuchte zu erspüren, worum es in all den mehr oder weniger lebhaft geführten Gesprächen ging. Vor Aufregung vibrierte sie innerlich.

Gustave Flaubert, der mit seiner Halbglatze und dem mächtigen Schnauzbart über eine starke körperliche Präsenz verfügte, beeindruckte sie besonders. In seinen Augen lag tiefe Traurigkeit. Er sprach lebhaft dem Champagner zu und im Laufe des Abends wich seine Blässe einem immer kräftiger werdenden Rotton.

Esther erzählte ihr später, als sie bereits in ihre Kissen eingekuschelt lagen, Flaubert leide an der Fallsucht und käme nur dann nach Paris, wenn er seinen Arzt konsultieren müsse. Eigentlich lebe er sehr zurückgezogen in der Normandie und beschäftige sich lediglich mit dem Schreiben und langen Spaziergängen am Strand. Eine skandalträchtige Liaison mit der Dichterin Luise Colet habe er gehabt, damals in den 50er-Jahren. Sie soll 10 Jahre älter und verheiratet gewesen sein. Catharinas Kopf schwirrte wohl nicht nur von den zwei Gläsern Champagner, die sie getrunken hatte, und sie konnte lange nicht einschlafen.

Die beiden jungen Frauen besuchten mit Tante Claire die berühmte Nationalbibliothek mit ihrem unglaublichen Lesesaal, dessen Dielenboden bei jedem Schritt die Ruhe der Lesenden empfindlich störte. Sie fuhren in das moderne Cartier de L'Europe, in dem viele Künstler lebten und in Galerien ausstellten. Ein Besuch der Oper verschlug Catharina die Sprache. So viel

Glanz, Schönheit und Eleganz hatte sie sich niemals vorstellen können.

Catharina bewunderte die neuen und modernen Stadthäuser in all ihrer Pracht und fühlte sich gleichzeitig von dem beständigen Lärm, der Oberflächlichkeit und Hochmütigkeit vieler Menschen abgestoßen. Sie bewegte sich zwischen dem schier maßlosen Reichtum der Oberschicht und sah doch auch die elenden Bettler, die vor den prächtigen Häusern und Theatern um Almosen bettelten. Nach einer Weile begann sie, sich nach dem beschaulichen Dülmen und vor allem nach Anton zu sehnen.

Esther zog es jedoch noch nicht zurück. Sie lebte förmlich auf in all dem Trubel und inmitten all dieser so verschiedenen Menschen. Esther überzeugte Catharina schließlich davon, vor ihrer Abreise unbedingt den Salon des berühmten Schneiders und Modeschöpfers Jacques Doucet zu besuchen. Er war noch sehr jung, dennoch mit knapp 20 Jahren eine Berühmtheit und alle Damen, die etwas auf sich hielten und seinen Stil zu schätzen wussten, ließen sich von ihm einkleiden.

Als Catharina und Esther den Salon Jacques betraten und er ihnen mit einem strahlenden Lächeln rechts und links die Wangen küsste, war er Catharina sofort sympathisch. Ein mittelgroßer, sehr schlanker, schöner Mensch mit pomadisiertem glänzend schwarzem Haar und funkelnden schwarzen Augen, die von einem dichten Kranz dunkler Wimpern umgeben waren. Sein Mund war voll und rosig, was ihm etwas Feminines verlieh. Ihn umwehte ein Duft von Zitrus und Bergamotte.

Dieses Wesen schien so gar keine Scheu vor jungen Damen zu haben, tätschelte beständig entweder ihre oder Esthers Hand, während er unaufhörlich mit dem entzückendsten französischen Akzent auf Deutsch über dieses und jenes plauderte, Esther zur Italienreise befragte und alles über Alon wissen wollte. Er bewunderte Catharinas Haar und ihre ‚couleur de la peau manifique‘, was diese sichtlich erröten ließ. Er benahm sich mehr wie eine gute Freundin als wie ein junger Mann, was Catharina irritierte, gleichzeitig aber auch köstlich amüsierte. Das war gewagt! Das war weltmännisch! Hatte er nicht gar geschminkte Augen und etwas Rouge auf den Wangen?

Erstaunlich war, und das zeigte mal wieder die durchaus überschaubare Größe dieser Welt, dass Jacques wohlhabende Familie, die ein florierendes Lingerie- und Leinengeschäft in der Rue de la Paix hatte, auch Leinenstoffe aus der Weberei Sterner bezog. Jacques Eltern kannten das Unternehmen Sterner bereits seit 1869.

Trotz seiner Jugend war Jacques seit 1871 bekannt für seine eleganten und extravaganten Abendroben, die er in seinem Salon *„Pour les Mesdames“* zu sündhaft teuren Preisen verkaufte. Er liebte es, für die schöne Sarah Bernardt, der Catharina bei Haußmanns ja begegnet war, maßgeschneiderte Garderobe anzufertigen. Ein Gewand für die Bernardt hatte bereits zu einem Skandal geführt, da es aus napoleonischen Beinkleidern und einem sehr eng anliegenden Wams bestand, alles in strahlendem Weiß! Man war auf prickelnde Weise empört und fasziniert zugleich.

Als Esther sich zwei wundervolle Stoffe aussuchte und die von Jacques gezeichneten Kleidermodelle ansah, stand Catharina staunend daneben. Die Preise, die Jacques nur hinter vorgehaltener Hand flüsterte, waren astronomisch und unerreichbar für sie. Esther sah ihre Freundin an.

„Du musst dir einen Stoff aussuchen, Cathi. Auf gar keinen Fall darfst du Paris ohne ein neues Kleid verlassen", sagte sie und kniff Catharina liebevoll in die Wange.

Jacques betrachtete Catharina von oben bis unten, hielt sich das Kinn mit der rechten Hand und trommelte mit der linken auf die Glasplatte des Verkaufstisches, an den er elegant gelehnt stand.

„Hm, hm, hm, du hast eine herrlich weibliche Figur, Cheri, und du bist so natürlich", sagte der Modeschöpfer. „Da brauchst du etwas, das dies noch unterstreicht. Gleichzeitig darf es natürlich ruhig etwas gewagter und auffälliger sein. Langweilig sind die anderen, n'est pas!" Er wandte sich mit ernstem Gesicht den Wandregalen zu, in denen unzählige Stoffballen auf die richtige Käuferin warteten.

Mit Kennerblick zog er einen Stoff hervor, der Catharina den Atem nahm. Es war ein glänzender Seidenstoff mit einem großen pink-schwarzen Karomuster auf weißem Grund. Als Jacques die Stoffbahn auf der Glasoberfläche des Tresens ausrollte, knisterte die schwere Seide verführerisch. Sie schlug die Hand vor den Mund und unterdrückte gerade noch einen begeisterten Juchzer.

„Oui, oui, je sais, ma petite, das ist ein Stöffchen! So etwas findest du nur bei Jacques Doucet. Du wirst wie eine Göttin darin aussehen, une Déesse du jour."

Er griff nach einem Maßband und begann damit, Catharinas Maße zu nehmen.

„Oh là là, quelle figure, mon Dieu. Ma petite Esther, du weißt, wie sehr ich dich liebe und wie wunderschön du bist, aber diese Dame ist eine Venus."

„Mein lieber Jacques, wenn ich das nicht wüsste, wäre ich sehr eifersüchtig auf Cathi", entgegnete Esther mit lachendem Gesicht und zwinkerte der Freundin zu.

„D'accord, mes belles, da müssen aber noch ein paar hübsche Hütchen und Schirmchen dazu, hm?"

Und so kam es, dass Esther und Catharina ein paar Stunden später Jacques Laden mit strahlenden Gesichtern und fröhlichem Geplapper verließen, nicht ohne ihn zum Diner in der kommenden Woche zu Tante Claire einzuladen.

Als sich Catharina am Abend auf ihr Federbett legte, das Knacken des Feuers im Kamin hörte und den Tag Revue passieren ließ, war sie immer noch überwältigt von den vielen Eindrücken, von dieser Andersartigkeit des Lebens hier, von dem Flair dieser Metropole und den anderen Sitten und Gebräuchen, die ihr jetzt nicht mehr ganz so fremd vorkamen wie noch in den ersten Tagen ihres Aufenthalts.

Esther und Catharina stiegen am Nachmittag des 20. Dezembers in Dülmen müde, aber in guter Stimmung aus dem Zug, eine lächelnde Jule im Schlepptau, die heilfroh war, endlich dieser großen, fremden Stadt entkommen zu sein. Auf dem geschäftigen Bahnsteig empfing sie Alon mit strahlendem Lächeln. Als ihr großes Gepäck, ihre Päckchen und Hutschachteln von zwei Gepäckträgern zur wartenden Kutsche mit der Beichaise gebracht wurden, fielen die ersten Schneeflocken dieses Winters.

Weihnachten, Dülmen 1873

Am zweiten Weihnachtstag luden Sterners traditionell alle Hausangestellten, Meister, Vorarbeiter und besonders verdiente Arbeiter und Arbeiterinnen der Fabrik am späten Nachmittag in die Villa ein. Obwohl Sterners jüdischen Glaubens waren, feierten sie das christliche Fest mit einer Tanne, die in der Halle fast bis zur Decke reichte. Der Baum war wundervoll geschmückt mit neumodischen bunten Glaskugeln, silbern und golden angemalten Tannenzapfen, glitzernden Schleifchen und Figürchen aus Holz. Die vielen Kerzen tauchten alles in ein festliches Licht, das den großen Raum und jeden, der darin stand, sanft und warm beleuchtete. Es duftete nach Wachs, Lebkuchen und Gewürzwein.

Auf der rechten Seite neben einer doppelflügeligen Tür mit buntem Bleiglasfenstern stand ein langer Tisch bedeckt von einer weißen Damasttischdecke, auf der sich Päckchen mit bunten Bändern stapelten. Davor waren Esther, Gabriela und Catharina in ein Gespräch vertieft. Sie hatten die letzten drei Tage damit zugebracht, nach einer Gästeliste passende Päckchen zu packen, deren Inhalt bereits im Spätsommer eingekauft worden war. Zwischen ihnen standen die vier- und siebenjährigen Söhne

Chaims und Gabrielas, die später dabei helfen sollten, die Päckchen zu übergeben.

Sie erwarteten 20 geladene Männer und Frauen der Belegschaft. Alle anderen Arbeiter und Arbeiterinnen hatten am letzten Arbeitstag vor dem Fest jeweils einen Umschlag mit einer Weihnachtsgratifikation von einem Wochenlohn erhalten.

Im rechten Winkel zum Geschenketisch stand ein kleinerer mit einem großen Topf Gewürzwein und einer passenden Schöpfkelle. Zwei Hausmädchen standen bereit, um den bald eintreffenden Gästen Tassen mit dem herrlich duftenden Getränk zu reichen. Auf silbernen Tabletts lagen Lebkuchen, Konfekt und Baumkuchenscheiben zu kleinen Bergen aufgetürmt, daneben kleine Tellerchen und Gabeln.

Als die große Standuhr in der Halle vier Uhr schlug, wurde an der Eingangstür die Glocke gezogen. Albert, der erste Hausdiener, ging mit wichtiger Miene hinaus in den Vorraum und öffnete die Tür. Aus dem Schneegestöber schauten ihm die Geladenen mit vor Kälte geröteten Gesichtern und verlegenem Blick entgegen, allen voran Bos und Pläster. Sie schlugen sich schweigend den Schnee von Überwürfen und Mützen, klopften die Schuhe ab. Zwei weitere Hausangestellte nahmen die Kleidungsstücke entgegen und hängten sie auf einen extra dafür bereitgestellten wuchtigen Garderobenständer im Eingangsbereich.

Einer nach dem anderen betrat mit dem Gruß „Frohe Weihnachten" den festlich erhellten Raum, wo ihnen leuchtende Gesichter entgegenblickten. In einem Halbkreis auf der linken Seite der Halle neben der breiten Holztreppe, die in das obere Stockwerk führte, stand das Hauspersonal und nickte den Ankömmlingen willkommen heißend entgegen.

„Frohe Weihnachten. Frohes Fest", erklang es aus jedem Mund. Alle trugen ihre Sonntagskleider. Die Arbeiterinnen hatten sich so gut es ging herausgeputzt und die Haare ordentlich hochgesteckt.

Als Malka Sterner in einem schwarzen Seidenkleid am Arm Alons die breite Treppe herabstieg, hinter ihnen Chaim und Johan, erhoben sich alle Blicke ehrfurchtsvoll und es trat einen Moment absolute Stille ein.

Malkas Auftritt war in der Tat einer Königin würdig. Ihren Mund umspielte ein feines Lächeln. Ihre Augen blickten zufrieden auf die Anwesenden unter ihr. Auf der vorletzten Treppenstufe blieb sie stehen und sah in jedes Gesicht.

„Liebe Mitglieder des Haushalts, liebe Belegschaft, ich freue mich außerordentlich, Sie alle hier in unserem Haus begrüßen zu dürfen. Ich möchte heute mit Ihnen allen und mit meiner Familie zur Feier dieses Tages ein Lied singen, das dem Anlass angemessen ist." Sie blickte zu den drei jungen Frauen am Päckchentisch hinüber und nickte ihnen zu. Catharina trat einen Schritt vor, Gabrielas Kinder an je einer Hand. Sie sah die Jungen an, flüsterte ihnen etwas zu, schaute in die Runde und begann zu singen. „Stille Nacht, Heilige Nacht …" erklangen zwei zarte Kinderstimmen und der klare Sopran Catharinas. Esther und Gabriela fielen ein, dann Malka, ihre Söhne, die Hausangestellten und nach und nach auch all die anderen Gäste. Als alle Strophen verklungen waren, herrschte wieder einen Moment Stille. Alle schienen erfüllt von dem Nachhall der Melodie.

Alon trat vor und stellte sich an die Seite seiner Frau, die in ihrem beigen Kleid, das über und über mit rosa Blüten bestickt war, sehr mädchenhaft und zart aussah.

„Wir möchten uns bei Ihnen allen für das vergangene Jahr bedanken und Ihnen ein kleines Geschenk überreichen. Herr Bos, bitte kommen Sie zu uns."

Einer nach dem anderen trat nun vor, sobald der Name aufgerufen war, und nahm mit einer Verbeugung oder einem Knicks das Geschenk entgegen. Die Frauen tätschelten liebevoll die Locken der Sternerkinder, die mit Eifer dabei waren, die Päckchen zu überreichen.

Catharina hatte die ganze Zeit über immer mal wieder einen Blick zu Anton geworfen, der wie bezaubert zu ihr herüberschaute. Sie trug das herrliche karierte Seidenkleid, das sie bei Doucet in Paris gekauft hatte. Ihr Dekolleté glänzte zart im Schein der Kerzen. Sie spürte Hitze in den Wangen und wusste nicht, ob die Wärme des Raumes oder die Anwesenheit Antons Schuld daran war. Als sie ihm sein Päckchen überreichte, berührten sich leicht ihre Hände. Ihre Knie wurden weich, als sie sein schönes Gesicht so nah vor ihrem sah.

Alon Sterner trat auf Anton zu und nahm ihn ein wenig beiseite. Die Stimmung in der Halle war mittlerweile aufgeräumt und locker. Jeder Gast hielt die zweite oder dritte Tasse Gewürzwein in Händen, aß von dem Gebäck oder dem Konfekt. Die meisten hatten rasch ihre Scheu verloren und man unterhielt sich angeregt. Alon, Chaim, Johan und die Frauen mischten sich gut gelaunt unters Volk. Malka Sterner jedoch saß aufrecht auf einem Stuhl, der vor der Tanne stand und schaute mit würdevollem Gesicht auf das Treiben in der Halle.

Anton war ein wenig größer als Alon, hatte breitere Schultern und insgesamt einen von der Arbeit muskulösen Körper. Auch er hatte seinen Sonntagsanzug angezogen und ein blaues Tuch um den Hals gebunden. Trotz der selbstsicheren Eleganz, die die ganze Erscheinung Alons ausstrahlte, wirkte Anton neben ihm nicht plump. Sein selbstbewusster, aufrechter Gang und sein offener Gesichtsausdruck, der keinerlei Scheu oder Unterwürfigkeit zeigte, machten Eindruck auf Alon. Die beiden Männer waren altersmäßig nur ein paar Jahre auseinander und der eine wie der andere war voller Enthusiasmus für die modernen Errungenschaften ihrer Zeit. Alon hätte gerne eine Freundschaft zu Anton aufgebaut, so wie es seine Frau mit Catharina getan hatte, wusste aber, dass das nicht ging. Seine Mutter hätte so etwas dann doch für übertrieben, vielleicht sogar für ungebührlich gehalten.

Malka Sterner betrachtete die ungewöhnliche Freundschaft zwischen ihrer Schwiegertochter und der Gesellschafterin insgeheim mit hochgezogenen Augenbrauen und skeptischem Blick, ließ Esther aber gewähren. Immerhin schien diese junge Person eine gute Ausbildung bei den von Blois erhalten zu haben und wusste, was sich gehörte. Ob sie auch wusste, wo ihr Platz in der Gesellschaft war, würde sich noch herausstellen.

Buch 5

Anton und Catharina, Dülmen 1874

Die kleine Verlobungsfeier fand am Sonntag, den 18. Januar in Catharinas Elternhaus statt, dessen Vorstand nun ihr Schwager Albert Vüllenhagen war und der wie selbstverständlich die Rolle des Hausherrn übernommen hatte. Vüllenhagen war ein fleißiger Mann ohne große Ambitionen außerhalb seiner Arbeit und seiner Familie. Er wirkte etwas roh mit seinen großen, von der schweren Schlosserarbeit rauen und harten Händen, dem breiten Kreuz und seiner Art, laut und schallend zu lachen. Aber er war ein gutmütiger Bär, der seine Familie liebte und keiner Fliege etwas zuleide tun konnte.

Pastor Böckenhoff ließ sich einen Besuch nicht nehmen, hatte er sich doch das Zusammenkommen der jungen Leute auf die Fahne geschrieben. Anton sah seinen Eltern die Zufriedenheit an, als sie das hübsche ordentliche Häuschen betraten. Mutter hatte Bohnenkaffee als Geschenk mitgebracht, was bei Marie Cath große Freude hervorrief. Sofort holte sie die Kaffeemühle aus dem Schrank und begann mit der Arbeit. Albert bot den Gästen einen Schnaps an und Catharina präsentierte stolz ihren Verlobungsring, einen schmalen Goldreif mit einem hübschen roten Granat.

Nach dem dritten „Pinkler Viez" wurde es lustiger in der Runde und man hätte fast das Klopfen an der Haustür überhört. Albert öffnete mit bereits geröteten Wangen und hätte sich beinahe vor Schreck verschluckt, wenn sich Catharina nicht mit einem begeisterten Ausruf an ihm vorbeigedrängt und ihre Freundin eingelassen hätte.

Esther Sterner trat am Arm ihres Gatten in die Stube. Für einen kurzen Moment verstummte die Gesellschaft, doch als die Freundinnen einander umarmten und Alon unbefangen allen anderen die Hand schüttelte, holte Schwager Albert rasch zwei weitere Gläser aus der Vitrine.

Je später der Abend, desto lockerer und aufgeräumter wurde es. Auf Drängen Catharinas und Anna Marias spielte Marie Cath nach einigem Zieren auf ihrer Quetschkommode, alle sangen und die jungen Leute tanzten ausgelassen auf dem engen Raum, der in der Stube geblieben war. Marie Caths Gesicht hellte sich zum ersten Mal wieder auf, seit Joseph von ihr gegangen war.

Catharina hatte Esther versprechen müssen, so lange wie möglich für sie zu arbeiten, auch wenn sie demnächst heiraten würde. Denn es war beiden Frauen klar, dass Anton nun nicht mehr lange auf die Hochzeit warten würde. Catharina war es recht. Auch sie wollte mit Anton leben, seine Frau sein, auch wenn dies ein völlig anderes Leben bedeutete als das, was sie jetzt noch führte. Kein Luxus, nicht mehr viel Zeit für Bücher, wenn erst einmal Kinder kämen. Aber was machte das schon. Anton verdiente nicht schlecht und Esther wollte mit ihrem Mann über eine baldige Lohnerhöhung für ihn sprechen. Überaus großzügig waren die Sterners gewesen und hatten Catharina eine nette Summe Geldes zur Verlobung geschenkt.

Nach der Verlobungsfeier verlief der Alltag vorerst für alle weiterhin so wie gewohnt. Anton ging mit dem Vater zur Arbeit in die Weberei, Catharina lebte in der Villa bei Esther. Der einzige Unterschied war, dass Catharina häufiger bei Stickereien an ihrer Aussteuerbettwäsche saß als über einem Buch. Am Sonntag trafen sich die Verlobten bei Marie Cath oder bei den Plästers. Von den Tête-à-Têtes am Abend erzählten sie niemandem etwas.

Der Winter war schnell in einen ungewöhnlich milden Frühling übergegangen und das junge Paar traf sich seit einigen Wochen im hintersten Schuppen beim Lagerhaus der Weberei, am Ende des Gartens, der sichtgeschützt zum Haus stand. Dort war ihr verschwiegener Treffpunkt, zu dem sich Anton unter dem Vorwand, einen Freund zu besuchen, von zu Hause wegschlich und auf Catharina wartete. Sie musste sehr achtgeben, von niemandem in der Villa auf ihrem Weg zu den heimlichen Rendezvous beobachtet zu werden. Sie waren sich so sicher, sie liebten und vertrauten einander so sehr, es gab keine Zweifel und keine Angst, und als Anton sie küsste, wurden Catharinas Beine schwach und sie sank in seine Arme.

Der Morgen graute schon, als Catharina sich in die Villa zurückschlich. Sie ging durch den Dienstboteneingang und wollte eben durch die Küche huschen, als die Stimme der Köchin Elsa sie zusammenfahren ließ.

„Gnädiges Fräulein, woher kommst du denn um diese Zeit?",
fragte Elsa mit gerunzelter Stirn und auf die Hüften gestützten
Händen. „Was glaubst du denn, wie lange das noch gut geht?"

Catharina hielt einen Moment inne, dann nahm sie Elsa stür-
misch in die Arme und drückte ihr einen schmatzenden Kuss auf
die rosige Wange.

„Ach, Elsa, du wirst mich doch nicht verraten, nicht wahr?"
und verschwand mit gerafften Röcken durch das Treppenhaus
in den ersten Stock.

Dieses Mal hatte allerdings auch Esther ihre Abwesenheit bemerkt und wartete mit sorgenvollem Gesicht im Zimmer der
Freundin. Catharina war auf Zehenspitzen durch das Haus ge-
schlichen und wollte gerade die Tür leise hinter sich ins Schloss
ziehen, als sie erschrocken Esther entdeckte, die auf einem Sessel
am Fenster saß.

„Oh, Esther, was machst du denn hier so früh am Morgen?"

„Nun, das frage ich dich, Cathi. Wo warst du? Wo kommst du
her? Wie siehst du überhaupt aus? Deine Kleider sind ja ganz
zerdrückt und staubig. Ich habe mir solche Sorgen gemacht."

Catharina ließ sich mit einem Seufzer auf ihr Bett fallen. Esther
war aufgestanden und setzte sich neben sie auf die Bettkante.
Catharina schlang ihre Arme um die Taille der Freundin, drückte
ihr heißes Gesicht an ihren Rücken.

„Ich bin ja so verliebt, Esther. Ich werde noch verrückt."

„Ja, ich weiß, Cathi. Das ist ja auch gut. Aber konntest du nicht
bis nach der Hochzeit warten? Was, wenn du vorher schwanger
wirst?"

Catharina schaute versonnen an die Zimmerdecke und lächelte vor sich hin.

Zur gleichen Zeit ließ der entsetzte Schrei Johanna Breskys ihren Mann und eine frühe Kundin im Verkaufsraum der Apotheke am Marktplatz aufschrecken. Apotheker Karl Bresky eilte nach hinten in die Wohnung und fand seine Gattin im Schlafraum neben dem Bett ihres achtjährigen Sohnes Julius mit vor Entsetzen weit aufgerissenen Augen auf dem Boden kniend. Julius Gesicht und Hals waren mit eiternden Blasen übersät. Er hatte das Bewusstsein verloren und atmete schwer. Die Pocken waren zurückgekommen.

Esther und Catharina mussten fast gleichzeitig am Jahresbeginn schwanger geworden sein, denn sechs Wochen später war an dieser Tatsache nichts mehr zu rütteln. Während Esther blass und etwas kraftlos wirkte und mit Kreislaufproblemen zu kämpfen hatte, blühte Catharina geradezu auf und sah so hübsch und frisch aus wie nie. Ein Skandal blieb aus, denn sowohl die Familie Catharinas mitsamt dem zuerst ungehaltenen Schwager Albert als auch die Eltern Antons freuten sich und so machten sich alle mit Begeisterung an die Planung einer schnellen Hochzeit. Selbst Pastor Böckenhoff sparte sich eine Moralpredigt. Er wusste, dass auf Anton Verlass war und er sich der Verantwortung nicht entziehen würde, wie er es schon so oft bei anderen Männern erlebt hatte. Auch Esther erholte sich schnell von dem Schrecken, als der Hochzeitstermin feststand.

Die Hochzeitsvorbereitungen wurden von der Pockenepidemie überschattet, die mit der Gewalt eines Herbststurmes die westfälische Provinz überzog. Seit dem Ende des Krieges hatte es im Deutschen Reich immer wieder solche Ausbrüche gegeben. Sie trafen vor allem die Ungeimpften, von denen fast ein Drittel qualvoll starb.

Im Krieg hatte es hauptsächlich die französischen Soldaten erwischt und nur sehr wenige deutsche. Es stellte sich bald heraus, warum das so war. Im deutschen Militär gab es die Impfpflicht, im französischen nicht. Das überzeugte auch den letzten Skeptiker in der Regierung.

Am 8. April 1874 erneuerte Kaiser Wilhelm I. die Impfpflicht, die vor ihm Friedrich Wilhelm III. 1807 schon einmal erlassen hatte, und ließ durch Polizisten diejenigen Kinder mit Gewalt zum Arzt schleppen, deren Eltern sich sperrten.

Der Kaiser ließ verkünden, dass das Gemeinwohl vor der Freiheit Einzelner stehe und dass er gedenke, unschuldigen Kindern den Schutz zu gewähren, den ihnen die eigenen Eltern versagten. Das Protestgeheul im Volk war groß, doch der sichtbare Erfolg der Impfung ließ die Ungläubigen schon nach kurzer Zeit verstummen.

Die Hochzeit, 1874

In den Wochen vor der Hochzeit schrubbte Gertrud alle Holzdielen im Haus, die Stiege zur Dachkammer sowie Tische und Stühle gründlich mit Lauge und schleppte viele Eimer Wasser vom Brunnen im Hof hinein ins Haus. Sogar den alten Webstuhl unterzog sie einer peniblen Reinigung. Alles sollte blitzen, wenn Catharina hier einzog.

Anton und Bernhard tapezierten die untere Schlafkammer, die von nun an für die Brautleute gedacht war, mit einer bildhübschen Blumentapete. Sie weißten Wände und Decken in der Wohnstube, in der Diele und im Stiegenaufgang, strichen die Schlagläden und die Holzrahmen der Fenster sowie die Haustür in einem frischen Grün. Sie hatten beide etwas Geld von ihrem Lohn für diese Arbeiten zurückgelegt und waren sehr stolz, als sie sich das Ergebnis ihrer Mühen ansahen. Einige Nachbarn versammelten sich vor dem Haus und bewunderten das ungewöhnliche Vorgehen und den frischen Anstrich. Niemand hatte bisher seine Stuben geweißt und hie und da war zu hören ‚Die halten sich wohl für piekfeine Leute'. Bernhard gab ihnen allen mit einem verschmitzten Lächeln einen Pinkler Viez aus und lud sie zur baldigen Hochzeit ein.

Esther Sterner hatte Catharina einen Schrank aus dunkel glänzendem Holz mit wunderschönen Schnitzereien und eine große Eichentruhe geschenkt, die in der Sterner-Villa ungenutzt auf dem Dachboden gestanden hatten. Der Schrank hatte mehrere Einlegeböden und zwei große Schubladen, die Catharina für ihre

Aussteuer nutzen konnte. Zusammen mit zwei Kollegen aus der Fabrik hatte Anton die Möbel mit einem Karren abgeholt und im Haus aufgestellt. Nun stand der Schrank wie ein etwas zu groß geratener Eindringling zwischen Dielentür und Stiege. Die Truhe hatte Anton in die Schlafkammer geschoben. Jetzt warteten beide Möbel auf ihre neue Besitzerin.

Am späten Abend saßen Vater und Sohn am Stubentisch und tranken einen Krug Bier, den Bernhard aus der Wirtschaft Tibereck geholt hatte. Die Mutter war bereits zu Bett gegangen. Bernhard sah sich im Raum um, der auch im Schein der Öllampen hell und frisch erschien, jetzt, nachdem der Kalk getrocknet war. Der Raum wirkte größer und höher als zuvor. Er strich sich zufrieden über den Schnauzbart.

„Das wird deiner jungen Frau gefallen, Sohn."

„Glaubst du, Vater, dass Catharina sich hier wohlfühlen wird? Sie wohnt jetzt in einer Villa und ist unser einfaches Leben nicht gewöhnt."

„Sie kennt dieses Leben, Anton. Sie ist so aufgewachsen. Sicher, sie wird sich nach all dem Luxus und Pomp umgewöhnen müssen, aber sie liebt dich, hat sich für dich entschieden. Sie wird genügend darüber nachgedacht haben. Und wenn erst einmal euer Kindchen auf der Welt ist, wird sie keine Zeit mehr für andere Gedanken haben."

„Ich hoffe, du hast recht, Vater", sagte Anton leise und schaute auf sein Bier.

„Sei immer nur recht gut zu ihr und behandle sie mit Respekt und Liebe. Dann wird alles gut sein. Sieh dir deine Mutter und mich an. Wir haben viel durchgestanden und hatten es nicht immer leicht, aber unsere Zuneigung zueinander hat sich niemals geändert. Sie hat uns stark gemacht."

Bernhard griff sich plötzlich an den linken Arm und stöhnte leicht auf. Alle Farbe war aus seinem Gesicht gewichen.

„Vater, was ist los?", rief Anton erschrocken. „Was hast du?"

„Ist schon wieder gut, Junge. Es ist das verdammte Herz, das wieder einmal holpert und aus der Brust will." Bernhard versuchte ein schwaches Lächeln.

„Geh zu Bett, Vater, wir haben viel gearbeitet und du bist müde. Morgen geht es früh raus in die Fabrik." Anton blickte dem Vater besorgt nach, der schweren Schrittes die Treppen zur Dachkammer hochstieg.

Die Trauung Catharinas und Antons in der St. Viktor Kirche fand am 30. Mai bei traumhaftem Wetter statt. Auf der Schützenwiese war ein großes Zelt aufgebaut worden, das die Firma Sterner ebenso wie das Bier und die deftigen Speisen spendiert hatte. Anton war erst drei Wochen zuvor vom Betriebsleiter Bos persönlich darüber informiert worden, dass er auf Wunsch Alon Sterners der neue erste Vorarbeiter der Weberei werden sollte, nachdem Willi Althoff, der bisherige Erste, ins Ruhrgebiet gezogen war. Damit unterstand Anton jetzt direkt dem Obermeister Wagner und Egmond Bos. Damit verbunden war eine nicht unerhebliche Lohnerhöhung auf 52,50 Mark im Monat. Ein Segen, der der ganzen Familie die anstehende Hochzeit zusätzlich versüßte.

„Du bist ein Glückspilz, Anton", hatte Bos gesagt. „Sterner scheint einen Narren an dir gefressen zu haben. Du weißt aber auch, dass es manch einen Neider geben wird und du dich sehr anstrengen musst. Kritische Augen werden dich ab jetzt überallhin verfolgen. Immerhin bist du um einiges jünger als die anderen guten Männer, die sich womöglich auch diesen Posten erhofft haben."

„Ich weiß, Herr Bos." Antons Freude hatte sich ein wenig getrübt. „Ich werde natürlich mein Bestes und mehr geben. Sie werden nicht von mir enttäuscht sein."

„Da bin ich mir sicher, Anton. Zum Glück hast du nicht das aufbrausende Temperament deines Vaters geerbt", hatte Bos geantwortet und Anton kameradschaftlich auf die Schulter geklopft.

Die Gesichter Bernhards, Gertruds, Marie Caths und Anna Marias, die so stolz auf ihre Schwester war, glühten vor Glück angesichts dieses schönen Paares, das sich dort vor dem Altar das Jawort gab und die Ringe tauschte. Catharinas Kleid war atemberaubend und Antons Anzug konnte sich fast mit dem Alon Sterners messen. Gertruds Herz schlug schneller bei dem Gedanken daran, dass sie und ihr Bernhard alsbald Großeltern sein würden. Für Marie Cath wäre es bereits das zweite Enkelkind. Eine tiefe Freude erfüllte sie angesichts dieses Gottesgeschenks, das ihrer kleinen Catharina zuteilwerden würde. Sie sah Nachbarn, Verwandte der Plästers und viele Kollegen Antons aus der Spinnerei und Weberei in den Bänken, aber auch einige aus der

Hunsrücker Gemeinde, die noch aus der alten Zeit stammten und eine eingeschworene Gemeinschaft bildeten.

Sie hatte ihre Knochen heute Morgen nicht ganz so weh empfunden wie sonst. Der Übergang vom Winter zum Frühjahr war niemals eine gute Zeit für sie. Gerade erst hatte sie ihren 64. Geburtstag gefeiert und fühlte sich alt und müde. Aber heute wollte sie den schönsten Tag ihrer Tochter feiern und vielleicht später ein Tänzchen wagen. Leise kicherte sie. Sie hatte ihr bestes Kleid aus dunkelblauer Baumwolle mit einem bunten Einstecktuch im Ausschnitt angezogen und sich ein neues Tuch aus glänzend dunkelblauem Stoff um den Kopf gebunden. Nie ging sie ohne ein Tuch um den Kopf aus dem Haus. Sie hatte nicht viel übrig für diese neumodischen Hüte der jungen Frauen, die eher wie ein Garten oder ein Blumentopf aussahen. Doch ihre Catharina gefiel ihr ausnehmend gut in ihrem Hochzeitskleid, das die Schwangerschaft zum Glück verbarg, und dem Blumenkranz im Haar mit dem langen Schleier, der ihr bis auf die Hüften reichte. Stolz war sie auf diese junge Frau und wurde traurig darüber, dass ihr Joseph die Tochter nicht so sehen konnte. Oder vielleicht doch? Sie blickte zu einem der Kirchenfenster hoch, durch das gerade ein Sonnenstrahl auf die Braut fiel und sie mit einem hellen Schein umgab.

Pastor Böckenhoff hielt eine wunderschöne und beeindruckende Rede auf das Brautpaar. Alon und Esther Sterner hatten es sich nicht nehmen lassen, persönlich zur Trauung in der Kirche zu erscheinen, was das Paar mit großem Stolz erfüllte und die Brust Schwager Alberts schwellen ließ.

„Da kannste mal sehen, unsere Catharina", flüsterte er seinem Nachbarn in der Kirchenbank zu. „Die kann sich neben jeder dieser piekfeinen Damen aus der Stadt sehen lassen. Und trotzdem weiß sie, wer ihre Familie ist."

Als die Gemeinde das Gotteshaus verließ, angeführt von dem frischvermählten Paar, blieb manch einem erneut der Mund offenstehen. Dieses Kleid! War es wunderbar oder doch eher ein Skandal?

Esther hatte Catharinas Hochzeitskleid von Frau Lovis nach einem Pariser Modell anfertigen lassen. Sie bewunderte ihre Freundin in ihrem Gewand und dem Blumenkranz aus Frühlingsblumen im Haar. Wie immer hatte Catharina Geschmack bei der Wahl bewiesen und sich nicht unbedingt an Traditionen gehalten. Sie hatte ihren eigenen Kopf. Gegen die aktuelle Mode der Zeit, war ihr Kleid gerade fallend geschnitten und bestand aus cremefarbener, leichter Sommerseide, darüber ein fließender zarter Musselin, der von langen Bahnen cremefarbener Spitze durchbrochen wurde. Ein Brustband aus Spitze führte weit oberhalb der Taille um den Körper herum, sodass es wirkte, als flössen Seide und Musselin in einem Wasserfall bis auf die Schuhe herab. Ein einziges Spiel von Licht und Schatten. Die Ärmel waren hauchzart, locker fallend, mit einer breiten Spitzenbordüre oberhalb der Handgelenke. Ein weiteres Spitzenband zeichnete ein dreieckiges, sehr dezentes Dekolleté und verlief auf dem Rücken zu einem weiteren Dreieck, unterlegt mit Musselin, bis zum Brustband. Wie in einer Verlängerung führte eine lange Spitzenbahn bis fast hinunter zum Saum, der sich schwungvoll öffnete, wodurch eine dreieckige, durchscheinende Schleppe sichtbar wurde. Catharina zog sie beim Gehen hinter sich her wie einen eleganten Schweif.

Dass Catharina kein Mieder trug, konnte niemand bei dem Schnitt des Kleides sehen und sie kicherte insgeheim über diese Freiheit, die sie sich genommen hatte.

All das liebte Esther an ihr. Sie beneidete die Freundin ein wenig dafür. Im Gegensatz zu ihr musste Catharina sich nicht an die Normen und Vorgaben einer sogenannten höheren Gesellschaft halten, die trotz aller Liberalität der Familie Sterner doch auch so ihre Grenzen des Erlaubten hatten. Die Kleiderordnung war dabei lediglich eine Vorschrift, die auf jeden Fall eingehalten werden musste.

Anton trug über einer schmal geschnittenen dunkelgrauen Stoffhose ein untailliertes dunkelgraues Sakko, das à la mode so geschnitten war, dass man nur den obersten Knopf schließen konnte. Alon Sterner selbst war sein Berater bei der Wahl gewesen. Darunter sah man ein blütenweißes Hemd mit umgeschlagenem kleinem Kragen, um den eine samtene schwarze Halsbinde locker gebunden war, sowie eine schwarze Satinweste mit Stickereien entlang der Knopfleiste. Seine schwarzen Schuhe glänzten wie ein Spiegel. Bernhard hatte sie fast eine Stunde lang mit schwarzer Schuhwichse gewienert.

Am linken Arm ging stolz Catharina. In der rechten Hand hielt er einen dunklen Zylinder, den Alon Sterner ihm geborgt hatte. Esther hatte Catharina angeboten, ihr eine Perlenkette für diesen Tag zu leihen, aber Catharina hatte dankend abgelehnt. Sie hatte schon so viel bekommen, dass sie ihr Glück nicht überstrapazieren wollte. Außerdem fand sie, waren die Blumen in ihrem Haar Schmuck genug.

Vor der Kirchentür, wo sich eine Menge Schaulustiger versammelt hatten, standen die Werkskollegen Antons Spalier und warfen unter Hochrufen Reis über das Brautpaar. Der kleine Sohn Anna Marias, den die Mutter in einen etwas zu großen Matrosenanzug gesteckt hatte, streute mit konzentriertem Gesichtchen aus einem Korb bunte Blumen vor ihnen auf den Weg.

Nachdem der launige Hochzeitszug auf der Festwiese mit lautem Tschingderassabum der Feuerwehrkapelle angekommen war und die Brautleute am Kopfende eines der langen Tische Platz genommen hatten, hielt Alon Sterner eine Ansprache mit einem darauffolgenden Toast auf das Brautpaar. Das ganze Zelt brach in Applaus und Hochrufe aus.

Esther und Alon verabschiedeten sich nach dem Essen und gingen zur wartenden Kutsche, die sie nach Hause bringen sollte. Catharina konnte verstehen, dass sie nicht länger bleiben wollten. Wahrscheinlich ging es den Sterners dann doch etwas zu turbulent und laut im Zelt zu.

Für einen Moment sahen sich die jungen Frauen in die Augen, still und ein wenig betrübt. Sie wussten, dass sich von nun an vieles verändern würde, wenn auch nicht sofort. Ihre Umarmung war fest und wirkte ein wenig verzweifelt. Als erste löste sich Esther, nahm die ihr angebotene Hand Alons und stieg mit einem Seufzer in die Kutsche. Alon nahm Catharinas Hand und sah sie mit einem warmen Lächeln an.

„Catharina, Sie wissen, dass wir immer für Sie und Anton da sein werden. Machen Sie sich keine Sorgen. Ich wünsche Ihnen beiden alles Gute." Er gab ihr einen Handkuss und stieg zu seiner Frau in die Kutsche.

Catharina sah den beiden gedankenverloren nach. Für einen Moment zog sich ihr Herz schmerzhaft zusammen und ihr wurde ein wenig übel. Dann aber wandte sie sich um, strich energisch eine vorwitzige Haarsträhne aus dem Gesicht und betrat das Festzelt, wo Anton mit der Festgesellschaft auf den ersten Tanz mit ihr wartete.

Das große Bett mit den neuen frisch gestopften Matratzen in der Schlafstube neben dem Wohnraum, die Gertrud und Bernhard dem Brautpaar überlassen hatten, war mit schön gewebtem Tuch belegt, die Kopfkissen mit von Hand bestickten weißen Bezügen bezogen. Ein bunter Blumenstrauß in einem irdenen Krug leuchtete vom kleinen Nachttisch herüber. Die Eltern hatten schon vor zwei Wochen ihre Sachen zusammengepackt und die Dachkammer bezogen.

Für die nächsten drei Tage waren sie zu Gertruds Schwester Edeltraut in die Winkelgasse umgesiedelt und überließen dem frisch getrauten Paar das Haus. Sie sollten ihre Flittertage miteinander genießen können. Vielleicht würden sie auch das Angebot der Schwester, die vor einem Jahr Witwe geworden war und allein lebte, annehmen und zu ihr ziehen. Bald würde es ein Kindchen in der Tiberstraße 39 geben und im Haus mit sicherlich wachsender Kinderzahl enger werden. Bernhard hatte nichts dagegen. Bei der Schwägerin wusste er sich von zwei Frauen umsorgt und konnte seinen Lebensabend in Ruhe genießen.

Nur noch einen Monat hatte er im Sterner-Werk zu arbeiten, dann würde er in den Ruhestand gehen. Mit seinen 59 Jahren etwas früher als erwartet, aber angesichts seiner angeschlagenen Gesundheit war es der richtige Schritt. Er würde als einer der ersten in den Genuss der Werksaltersversorgung kommen, die die Familie Sterner eingesetzt hatte. Der Weg zur Tiberstrasse war nicht weit und Gertrud könnte nach der Geburt des Kindes täglich hinübergehen, um Catharina zu helfen. Das Leben der jungen Frau würde sich von nun an sehr verändern und es war nicht sicher, wie Catharina diese Veränderung verkraften würde. Noch ahnten Gertrud und Bernhard nicht, welche Prüfungen auf sie alle warteten.

Während die Hochzeitsgesellschaft munter in die Nacht hineinfeierte und ausgelassen tanzte, schlichen die jungen Leute aus dem Festzelt und liefen lachend Hand in Hand in der Dunkelheit nach Hause. Anton trug seine Catharina leicht bierselig über die Schwelle des Elternhauses. Catharina hatte beide Arme um seinen Hals geschlungen und ihren Kopf an seine Schulter geschmiegt. Anton legte sie sehr vorsichtig auf das neue Bett mit dem nach Lavendel duftenden Laken, gab ihr einen liebevollen Kuss auf den Mund, zündete eine Kerze an, die den Raum in ein warmes Licht hüllte, und flüsterte: „Herzlich willkommen in Ihrem neuen Heim, Frau Pläster." Catharina schloss lächelnd die Augen und zog ihn zu sich hinunter.

Buch 6

Zeit der Veränderung, Dülmen 1874 – 1875

Wenn Catharina in den ersten Tagen nach der Hochzeit am Morgen erwachte und die Augen aufschlug, musste sie sich erst daran erinnern, wo sie war. Anstatt in einem Zimmer mit hohen Decken und Stuckverzierungen, raumhohen Fenstern mit schweren Vorhängen und ausladenden Möbeln, blickte sie gegen die niedrige Kammerdecke ihres neuen Zuhauses aus geweißten Holzdielen, in das je nach Sonnenstand mal mehr, mal weniger Licht fiel.

Dann erblickte sie die Blumentapete, den bunten Strauß auf dem Nachttischchen neben dem Bett und wurde von einer Glücks- und Zärtlichkeitswelle überrollt, die ihr fast den Atem nahm. Drei herrliche Flittertage lagen hinter ihr, in denen sie erfahren hatte, welche Freuden das Eheleben für sie und Anton bereithielt. Sie legte unter der Decke die Hände auf den sich rundenden Bauch und seufzte wohlig wie ein Kätzchen am Ofen.

Nun musste sie sich an das neue Leben als Hausfrau gewöhnen und den Alltag bewerkstelligen. Gertrud und Bernhard wohnten noch bei Gertruds Schwester Edeltraud. Erst gestern hatte die Schwiegermutter ihr gesagt, dass sie ein paar Tage länger fortbleiben würden und sie schmunzelnd angesehen. Ihr war es recht. Es gab nicht viel zu tun. Alles war hier im Haus wie neu, blitzblank und aufgeräumt. Sie musste sich lediglich um die Tiere im Hof kümmern, Wasser holen und das Essen für Anton zubereiten, der je nach Schicht zu unterschiedlichen Zeiten nach Hause kam.

In der hintersten Ecke des Gartens hinterm Haus hatte Gertrud einen kleinen Blumengarten neben den Gemüsebeeten angelegt, in dem es zu dieser Jahreszeit nur so grünte und blühte. Sie würde sich ein paar neue Blumen pflücken und in die Vase stellen, wenn der alte Strauß verwelkt war. Am Nachmittag würde sie ihre Kleider und die Aussteuer auspacken, den neuen Schrank und die Truhe damit füllen.

Neben ihrem Hochzeitskleid und dem Seidengewand aus Paris hatte sie lediglich drei einfachere Hauskleider, ein Sonn- und Feiertagskleid, einen warmen Tuchmantel, zwei Paar Schuhe und ein paar andere nützliche Dinge aus der Villa mit in ihr neues Leben genommen. All die eleganten Kleider, Hüte, Schirmchen, Schuhe und Handschuhe hatte sie zurückgelassen. Es war ihr nicht leichtgefallen. Am schwersten fiel es ihr, sich an die Gerüche in der Gasse und im Haus zu gewöhnen. Es roch hier nicht nach Veilchen, Rosen und Eau de Cologne.

Sie schalt sich eine dumme Trine und machte sich an die Arbeit. Sicher würden auch bald die Mutter und die Schwester zu Besuch kommen, um zu sehen, wie sie sich eingelebt hatte. Das wäre eine gute Gelegenheit auszuprobieren, ob sie noch in der Lage war, einen Kuchen zu backen. Sie dachte an Esther und beschloss, gleich morgen am Vormittag zur Villa zu gehen. So hatten sie es verabredet. Zweimal in der Woche sollte Catharina zu ihr kommen, solange es die Umstände erlaubten. Sie vermissten einander sehr.

Die Fabrik

Alon hatte in den vergangenen Wochen schon mehrfach versucht, seine Brüder und die Mutter von einem erweiterten Wohlfahrtskonzept à la Krupp zu überzeugen. Er gab nicht nach und beschwor immer wieder, dass es an der Zeit war, die Firma zu modernisieren, ein Sozialgefüge zu schaffen, dass der Belegschaft mehr Sicherheit gab.

„Was sollen wir denn noch alles für die Leute tun", sagte Malka Sterner stirnrunzelnd. „Wir zahlen doch schon höhere Löhne als andere Fabriken, wir stellen Frauen zu gleichen Löhnen ein und wir haben im Juli eine Werksaltersversorgung eingerichtet. Sind diese Menschen denn niemals zufrieden?"

„Mutter, darum geht es nicht. Es geschehen fast jede Woche Unfälle in den Hallen, weil die Leute übermüdet sind. Viele können sich keinen Arzt leisten. Manche können sich nicht einmal genügend ernähren, um die harte Arbeit an den Maschinen gut auszuführen."

„Sie müssen eben besser aufpassen", knurrte Chaim, der auf einem der ausladenden Sessel saß und lässig die Beine übereinandergeschlagen hatte. Wie immer war er teuer und sehr elegant gekleidet. Sein schwarzes Haar glänzte vor Brillantine und er besah sich mit gelangweiltem Gesicht seine gepflegten, manikürten Hände.

„Dir geht es doch immer nur um das Geld, Chaim. Du willst nur Geld verdienen und nichts ausgeben", rief Alon, der im Salon auf und ab ging, nun vor dem Bruder stehen blieb und verärgert auf ihn herabsah.

„Hört auf, euch zu streiten", mischte sich Johan ein, der am Buffet stand, ein Stück Weißbrot mit Butter bestrich und mit einigen Gurkenscheiben belegte. Er schüttete sich ein Glas Portwein aus der Karaffe ein, die neben dem Brot stand, ging mit einem kleinen Porzellantellerchen in der einen und dem Glas in der anderen Hand zu dem mit blauem Samt bezogenen Sofa vor dem Kamin und setzte sich neben die Mutter.

Malka Sterner, wie immer in schwarze Seide gehüllt, blickte mit hochgezogenen Augenbrauen missbilligend auf seine auffällig gelbe Krawatte. Das Licht des Spätnachmittags drang durch die fast raumhohen geöffneten Türen des zum Park hin gelegenen Salons der Sterner-Villa.

„Krupp und Harkort machen es uns seit Jahren vor. Die Kruppsche Konsumanstalt gibt es bereits seit 1868. Wir haben heute das Jahr 1874 und sind immer noch nicht viel weiter", sagte Johan in Richtung der Brüder. „Ich sage euch, wir müssen etwas unternehmen. Ich rede immer wieder mit Anton Pläster, der einer unserer besten Arbeiter ist. Er weiß, wovon er redet, denn er arbeitet seit mehr als sechs Jahren für uns und bekommt alles hautnah in den Hallen mit." Alon sprach mit Nachdruck.

„Aha, schon wieder dieser Anton!", rief Malka Sterner aus und schlug die Hände zusammen. „Du hast einen Narren an diesem Kerl gefressen. Was hast du nur mit diesem Arbeiter zu schaffen?"

„Obwohl er noch sehr jung ist, hat er eine gewisse Autorität und ist das Sprachrohr der Arbeiter, Mutter. Er weiß um die Probleme und Schwierigkeiten in der Fabrik. Wollen wir darauf warten, dass uns die Leute ins Ruhrgebiet abwandern oder wir den Friedhof hier mit ihnen füllen?", rief Alon erregt.

„Beruhige dich, Alon", sagte Johan „und du hör auf, so enerviert zu zischen, Chaim. Wir müssen uns mit diesen Dingen auseinandersetzen, bevor es richtige Probleme gibt. Alon hat recht. Sollen uns die Leute weglaufen? Und wollt ihr in Zahlungen für Witwen- und Waisenrenten versinken, weil die Männer an unseren Maschinen sterben? Nur gesunde Arbeiter sind gute Arbeiter. Nur gesunde und arbeitsfähige Leute bringen uns und der Stadt Wohlstand!"

„Ich will doch keinen Champagner ausschenken, sondern Kaffee", bekräftigte Alon. „Wir sollten die Möglichkeit schaffen, dass alle Arbeiter den ganzen Tag über Kaffee bekommen können, Kaffee mit Zucker, ein Stück Brot dazu. Wir haben neben der Lagerhalle Platz genug, um eine Küchenhütte zu errichten. Wir könnten einige Frauen einstellen, die sich um alles kümmern. Das kostet nicht die Welt. Und außerdem könnten wir in der Hütte Dinge für den täglichen Bedarf zu günstigen Preisen anbieten, die die Arbeiter dort einkaufen können. Dabei verdienen wir sogar noch etwas Geld. Nicht viel, aber es wird die Unkosten decken. Wir zahlen sicher nicht drauf. Außerdem sollten wir beizeiten an eine Betriebskrankenkasse und an den Bau von Betriebswohnungen denken und zumindest auch dafür ein Finanzkonzept erstellen."

Johan nickte zustimmend und Alon sah ihn dankbar an. Er bemerkte aus den Augenwinkeln, dass auch die Mutter nachdenklich nickte. Dass Chaim gar nichts mehr sagte, nahm er als ein gutes Zeichen. Jetzt könnte er sich umgehend an die Ausarbeitung eines Wohlfahrtskonzepts machen und so schnell wie möglich mit dessen Umsetzung beginnen. Johan würde sich um die Finanzierung der ganzen Unternehmung kümmern. Darin war er ein Ass.

Alon seufzte leise, schenkte sich noch ein Glas Portwein ein, ging zur weit geöffneten Verandatür und schaute in die sanft beginnende Dämmerung dieses wundervollen Spätsommertages. Er dachte an Esther und an ihr erstes Kind, das bald zur Welt kommen würde. Wie sehr würde sie diese neue Entwicklung freuen. Er hatte sie oftmals mit Catharina darüber diskutieren hören, welche Dinge in der Fabrik verbesserungswürdig wären. Esther hatte ein großes Herz. Wenn Anton gescheit war, und das war er ohne Frage, dann sprach er mit Catharina über diese Dinge, von denen er genau wusste, dass sie in die Ohren Esthers gelangten. Von Esther war es nur ein kleiner Schritt zu ihm.

Eine neue Generation, Oktober 1874

Am 27. Oktober 1874, morgens früh um halb sechs wurde Leonard Anton Pläster geboren. Ein kräftiger, wunderschöner Junge, den die Hebamme auf die Brust einer erschöpften, aber glücklichen Catharina legte. Leonard hatte grad seinen ersten Schrei getan, als Anton die Tür aufriss und in die Schlafkammer stürmte. Vier Stunden war er in der Nacht im Hof auf und ab gelaufen, ohne die feuchte Kälte zu spüren, hatte sich mit beiden Händen die Ohren zugehalten, als aus dem Haus die schmerzerfüllten Schreie Catharinas zu ihm drangen. Er sah Gertrud und Marie Cath, die abwechselnd Wasser vom Brunnen holten, hörte wie aus weiter Ferne Gertruds Stimme „Beruhige dich, Junge, sie hat es gleich geschafft" und blieb wie angewurzelt stehen, als es für einen Augenblick plötzlich ganz still wurde.

Nun war er also da, sein Sohn, den sie Leonard Anton taufen lassen würden. Er sank neben dem Bett auf die Knie, nahm Catharinas verschwitzte Hand und küsste sie.

„Danke, danke", flüsterte er und drückte seine heiße Wange gegen ihren Handrücken.

Zwei Wochen später, nach 10 Stunden qualvoller Wehen, wurde Esther und Alon Sterners Tochter Leona geboren, zart und durchscheinend wie die Mutter. Esther verlor viel Blut, sodass der herbeigeholte Arzt sorgenvoll die Stirn runzelte. Er nahm Alon zur Seite und ging mit ihm aus dem Schlafzimmer hinaus auf den Flur.

„Es war eine schwere Geburt und ich mache mir Sorgen. Ihre Gattin braucht sehr viel Ruhe, Herr Sterner. Wir müssen achtgeben, dass sie kein Fieber bekommt. Absolute Sauberkeit ist geboten, sagen Sie das bitte der Hausangestellten. Ich glaube nicht, dass Ihre Gattin das Kind stillen kann. Sie ist viel zu schwach. Holen Sie eine Amme. Das wird das Beste für Mutter und Kind sein."

Malka Sterner, die gerade aus dem Raum der Wöchnerin heraustrat und die letzten Worte des Arztes gehört hatte, sagte:

„Catharina hat doch auch ein Kind bekommen. Sie schien mir immer kräftig und gesund. Frage diesen Anton, ob seine Frau als Amme einspringen kann."

„Mutter, ich werde Anton fragen, aber ich bin mir nicht sicher, ob er dem zustimmen wird. Immerhin ist es auch sein erstes Kind. Womöglich wird er nicht damit einverstanden sein, dass seine Frau das Haus verlässt."

„Nun, du musst es versuchen. Wir kennen Catharina. Sie wird nicht die schlechteste Milchmutter für das Mädchen sein. Bezahle ihn gut dafür." Damit verließ Malka Sterner den Flur, schritt die Treppe hinunter, rief nach ihrem Diener und verließ das Haus.

Es fiel Alon nicht leicht, Anton zu bitten, denn normalerweise mussten Ammen ihre eigenen Kinder zurücklassen, um das Kind der Herrschaft zu stillen. Er bat Anton ins Kontor. Als er seine Bitte ausgesprochen hatte, glaubte er für einen Augenblick in Antons Augen Wut aufblitzen zu sehen. Seine ganze Körperhaltung hatte sich angespannt und seine Lippen waren fest aufeinandergepresst.

Doch schnell zügelte er sich, blickte Alon ernst in die Augen und sagte: „Das erlaube ich nur, wenn Catharina damit einverstanden ist und sie unseren Jungen mitnehmen kann. Bei allem Respekt, Herr Sterner, aber Sie können nicht von uns erwarten, dass unser Kind mit Ziegenmilch ernährt wird. Catharina hat sehr viel gute Milch. Sie reicht sicher für zwei, aber sie muss damit einverstanden sein."

„Natürlich Anton. Es ist ja auch nur eine Bitte. Allerdings eine dringende, denn Esther geht es nicht gut und die Kleine ist schwach. Bitte rede mit deiner Frau", antwortete Alon mit leiser und zitternder Stimme.

Anton wandte sich wortlos um und verließ das Kontor. Schwer seufzend ließ Alon sich auf den Stuhl fallen und sah mit sorgenvoll gerunzelter Stirn auf seine Fingerspitzen.

Als Anton am Abend nach Hause kam, fand er seine Familie bereits am Tisch versammelt. Es roch nach frischem Kaffee. Nach dem Abendbrot erzählte er von Alons Ansinnen und schaute in das Gesicht Catharinas, das einen nachdenklichen Ausdruck angenommen hatte. Mutter Gertruds stöhnte leise auf und Vater Bernhard schnalzte mit der Zunge.

„Jetzt zeigen die feinen Herrschaften ihr wahres Gesicht und ihr sollt den Preis für all die großartigen Dinge zahlen, die sie euch gegönnt haben."

„Du könntest Leonard mitnehmen, Catharina", sagte Anton ausweichend.

„Ich habe von Sterners Kutscher bereits gehört, dass es Esther schlecht geht. Er war heute Vormittag auf dem Markt. Sie ist von so zarter Gesundheit. Ich werde morgen zu ihr gehen und mit ihr reden. Dann sehen wir weiter." Catharina blickte energisch und entschlossen von einem zum anderen.

„Es ist deine Entscheidung. Nur sollte unser Kind nicht darunter leiden." Anton nahm Catharinas Hände, die ruhig auf dem

Tisch lagen. Gertrud sah zu Bernhard, der unwirsch den Kopf schüttelte.

„Ich sehe noch nach den Hühnern", brummte er und ging, ohne die anderen anzusehen, auf den Hof hinaus.

Früh am Morgen, nachdem Catharina Leonard versorgt und ihn wieder zurück in die Wiege gelegt hatte, verabschiedete sie sich von den Schwiegereltern, die bei einem Kaffee am Tisch saßen.

„Ich bleibe nicht lange fort und werde zurück sein, wenn Leonard Milch braucht." Dann verließ sie das Haus.

Als sie das Schlafzimmer Esthers betrat und die Freundin im Bett liegen sah, erschrak Catharina. Esther war kaum noch zu sehen. Dünn, bleich, mit eingefallenen Augen lag sie auf mehrere Kissen hoch gebettet und schien zu schlafen. Als die Wöchnerin die Tür hörte, öffnete sie jedoch die Augen.

„Catharina, du bist es", sagte sie kaum hörbar und versuchte zu lächeln. Jule, die Catharina noch vor der Zimmertür von Esthers Zustand berichtet hatte, sah traurig zu Boden und zog sich zurück.

Catharina trat zu Esther und setzte sich vorsichtig auf den Bettrand. Auf der anderen Seite des Bettes sah sie die Wiege, darin ein winziges Kindchen, dessen Fäustchen sich hin und her bewegten. Esther folgte Catharinas Blick und ihr Ausdruck wurde sanft.

„Sie ist so klein, Catharina, und ich kann sie nicht stillen." In ihren Augen las Catharina Angst.

Catharina ging zur Wiege und nahm das Mädchen vorsichtig heraus. Sie betrachtete das winzige Näschen und den feinen Mund, den blonden Flaum auf dem Köpfchen, die durchscheinenden Ohren. Durch die Lider der geschlossenen Augen sah sie zarte blaue Äderchen. Sie musste lächeln. War es ein Zufall, dass die Kinder den gleichen Namen hatten? Ihr Leonard war um einiges größer als Leona, kräftiger und hatte einen dunkleren Teint. Recht viele braune Haare wuchsen bereits auf seinem Kopf und er schrie aus Leibeskräften, wenn er Hunger hatte.

Aus dem Mund dieses Mädchens kam nur ein Piepsen, als es jetzt erwachte und instinktiv den Kopf in Richtung Catharinas Brust wandte, um mit schwach ruckenden Bewegungen nach der Nahrungsquelle zu suchen. Augenblicklich schoss Milch in Catharinas Brust ein und sie spürte, wie ihr Brusttuch nass wurde. Sie blickte zu Esther, die ihre Freundin nicht aus den Augen gelassen hatte, und sah sie fragend an. Esther nickte leicht und schloss die Augen.

Catharina setzte sich auf einen Stuhl, knöpfte ihr Kleid auf und legte Leona an, die sofort begann, gierig zu saugen. Sie war ausgehungert, das war eindeutig. Aber sie war zu schwach, um lange zu trinken, und schlief nach kurzer Zeit wieder ein. Doch die Haut ihres Gesichtchens hatte einen leicht rosa Schimmer bekommen. Catharina legte sich das Kind über die Schulter, wartete, bis es aufstieß, und legte es dann zurück in die Wiege.

„Danke", flüsterte Esther leise und griff nach der Hand der Freundin. „Wenn du da bist, hat sie eine Chance, nicht wahr?"

„Mach dir keine Sorgen, Esther, wir finden einen Weg. Schlaf jetzt ein wenig. Ich komme bald wieder, das verspreche ich."

„Geh zu Malka. Sie ist sicher unten im Grünen Salon. Mit ihr kannst du alles bereden." Als Jule mit frischen Tüchern das Zimmer betrat und vorsichtig näherkam, schloss Esther die Augen.

Im Grünen Salon, der seinen Namen durch eine Vielzahl prächtiger Grünpflanzen zu Recht trug, stand Malka Sterner mit ernster Miene an einem der bodentiefen Fenster und blickte in den trüben Novembermorgen. Draußen hatte es angefangen zu regnen und ein unangenehmer Wind trieb die Tropfen gegen die Fensterscheiben. Sie drehte sich zu Catharina um, als diese den Salon betrat.

„Bitte setzen Sie sich, Catharina", sagte sie mit ungewohnt brüchiger Stimme und wies auf ein kleines Tischchen mit einer weißen Marmorplatte, an dem zwei Stühle standen. Catharina wartete, bis Malka Sterner Platz genommen hatte, dann setzte sie sich ebenfalls.

„Darf ich Ihnen Tee anbieten?" Malka nahm, ohne eine Antwort abzuwarten, eine silberne Glocke zur Hand, die in der Mitte des Tisches auf einem Spitzendeckchen stand, und läutete einige Male. Die Tür öffnete sich und ein Diener trat herein, der den Auftrag entgegennahm.

„Ich bin Ihnen sehr verbunden, dass sie so schnell gekommen sind, Catharina", begann sie und schaute ihrem Gegenüber in die Augen. „Ich darf Sie doch noch Catharina nennen?"

Dieser fast schon vertraute Ton Malka Sterners ihr gegenüber, verwunderte Catharina. Obwohl sie Esthers Gesellschafterin und keine einfache Dienstmagd gewesen war, hatte die Patriarchin sie nie mit dem höflichen Sie angeredet. Dazu war ihr Catharinas Herkunft wohl zu gewöhnlich. Doch jetzt sah sie Esthers Freundin offenbar mit anderen Augen.

„Wie ich sehe, ist Ihnen die Geburt gut bekommen. Sie sehen kräftig und gesund aus. Ganz im Gegensatz zu meiner Schwiegertochter. Wir haben alle Angst um sie und wissen nicht, ob sie die Krise übersteht. Das Kind ist ebenfalls sehr schwach und braucht dringend gute Muttermilch. Vielleicht ist es ja Gottes Fügung, dass Sie beide zur gleichen Zeit ein Kind geboren haben." Malkas Blick war bittend geworden. In ihrer Stimme lag eine mit Mühe zurückgehaltene Verzweiflung. „Haben Sie schon mit Ihrer Familie gesprochen? Ich meine, ist es möglich, dass Sie die Amme unserer Kleinen werden? Es soll Ihr Schaden nicht sein."

Ihre Angst war echt, das spürte Catharina. Sie hat also doch ein weiches Herz, dachte sie und sah nun ihrerseits Malka Sterner direkt in die Augen.

Die Salontür öffnete sich erneut und mit kaum hörbaren Schritten brachte der Diener ein Tablett, auf dem sich eine silberne Teekanne mit einer dazu passenden Zuckerschale und einem Milchkännchen befand. Fast lautlos stellte er diese Dinge auf das Tischchen, ging zum Buffet und nahm zwei Porzellantassen mit Blumendekor und Goldrand sowie zwei zierliche Silberlöffelchen von der glänzenden Marmorplatte. Er goss den Damen Tee ein und zog sich so geräuschlos zurück, wie er gekommen war. Für einen Moment herrschte angespannte Stille im Raum.

Dann sagte Catharina: „Es ist nicht das Geld, Frau Sterner. Es geht mir um Esther und um ihr Kind. Ich habe Leona gerade schon einmal kurz gestillt. Sie ist tatsächlich sehr schwach. Es wird gehen, denke ich, aber unter bestimmten Bedingungen."

„Alles, was Sie wollen, Catharina." Malka war auf die Kante ihres Stuhles gerutscht und hielt die Hände vor der Brust.

„Ich werde meinen Sohn mitbringen und mit ihm hier zusammen in einem eigenen Zimmer wohnen. In den nächsten Wochen wird Leona alle zwei Stunden Milch brauchen, auch nachts, bis sie kräftiger geworden ist. Tagsüber, wenn die Kinder schlafen, kann ich meinen Mann in der Werkspause besuchen. Wenn die Dinge gut laufen, werde ich in zwei oder drei Monaten am Sonntag mit meinem Sohn nach Hause gehen und am Montag zurückkommen." Catharina war überrascht über ihr eigenes Auftreten, über die Sicherheit in ihrer Stimme, gar nicht so als sei sie erst vor knapp drei Wochen selbst zum ersten Mal Mutter geworden. Sie hatte Gertrud und ihrer Mutter gut zugehört, die ihr wie immer mit Rat und Tat zur Seite standen.

Malka Sterner hatte bei jedem Wort Catharinas zustimmend genickt und wirkte erleichtert. Sie atmete hörbar aus. „Ich werde das Zimmer direkt neben Esthers Zimmer herrichten lassen. Sie kennen es ja noch aus Ihrer Zeit hier im Haus, nicht wahr? Das Kindermädchen weise ich entsprechend an und Jule ist natürlich für Sie da. Sagen Sie es nur, wenn Sie etwas brauchen. Die Köchin freut sich ebenfalls. Sie haben offensichtlich einen sehr guten Eindruck im Haus hinterlassen." Malka lächelte und stand auf. „Ich werde Sie nicht länger aufhalten, Catharina. Sicher werden Sie nach Hause wollen, um alles Notwendige zu regeln. Ich selbst werde nur noch ein paar Tage hierbleiben. Mit meiner Gesundheit steht es auch nicht zum Besten und ich spüre die Aufregung der letzten Tage im ganzen Körper."

„Machen Sie sich keine Sorgen, Frau Sterner, ich werde schon am Nachmittag wieder herkommen und das Zimmer beziehen. Wir dürfen mit Leona jetzt nicht mehr viel Zeit verlieren. Verlassen Sie sich auf mich."

Als sie an Malka Sterner vorbei zur Tür gehen wollte, fasste diese sie am Arm und hielt sie einen Augenblick fest. Da sie um einiges kleiner als Catharina war, musste sie zu der jungen Frau hochblicken. Ihre schwarzen Augen mit dem dichten dunklen Wimpernkranz schauten weich und warm.

„Danke, Catharina." Sie hielt einen dicken Brief in der Hand, der mit einem Siegel verschlossen war, und reichte ihn Catharina. „Öffnen Sie ihn erst zu Hause."

Zurück in der Tiberstraße, hörte Catharina schon von draußen Leonards Gebrüll. Nachdem sie ihren regennassen Mantel in der engen Diele ausgeschüttelt und an den Garderobenhaken gehängt hatte, trat sie in die Stube. Der Ofen bullerte und es war gemütlich warm. Gertrud hielt das zappelnde Kind auf dem Arm und ging im Raum auf und ab.

„Gott sei Dank, dass du kommst. Der kleine Kerl brüllt noch den ganzen Ort zusammen." Sie überreichte Catharina das Kind, die sich sofort auf die Bank setzte, das Kleid aufknöpfte und Leonard die Brust reichte. Gertrud hatte sich ihr gegenüber an den Tisch gesetzt und sah sie erwartungsvoll an.

„Wo ist Vater?", fragte Catharina.

„Er ist im Stall bei der Ziege. Es geht ihm nicht so gut, weißt du. Er macht sich Sorgen um euch."

„Es ist alles geregelt, Mutter", begann Catharina. „Ich werde gleich heute Nachmittag in die Villa ziehen. Kannst du ein paar Sachen für mich und den Kleinen zusammenpacken? Das Bündel reicht. Uns wird es dort an nichts fehlen. Sobald es geht, komme ich sonntags zurück und bleibe bis Montagfrüh." Sie griff in ihre Rocktasche, nahm den Brief heraus, den Malka Sterner ihr gegeben hatte, und legte ich auf den Tisch.

„Ich nehme an, es ist Geld darin", sagte sie lächelnd zu Gertrud.

„Du musst wissen, was du tust", entgegnete diese ernst. „Dann wird es wohl am besten sein, wenn Bernhard und ich hierbleiben und nicht zur Schwester ziehen. Anton braucht sein Essen und Bernhard hat hier ebenfalls viel Ruhe. Hast du schon mit Anton geredet?"

„Nein, noch nicht. Ich werde auf dem Rückweg in der Fabrik vorbeigehen und sehen, ob ich einen Moment mit ihm sprechen kann. Er wird nicht allzu glücklich darüber sein, aber er wird es verstehen. Ich kann Esther jetzt nicht im Stich lassen."

„Ich hoffe nur, dass diese Leute wissen, was sie an dir haben, mein Kind." Gertrud stand auf und ging in die Schlafkammer, um Catharinas Sachen zu packen.

Anton war nicht sonderlich glücklich über die neueste Entwicklung, da er Frau und Sohn in den ersten Wochen nur in den Werkspausen sehen konnte. Da aber alle Bedingungen für Catharinas Arbeit als Amme erfüllt wurden und Malka Sterner obendrein eine sehr gute Summe Geld als Vorschuss bezahlt hatte, fügte er sich.

Zum Weihnachtsfest kam Catharina am Heiligabend mit Leonard für ein paar Stunden nach Hause. Bernhard, dessen Groll inzwischen vergangen war, hatte eine kleine Tanne im Forst geschlagen und in der Stube aufgehängt. Gertrud hatte sie mit schon leicht geschrumpelten rotwangigen Winteräpfeln behängt. Bernhard hatte aus Holz kleine Tierfigürchen geschnitzt, die den Äpfeln am Baum Gesellschaft leisteten. Zur Feier dieses besonderen Tages gab es ein sehr gutes Essen aus selbst geräucherten Schweinewürsten vom Schlachtfest im Herbst, Klöße und Rotkohl, dazu Bratäpfel mit Rosinen gefüllt und einen großen Krug Bier. Die kleine Runde um den Tisch sprach ein Gebet zum Dank für die guten Gaben und ließ es sich schmecken.

Anton brachte Catharina mit Leonard nach dem Essen zurück zur Villa. Es fiel ihm schwer, sich von ihr zu verabschieden.

„Ich vermisse dich so sehr, Cathi. Du fehlst mir an allen Ecken und Enden. Es ist furchtbar, so allein des Nachts in unserem Bett zu liegen und nur an dich denken zu dürfen." Er schmiegte seine Wange an ihre und spürte, wie sie warm wurde. Es war eisig an diesem Christabend und beide fröstelten.

„Ach, Anton, mir geht es doch ebenso. Aber ich muss nun hinein. Sonst wird es für Leonard zu kalt. Leona hat schon tüchtig zugelegt und Esther wird von Tag zu Tag kräftiger. Ich denke, dass ich bald an den Sonntagen nach Hause kommen und über Nacht bleiben kann." Sie knuffte ihren Mann zärtlich in die Seite, drückte ihm einen Kuss auf die Lippen und wandte sich zum Dienstboteneingang.

Als sich die Tür hinter ihr schloss, blieb Anton noch eine Weile mit tief in den Hosentaschen vergrabenen Händen und hochgezogenen Schultern stehen und sah den weißen Atemfähnchen nach, die aus seinem Mund kamen. Dann machte er sich auf den Heimweg.

Der Weihnachtsempfang für die Mitarbeiter wurde wie jedes Jahr begangen, nur dass weder Esther noch Catharina anwesend waren. Esther fühlte sich noch nicht wieder stark genug, um einen solche Empfang durchzustehen und blieb lieber mit Catharina und den Kindern im oberen Stockwerk. Johan verbrachte dieses Jahr das Fest bei Verwandten in Köln und wurde erst zu Neujahr zurückerwartet. So war es an Chaim und seiner Familie, sich um die Belegschaft zu kümmern. An Punsch und Gebäck war nicht gespart worden und wie immer erhielten alle ein kleines bunt verpacktes Geschenk.

Malka schien angeschlagen und ihre schlanke Gestalt wirkte noch zarter und kleiner als sonst. Nach der Begrüßung und einer kleinen Ansprache Alons, entschuldigte sie sich bei den Gästen, wünschte allen ein frohes Fest und begab sich in ihren

Schlafraum. Einige Arbeiterinnen hatten Jäckchen und Söckchen für Leona gestrickt und übergaben sie Alon mit den besten Genesungswünschen für seine Frau.

Der Übergang zum neuen Jahr wurde nicht wie üblich mit einem Ball in der Sterner-Villa gefeiert, sondern ruhig und besinnlich im Kreise der Familie. Esther und Leona erholten sich zusehends und kamen beide zu Kräften. Malka Sterner, Chaim mit seiner Familie und Johan, der am Nachmittag aus Köln zurückgekehrt war, fanden sich in der Villa am Abend zu einem festlichen Essen ein. Das Haus war von Kerzenlicht erhellt und in der Küche ging es hoch her.

Auch dort wollte das Personal den Jahreswechsel mit einem guten Essen und einem Glas Wein begehen, sobald die Herrschaften oben befriedigt waren. Köchin Elsa trieb die drei Küchenmädchen an, sich zu beeilen. Sie freute sich besonders auf Catharina und ihren Mann Anton, die versprochen hatten, am heutigen Abend mit ihnen zusammen zu feiern. Überall im Haus roch es wunderbar nach Braten und frisch gebackenem Kuchen.

Catharina hatte abgewinkt, als Esther sie fragte, ob sie zusammen mit ihr und der Familie speisen wollte. Anton würde es nicht behagen. Ihm war es viel lieber, mit dem Personal in der Küche zusammen zu sitzen. Catharina hatte den Eindruck, dass es Esther recht war, denn sie bestand nicht weiter auf ihrer Einladung. Seit einiger Zeit spürte Catharina eine Distanz zwischen sich und Esther, die jedoch nicht von ihr ausging. Manchmal sah sie in den Augen der Freundin so etwas Dunkles aufblitzen, wenn Catharina Leona stillte und sie zärtlich wiegte. Dann legte sie das Mädchen schnell zurück ins Bettchen und wandte sich Leonard zu, der zufrieden in seinem Körbchen lag und schlief.

Meistens war es aber wie in alten Zeiten. Wenn die Kinder ruhig waren, schliefen oder vom Kindermädchen beaufsichtigt wurden, nahmen sich die beiden jungen Frauen ein Buch aus dem Schrank und begannen einander vorzulesen. Catharina hatte es besonders die Novelle „Kleider machen Leute" von Gottfried Keller angetan. Sie verglich sich mit dem Schneiderlehrling Wenzel Strapinski, der aufgrund seiner eleganten und gepflegten Kleidung für etwas Besseres gehalten wird, was einen Rattenschwanz an Ereignissen und Missverständnissen hinter sich herzieht.

Im Grunde erging es ihr ähnlich. Als sie noch im Hause Sterner lebte und entsprechend gekleidet war, hielt man sie häufiger für eine feine Dame von Stand. Jetzt, wo sie die einfachere Kleidung einer Arbeiterfrau trug, auch wenn diese aus besseren Stoffen als die der ärmeren Frauen waren, galt ihr die Aufmerksamkeit im Ort nicht mehr so sehr. Das merkte sie vor allem auf dem Markt. Obwohl alle sie kannten, wurde sie jetzt nicht mehr so zuvorkommend behandelt und bedient wie noch vor einem Jahr. Wie sehr die Menschen sich doch von Äußerlichkeiten blenden lassen, dachte Catharina und schüttelte bei diesem Gedanken ihren Kopf.

Was würde das neue Jahr ihnen allen bringen? Esther war fast wieder gesund. Leona wuchs und wurde dicker, Leonhard gedieh prächtig, Anton und ihr ging es gut und der Familie auch.

Die kleine Stadt Dülmen blühte und der Wohlstand wuchs. Das Leben war doch wunderbar.

Dülmen, das Jahr 1875

Ende Januar ging Catharina nach Hause und teilte zum ersten Mal seit Langem wieder das Bett mit Anton. Wie sehr hatten sie das vermisst! Sie hielten einander fest umschlungen und spürten des anderen Herz kräftig schlagen.

„Wann kommst du wieder richtig nach Hause, Cathi?", fragte Anton ernst und gab Catharina einen Kuss auf die Nasenspitze. „Wir brauchen dich hier auch."

„Hab noch etwas Geduld. Ich denke, dass Leona mich noch bis zum Frühsommer braucht", sagte Catharina. „Sie wächst rasant und nimmt ordentlich zu. Das hat auch der Doktor bestätigt."

Anton seufzte ergeben. Beide schauten in das Körbchen, das am Fußende ihres Bettes stand und in dem der kleine Leonard pausbäckig und selig schlief. Anton legte einen Arm um Catharinas Schultern und zog sie an sich.

„Ich liebe dich und …", flüsterte er. Noch ehe er weiter sprechen konnte, gab Catharina ihm einen leidenschaftliche Kuss und drückte ihn in die Kissen.

Anton ging wieder jeden Samstagabend in die Dülmener Stuben, um dort mit Kollegen und Freunden am Stammtisch ein Glas Bier zu trinken und die neuesten politischen Ereignisse zu diskutieren. Die Sozialdemokratische Arbeiterpartei hatte sich mit dem Allgemeinen Arbeiterverein zusammengeschlossen und eine neue Partei gegründet, die SPD. Es dauert nicht lange und viele der demokratisch gesinnten Arbeiter der Stadt sowie einige Kaufleute schlossen sich ihr an, wie vormals dem Deutschen Demokratenverein.

Auch Bernhard war schon einige Male mitgekommen und interessierte sich sehr für die modernen Ideen der jungen Leute. Er war als alter Revolutionär ein begehrter Gesprächspartner und alle hörten ihm gebannt zu, wenn er von damals 1848/49 erzählte.

Es wurde Mai und der kalte Winter wich einem sonnigen Frühling. Catharina war im vierten Monat schwanger und Leonard fast sieben Monate alt. Er krabbelte und brabbelte und war nicht nur die Freude seiner Eltern, sondern auch die der Großeltern Gertrud und Bernhard und der Großmutter Marie Cath.

Obwohl sie beiden Kindern jetzt nicht häufiger als dreimal am Tag die Brust gab, arbeitete Catharina immer noch bei den Sterners und berichtete von dort viel Positives. Leona liebte ganz offensichtlich ihren Spielkameraden und Milchbruder Leonard. Esther, Alon, Catharina und das Kindermädchen hatten die reinste Freude an den Kindern. Wenn Malka Sterner zu Besuch kam, war sie voll des Lobes über die glückliche Entwicklung und nickte Catharina immer wieder dankbar zu.

An einem Montagnachmittag, Catharina hatte sich erst am Morgen von den Schwiegereltern verabschiedet und war zurück in die Villa gegangen, stürzte Jule aufgeregt ins Kinderzimmer.

„Frau Catharina, unten ist ein Bote für Sie."

Catharina übergab Leonard dem Kindermädchen, ging die Treppe hinunter und sah den Nachbarn Bertram mit gesenktem Blick am Eingang stehen. Sie spürte sofort, dass etwas geschehen sein musste.

„Es ist dein Schwiegervater, Catharina", stotterte Bertram unsicher und hielt seine Kappe krampfhaft fest. Hinter Catharina war Esther getreten, die der Freundin die Hand auf die Schulter legte.

„Geh nur, dein Leonard ist hier in guten Händen."

Catharina fand Mutter Gertrud weinend in der Stube, neben ihr Anton mit versteinertem Gesicht.

„Es war das Herz", schluchzte die Mutter und verbarg ihr Gesicht in den Händen. Catharina ging wortlos durch den Raum, die Stiege hinauf und betrat die Schlafkammer der Schwiegereltern. Dort lag er, Bernhard, so friedlich und ruhig. So blass. Langsam ging sie um das Bett herum, setzte sich neben ihn, legte ihre Hände auf die seinen, die auf der Brust übereinander lagen, und beugte sich zu ihm hinunter.

„Vater, lieber Vater", mehr brachte sie nicht heraus. Sie gab ihm einen Kuss auf die Stirn und weinte still.

Drei Tage später wurde Bernhard beerdigt. Die Familie, alle Nachbarn und ehemaligen Kollegen waren gekommen, um ihm Lebewohl zu sagen. Anton stand neben seiner Mutter und Catharina, dachte voller Liebe an seinen Vater und an alles, was er von ihm gelernt hatte. Als er eine Handvoll Erde in die Grube auf den Sarg warf, versprach er Bernhard, seinen Weg weiterzuverfolgen, gerecht und ehrlich zu sein, ein aufrechter Demokrat und seinen Kindern ein guter Vater.

Leonard war bei Esther geblieben. So konnte sich Catharina um die Gäste kümmern, die sich anschließend in den Dülmener Stuben zum Leichenschmaus einfanden und einige Flaschen Pinkler Viez auf Bernhard tranken. Es würde noch viel Zeit bleiben, traurigen Gedanken nachzuhängen und sich an das Leben ohne Bernhard zu gewöhnen.

Zwei Tage nach Leonards erstem Geburtstag wurde Johann Anton geboren. Er starb nur sieben Wochen später an einem Fieber, das der Doktor nicht hatte heilen können. Der Schmerz in Catharinas Brust war unerträglich. Anton war in den Hof gegangen und hatte stundenlang Holz gehackt, mit steinernem Gesicht und unterdrückten Schreien. Das Fieber hatte ganz plötzlich eingesetzt und verzehrte den kleinen Körper innerhalb von drei Tagen. Auch Sterners Arzt, den Alon geschickt hatte, war machtlos dagegen.

Als Anton seine Unterschrift unter die Sterbeurkunde seines Sohnes setzte, war es, als sei ein Künstler am Werk. Langsam, die Feder wie ein edles Werkzeug haltend, hatte er angesetzt und jeden einzelnen Buchstaben seines Namens gemalt. Alle Würde und aller Schmerz lagen in diesem Namenszug, der das Letzte war, das er seinem Sohn geben konnte. Er dachte an die glückliche Zeit, als Catharina ihm gesagt hatte, dass sie erneut guter Hoffnung war…

Im Juni des Jahres waren Leonard und Leona abgestillt worden und Catharina war mit dem Kleinen wieder nach Hause gezogen. Sie ging einmal in der Woche in die Villa, um Esther zu besuchen. Die Kinder waren jedes Mal begeistert, sich wiederzusehen, und spielten unter der Aufsicht des Kindermädchens einträchtig miteinander, während Catharina und Esther sich unterhielten, Kaffee tranken und Gebäck aßen.

Erst als Catharina Ende des achten Monats war, ging sie nicht mehr zu Esther und bereitete sich zusammen mit Gertrud auf die Geburt vor. Aber die Freundinnen schrieben einander. Anton war der Bote, der Catharinas Briefe zur Villa und Esthers Briefe mit nach Hause nahm. Alles verlief nach Plan und die Niederkunft war unkompliziert. Der kleine Johann sah fast so aus wie sein Bruder Leonard damals und hatte kräftige Lungen. Er trank gut und alles schien prächtig zu laufen. Doch dann setzte das Fieber ein.

Marie Cath und Gertrud taten alles, um Catharina beizustehen, die tagsüber nicht viel Zeit zu trauern hatte, da Leonard, der spürte, dass etwas nicht stimmte, sehr fordernd war und häufiger als sonst schrie. Außerdem hatte er zu laufen begonnen und Catharina konnte ihn nicht mehr aus den Augen lassen. Mutter und Schwiegermutter übernahmen die Hausarbeit und das Kochen, sodass sich Catharina um das Kind kümmern konnte.

Marie Cath dachte an ihre toten Kinder und wusste, wie Catharina sich fühlte. Sie war ihrer Tochter so nah wie lange nicht mehr. Das, was Catharina ein wenig dabei zu helfen vermochte, nicht den Verstand zu verlieren, waren die Briefe, die sie an Esther schrieb.

19. Dezember 1875
Liebe Esther,
der Winter ist entsetzlich. Wieso ist dieses Haus auf einmal so klein? Wieso steht mir alles im Wege? Ich will nicht, dass Leonard immerzu schreit, der dumme Junge. Viel lieber würde ich schreien. Du hast mir einen sehr schönen Brief aus Rotterdam geschrieben. Es war nicht schlimm, dass du nicht zu Johanns Beerdigung kommen konntest. Ich danke dir für dein Mitgefühl, aber bitte sei mir nicht böse, ich ertrage das nicht. Überall diese Augen voller Mitleid um mich her. Kann ja kaum aus dem Haus gehen, ohne in diese wissenden Augen der Nachbarsfrauen zu blicken. Gut, dass Mutter hier ist. Sie versteht ohne Worte, wie es in mir aussieht, und sagt nichts. Gertrud weint, sitzt da und weint. Leonard lächelt mich an und patscht mit seinen Händchen in mein Gesicht. Er will, dass ich auch lache. Das ist so mühsam. Anton arbeitet wie verrückt, macht Überstunden und kommt mit einer Bierfahne nach Hause. Ob es ihm hilft? Ich weiß nicht, wie ich weiterleben soll, Esther. Bitte bete für mich.
Deine Catharina

Buch 7

Fruchtbare Zeiten, Dülmen, 1876 – 1882

„Gott meint es gut mit dir", sagte Gertrud zu ihrer Schwiegertochter, als feststand, dass diese abermals ein Kind erwartete. Nach Esthers Rückkehr von einem Besuch in den Niederlanden nahm Catharina die wöchentlichen Besuche in der Sterner-Villa wieder auf, sehr zur Freude Leonards, der seine Milchschwester Leona schmerzlich vermisst hatte.

Am Dienstboteneingang wurde sie von einer ernsten Elsa empfangen, die sie fest umarmte und den widerstrebenden Leonard auf beide Wangen küsste. Elsa verlor kein Wort über Johann Anton, sondern steckte Leonard ein Stück Rosinenbrot in die Hand, das er sofort in seinen Mund stopfte und zu kauen begann.

Auch Esther war überglücklich, die Freundin wiederzusehen. Als der Diener den Tee hereingebracht hatte und sie allein im Salon saßen, nahm sie Catharinas Hand und sah ihr in die Augen. Nach einem Moment des gemeinsamen Schweigens sagte sie:

„Wie geht es dir, Cathi? Es tut mir ja alles so leid. Wenn ich doch nur etwas für dich tun könnte."

„Ach, Esther, ich weiß nicht, wie es mir geht. Manchmal ist der Schmerz blasser, nur um im nächsten Augenblick umso schlimmer wiederzukommen. Mutter sagt, dass es vorbeigeht, aber das kann ich mir nicht vorstellen. Ich sehe ihn immer wieder vor mir, den Johann Anton, wie er daliegt in seinem Bett, schreit und sich krümmt. Das hohe Fieber. Und dann war er nur noch still, nur noch still." Catharina liefen die Tränen über die Wangen. Auch Esther weinte und nahm die Freundin in die Arme.

Alon und Johan Sterner führten im Frühjahr 1876 eine Betriebs-krankenkasse ein, von der jeder Arbeitnehmer profitierte. End-lich konnten alle Leute zum Arzt gehen, wenn es zu Verletzun-gen kam, und sich vernünftig behandeln lassen. Sie planten, ei-nen eigenen Betriebsarzt einzustellen, der in einem der neuen Nebengebäude seine Praxis einrichten sollte. Somit würde ein Arzt sofort zur Stelle sein, wenn es notwendig war. Niemand sollte mehr aus Krankheitsgründen seine Arbeit verlieren oder mit der gesamten Familie im Armenhaus landen.

Die Arbeiter waren voll des Lobes über die Neuerung. Auch die Kaffeehütte wurde von ihnen gut angenommen. Da es mitt-lerweile Bänke und Tische darin gab, an denen die Leute wäh-rend der Pausen sitzen konnten, war die Hütte in den Pausen gut gefüllt. Bei schlechtem Wetter gab es gar Gedränge, sodass Alon überlegte, ein größeres, festes Haus zu bauen, in dem sich auch der Konsum für die Arbeiter befinden sollte.

Alon hatte einige Grundstücke rund um das Werksgelände dazu gekauft und verfügte nun über genügend Platz, diese Er-weiterungen durchzuführen. Zusammen mit den Brüdern hatte er bereits Überlegungen angestellt, wie und wo man Werkswoh-nungen errichten konnte. Das große Gelände zwischen dem Bahnhof und der Münstertorstraße bot sich an. Es lag direkt am Werk, sodass die Arbeiter keine weiten Wege mehr zur Arbeit hatten. Aber zuerst wollten sie die Fabrik in diesem Jahr auf Dampfbetrieb umstellen. Danach würde man weitersehen.

Er hatte die Pläne bereits mit Egmont Bos und Anton besprochen und diesen nach dem Tod seines kleinen Sohnes noch stärker in die Arbeit mit einbezogen. Er sah, dass es dem Mann guttat, seine Gedanken auf etwas anderes zu richten. Anton ging geradezu mit Mordseifer an die Sache und arbeitet mehr, als er musste. Und er machte gute Arbeit.

Am 13. Oktober wurde Carl Ludwig geboren, der dritte Sohn Antons und Catharinas. Der kräftige Bursche nahm Catharinas gesamte Aufmerksamkeit in Anspruch und Leonard wurde hin und wieder eifersüchtig. Catharinas Sorge, den kleinen Kerl nicht gut durch den Winter bringen zu können, war unbegründet. Carl Ludwig entwickelte sich prächtig und war kerngesund.

In der Wiege in der Schlafkammer lag nun Carl Ludwig und Leonard schlief zwischen den Eltern. Er war zwei Jahre alt, hatte den gleichen braunen Wuschelkopf wie Anton und dessen zweifarbige Augen. Er war von ruhigem Temperament und zeigte bald eine große Zuneigung zu seinem kleinen Bruder Carl.

Doch seine Milchschwester Leona war nicht glücklich über die selten gewordenen Besuche. Sie hatte begonnen, erste Sätze zu sprechen. „Wo ist Enard?" war einer der Häufigsten. Esther beschloss, jetzt wo Catharina kaum noch Zeit hatte, den kleinen Leonard zwei- oder dreimal in der Woche vom Kindermädchen abholen zu lassen, damit er Zeit mit Leona verbringen konnte.

Catharina war es recht. Sie hatte sehr viel im Haus zu tun, seit Gertrud nicht mehr so gesund wie noch vor einiger Zeit war. Die gichtigen Finger wollten nicht mehr recht. Also musste Catharina sich um alles kümmern. Gertrud saß den ganzen Tag neben dem Herd, schaukelte Carls Wiege oder schlurfte in den Stall, um nach der Ziege und den Hühnern zu sehen. Ihr vormals herrlich dickes Haar war grau und dünn geworden und ihr Gesicht von vielen Fältchen durchzogen. Ihre blauen Augen trübte ein milchiger Schleier, sodass sie kaum noch lesen konnte.

Wenn die Zeit es erlaubte, las Catharina der Mutter aus dem Münsterschen Merkur vor, den Anton einmal in der Woche vom Stammtisch mit nach Hause brachte, was das Gesicht der alten Frau erblühen ließ. Mochte die Kraft der Augen auch nachgelassen haben, ihr Geist war hellwach und klar. Sie liebte es nach wie vor, sich über das aktuelle Geschehen im Land und in der Welt zu informieren. Wenn sie nicht zu müde war, dann hatte sie große Freude daran, am Abend mit der Schwiegertochter und dem Sohn darüber zu diskutieren.

Sonntags nach dem Gottesdienst besuchte die Familie die Gräber der Verstorbenen. Wenn Catharina auf das kleine Holzkreuz mit Johann Antons Namen schaute, nahm es ihr jedes Mal den Atem. Dann stand sie mit geschlossenen Augen da und sah durch das Erdreich hindurch seinen kleinen Körper, der zu Staub zerfiel. Anton hielt sie mit starrem Gesicht, wenn ihre Knie einzuknicken drohten. Das ungeduldige Zerren Leonards an ihrer Hand, den diese traurigen Besuche langweilten, ließ sie erwachen. Es war Mittagszeit und der Magen des rasch wachsenden

Jungen knurrte vernehmlich. Schweigend verließen sie den Friedhof. Doch Catharina konnte den Drang, sich noch einmal umzudrehen, nicht unterdrücken. Der Gedanke, ihr Kind allein in der kalten Erde zurückzulassen, quälte sie aufs Grausamste. Es war, als höre sie Johann Antons Stimme, die nach ihr rief.

Catharina hatte in den kommenden Monaten und Jahren nicht viel Zeit, sich mit anderen Dingen außer Kindern und Hausarbeit zu beschäftigen. Eine neue Schwangerschaft ließ nicht lange auf sich warten und so wurde am 3. Dezember 1878 ein kleines Mädchen geboren, das Anton und Catharina nach der Mutter Gertrud nannten. Gertrud hatte die dunklere Hauttönung Catharinas und ihr Köpfchen war von dunklem Flaum bedeckt. Sie war ein zartes Kind, aber von guter Gesundheit und überstand den ersten Winter ohne Probleme. Leonard, der mittlerweile vier Jahre alt war, schlief bei der Großmutter unter dem Dach, sodass in der Elternkammer Platz für Carl und Gertrud war. Nach wie vor verbrachte Leonard viel Zeit in der Sterner-Villa.

Esther hatte im Sommer einen Sohn zur Welt gebracht, Jakob. Es war wieder eine sehr schwere Geburt, die Esther mit viel Blutverlust überstand. Der Arzt verbot ihr daraufhin weitere Schwangerschaften. Dieses Mal kam eine Amme aus einem der umliegenden Dörfer ins Haus. Die junge Frau hatte kurz vor Jakobs Geburt ihr eigenes Kind verloren und zog kurzerhand in die Villa. Sie war ein rosiges, rundes Frauenzimmer von einfacher Art, gesund und liebevoll.

Natürlich hatte Catharina ihre Freundin am Wochenbett besucht und geschaut, wie es ihr erging, aber sie fand jetzt nicht mehr die Zeit, länger bei ihr zu bleiben. So hatten die Freundinnen erneut begonnen, sich Briefe zu schreiben. Leona und Leonard sahen einander regelmäßig und waren unzertrennlich.

Erneut blieb Catharina nur eine kurze Zeitspanne bis zu ihrer nächsten Schwangerschaft und bis zur Geburt Johann Raphaels am 25. Juni 1880. Sie hatte etwas gezögert, als Anton ihrem Kind den Namen Johann geben wollte, hatte dann aber doch eingewilligt. Sie würde den kleinen Fratz Raphael rufen. Die Erinnerung an ihren ersten Johann war zu lebendig und zu schmerzhaft.

Ihre Tage waren lang und voller Arbeit, die Nächte kurz. Jedoch hatte sich die Leidenschaft zwischen ihr und Anton kein bisschen abgekühlt. Und so war sie kurz nach Raphaels Geburt erneut guter Hoffnung. Sie hatte nicht damit gerechnet, da sie dachte, die Stillzeit würde eine zu baldige Schwangerschaft verhindern. Nun, sie hatte offenbar falsch gedacht und ihr blieb nur ein leises Stöhnen. Sie hatte zunehmend Schmerzen im Rücken und musste sich öfter hinsetzten, um sich etwas ausruhen. Im Großen und Ganzen war sie aber eine gesunde Frau, die mit liebevoller Strenge den Haushalt und die Kinderschar leitete.

Am 1. Januar 1881 starb Mutter Gertrud im Schlaf. Leonard, der jetzt schon sieben Jahre alt war und in die Volksschule ging, war am Morgen zu den Eltern in die Schlafkammer gekommen und hatte sich verwundert darüber geäußert, dass die Großmutter nicht aufwachte, obwohl er sie gezwickt hatte. Anton war aufgesprungen und die Stiege hochgelaufen. Dort lag die Mutter tot im Bett, ein seliges Lächeln um die Lippen.

Großmutter Marie Cath war bereits im November des Vorjahres an einem Herzschlag gestorben und so fanden sich Anton und die hochschwangere Catharina in der Rolle der Familienältesten wieder. Zwar gab es noch die Schwester Anna Maria, ihren Mann Albert und deren mittlerweile drei Kinder, aber sie waren vor einem Jahr nach Münster gezogen, wo Albert in der bischöflichen Schlosserei eine gute Anstellung erhalten hatte.

Am frühen Morgen des 03. Februar 1881 meldete sich das Kind in Catharinas Bauch. Sie war erschrocken, denn es war noch nicht die richtige Zeit. Es war fast zwei Monate zu früh. Die Wehen setzten so heftig und überraschend ein, dass Catharina kaum noch Zeit hatte, in die Schlafkammer zu gehen. Die Fruchtblase war am Herd geplatzt, als sie gerade den Frühstücksbrei kochte. Anton war zur Hebamme Karla Schmitt in die Coesfelder Straße gelaufen und als er mit ihr zurückkam, lag der Kleine bereits zwischen Catharinas Beinen. Die junge Frau musste nur noch die Nabelschnur durchtrennen.

„Das ist meine Catharina", sagte Anton lachend. „Du hältst dich nicht lange auf mit den Dingen, was?"

„Er hatte es eilig. Was soll ich da machen", antwortete Catharina lächelnd und ließ sich in die Kissen fallen, nachdem die Nachgeburt mit einer kräftigen Wehe herausgekommen war. Alles war gut gegangen, aber der Junge war so winzig, faltig und rot. Sein Schreien war eher ein Piepsen, aber er atmete regelmäßig, und als Catharina ihn an die Brust legte, wusste das kleine Mäulchen sofort, was zu tun war. Er schien gesund und kräftig genug zum Saugen, aber aus Catharinas Bauch rollte eine diffuse Angst hoch zur Brust bis in ihren Kopf. Um diese Angst zu verscheuchen, begann sie leise ein Wiegenlied zu summen.

An der einen Brust saugte das Neugeborene und an der anderen der acht Monate alte Raphael, der den Neuzugang mit leuchtend blauen Augen über die Mutterbrust hinweg betrachtete. Er war durch die Unruhe und die ungewohnten Geräusche in der Schlafkammer wach geworden und Anton hatte ihn zu Catharina unter die Decke gelegt.

Noch während die Hebamme Mutter und Kind versorgte, machte sich Anton auf den Weg zum Pfarrhaus. Der Junge war in der Tat sehr klein und sollte so schnell wie möglich getauft werden. Er wollte ihn nach seinem Vater Bernhard nennen.

Die Hebamme, die noch nicht lange ihrem Beruf nachging, schien froh darüber zu sein, dass alles so einfach und problemlos vonstattengegangen war. Bevor sie ging, versicherte sie Catharina, eine der Nachbarinnen zu rufen, die sich um die anderen Kinder kümmern konnte. Sie selbst würde am nächsten Morgen wieder vorbeischauen. Nun wurde es eng im kleinen Haus an der Tiberstraße.

Noch vor Schichtbeginn stand Anton am nächsten Morgen vor der Sterner-Villa und übergab dem Diener eine Notiz für Esther, die am Mittag ein Mädchen mit einem gut gefüllten Korb zu

Catharina schickte und ihr ausrichten ließ, sie werde am folgenden Nachmittag zu Besuch kommen.

Ein neues Haus

1881 begannen die Sterner Brüder Alon und Johan mit dem Bau der Werkswohnungen. Malka Sterner war im Frühjahr 1880 mit 75 Jahren nach einem Schlaganfall gestorben. Ihr folgte zwei Monate später ihr ältester Sohn Chaim, der mit nur 48 Jahren völlig überraschend einem Herzinfarkt erlag. Der Schock über die beiden Todesfälle saß sehr tief und so setzten die Brüder die lang gehegten Baupläne erst nach Einhaltung des Trauerjahres in die Tat um.

Alon übernahm die Versorgung der Schwägerin und ihrer beiden Jungen. Er überzeugte Gabriela davon, nicht zurück in ihre italienische Heimat zu gehen, denn sie und ihre Söhne - der Ältere studierte die Juristerei in Münster, der Jüngere lernte in der Buchhaltung des Unternehmens – würden zukünftig im Familienunternehmen gebraucht.

Alon und Johan studierten eingehend die Pläne des beauftragten Architekten, der sich an den Krupp'schen Bergarbeitersiedlungen im Ruhrgebiet orientiert hatte.

Für die Arbeiter und ihre Familien sollten nah bei der Fabrik zwei lange Reihen doppelstöckiger Wohnhäuser mit je vier Wohnungen entstehen. In den Höfen war für jedes Haus eine eigene Latrine vorgesehen. Hinter den Gebäuden würden Gärten sowie an deren Ende Stallungen für das Kleinvieh angelegt. Die beiden Brunnen mit Wasserpumpen neben den Waschhäusern am rechten und linken äußeren Rand der Gärten, weit genug weg von den Latrinen, würden gewährleisten, dass undichte Jauchegruben das Wasser nicht immer wieder verseuchen. Das auf diese Weise verunreinigte Brunnenwasser hatte seit jeher zu Ruhrepidemien, Typhus und anderen Krankheiten geführt. Damit sollte nun Schluss sein.

Darüber hinaus würde eine Reihe mit Doppelhäusern für die Familien der Vorarbeiter und Meister der Fabrik entstehen. Auch hinter diesen Reihenhäusern sollten längliche Gartenparzellen mit Stallungen liegen. Sie sollten es den Menschen ermöglichen, ihr eigenes Gemüse anzubauen und Kleintiere wie Hühner, Tauben und Kaninchen zu halten, um sich so weit wie möglich selbst zu versorgen.

Die Sterner Brüder betrachteten die Pläne mit nickenden Köpfen, dem einen und anderen Kommentar und freuten sich auf den baldigen Beginn der Bauarbeiten.

Der in den 70er-Jahren entstandene Dülmener Bahnhof, der sich in einem beständigen Ausbau befand und durch die Bahntrasse Essen-Münster eine hervorragende Anbindung an das Ruhrgebiet besaß, vereinfachte und förderte den Handel mit Waren aller Art. Kohle aus den Zechen Dortmunds und Bochums konnten direkt mit der Eisenbahn hertransportiert werden. Der Fortschritt schien unaufhaltsam und eine Euphorie erfasste den ganzen Ort, dessen Bevölkerung mit jedem Jahr wuchs.

Neben dem Betrieb der Familie Sterner gab es noch andere kleinere Webereien, Spinnereien und allerlei Gewerke, die am Aufschwung partizipierten und den meisten Menschen in der Stadt Arbeit gaben. Allein die Firma Sterner beschäftigte jetzt 150 Arbeiter und Arbeiterinnen an ebenso vielen Webstühlen, die den Aufträgen in mehreren Schichten nachkamen. Die Maschinen standen nicht mehr still.

Alon hatte mit seinem Bruder Johan die Raumaufteilung der Werkswohnungen eingehend diskutiert, die Lage der Gärten und Stallungen sowie die der Waschhäuser mit Wasserpumpe, die groß genug werden sollte, um alle Familien ausreichend zu versorgen.

Die Räume in den Vierfamilienhäusern waren größer und heller als die in den kleinen Stadthäuschen oder gar in der Barackensiedlung in der Feldmark, und die Raumhöhe war so gewählt, dass die Zimmer großzügig wirkten. Jede Wohnung verfügte über eine Wohnküche mit Herd, eine angrenzende Schlafkammer, eine kleine Stube und einen Vorratsraum. Unter dem Dach konnte man Wäsche aufhängen und Hausrat lagern. In vier Dachkammern, zu jeder Wohnung gehörte eine, war Platz für die älteren Kinder, die Großeltern oder Schlafgänger. Im Keller befanden sich vier Verschläge für Kohle, Holz und Eingemachtes, die man jeweils mit einem Schloss sichern konnte.

Noch moderner waren die Reihenhäuser. Durch die Haustür betrat man einen Flur mit Garderobe, rechts daneben befand sich die gute Stube mit dem Ofen und am Ende des Flurs die geräumige Wohnküche mit Fenster und Tür zum Hof und Garten

hinaus. Angrenzend an die Küche lag eine kleine Großmutter-
oder Schlafgängerkammer. Von der Küche aus ging es über zwei
Stufen hinunter durch einen Waschraum zum Schweinestall und
zu dem größten Luxus des Hauses – der eigenen Latrine.

Neben der Eingangstür führte eine rotgestrichene Holztreppe
mit weißem Geländer und rotem Handlauf hinauf ins leicht ge-
schrägte Dachgeschoss, wo sich zwei größere und eine kleinere
Schlafkammer befanden. Auf dem Treppenabsatz war Platz genug für einen Schrank und Kommoden.

Natürlich gab es auch einen Keller, den man über eine steile
Stiege unter der Wohnungstreppe erreichte. Er hatte eine leicht
vertiefte Decke aus Rundbögen und bot allerlei Hausrat Platz.

Die Eingangstüren mit ziseliertem Glas im halbrunden Ober-
licht wurden in einem frischen Grün gestrichen. Von dort führten drei Steinstufen auf den Gehweg hinab.

Ein kleiner gepflasterter Hof hinter den Häusern wurde von
immergrünen Hecken gesäumt. Dahinter gab es genügend Platz
für Obstbäume und -sträucher und Gemüsebeete. Am Ende der
Gärten befanden sich die Stallungen für Hühner, Tauben, Hasen
und das Gartengerät.

Mit Genugtuung beobachteten Alon und Johan den schnellen
Fortschritt des Baubetriebes, währenddessen sich Schwägerin
Gabriela um eine akkurate Auflistung aller Arbeiterfamilien und
deren Wohnbedarf kümmerte.

Im Herbst 1882 war es endlich soweit: die Häuser wurden vom Magistrat der Stadt bei strahlend blauem Himmel mit Blasmusik der Schützenvereinskapelle feierlich eingeweiht. Die Geistlichen der Kirchengemeinden sowie der Rabbi der Synagoge gaben ihren Segen dazu und nicht nur eine Lobeshymne auf die Erbauer und Gönner der Stadt erklang. Es gab ein fröhliches Stadtfest und einen ordentlichen Rummel, auf dem sich die Dülmener an Bierständen zuprosteten und Kinder zwischen den Beinen der Erwachsenen in der Hoffnung herumwuselten, vielleicht eine Zuckerstange vom Vater oder Großvater spendiert zu bekommen.

Auch Anton und Catharina waren mit ihrem fünffachen Nachwuchs zum Einweihungsfest erschienen. Sie konnten kaum fassen, wie schön und modern die Siedlung geworden war. Die hellen Räume, in die Licht und Sonnenschein fallen konnten, ein Abort, der direkt am Haus lag. All das erschien ihnen, als sei ein Traum wahr geworden.

Auf einem mit Girlanden geschmückten Podest saßen neben dem Bürgermeister und einigen anderen Herren der Verwaltung Alon und Esther Sterner mit ihren Kindern. Johan Sterner hatte sich wegen eines andauernden Lungenleidens entschuldigen lassen und sich in seine Räume in der Villa zurückgezogen. Ihm lag nicht viel an solchen Veranstaltungen und Lobreden, die ihn eher peinlich berührten. Der kleine Jakob zappelte auf dem Schoß seiner Mutter und sah neugierig auf das versammelte Volk herab. Leona, in einem hübschen Volantkleidchen mit passendem Mantel und einer rosa Schleife im blonden Haar, richtete sich auf ihrem Stuhl neben dem Vater ein wenig auf und schaute mit ernstem Gesichtsausdruck und suchenden Augen in die Menge. Als sie Leonard erblickte, begann ihr Gesicht zu leuchten. Sie zupfte an der Jacke des Vaters, der sich zu ihr hinunterbeugte. Alon folgte dem Blick seiner Tochter, entdeckte Anton, nickte ihm lächelnd zu und erlaubte Leona, das Podest zu verlassen. Leona stürmte los, ohne auf den missbilligenden Gesichtsausdruck der Mutter zu achten, die dieses wilde Benehmen ihrer Tochter gar nicht guthieß und Mühe hatte, Jakob daran zu hindern, es der Schwester gleichzutun. Aber bevor sie etwas sagen konnte, war Leona bereits neben Leonard, nahm ihn bei der Hand und rannte, gefolgt von klein Carl, mit den Jungen mitten ins Getümmel.

Pastor Böckenhoff, der in den letzten Jahren völlig ergraut war, trat neben Catharina und Anton, der seine beiden Jüngsten auf den Armen trug, kniff zärtlich Bernhard und Raphael in die Wange, die ihre Köpfchen ängstlich an die Schultern des Vaters schmiegten, und tätschelte den Kopf Gertruds, die sich in die Röcke der Mutter drückte und ihr Gesichtchen darin verbarg. Dort, das wusste das Kind, war sie sicher. Nur mit einem ihrer bernsteinfarbenen Augen lugte sie über eine Rockfalte hinweg hoch zu dem großen Mann.

Böckenhoff fühlte sich nach wie vor eng mit der Familie Pläster verbunden, hatte die Eltern getraut, die Kinder getauft und den armen Johann beerdigt, Trost gespendet und Mut zugesprochen. So wie er damals den jungen Anton gefördert hatte, so nahm er jetzt den achtjährigen Leonard unter seine Fittiche. Er hatte den wachen Verstand Antons und dessen Vorliebe für Bücher geerbt. Seit der sechsjährige Carl in die Schule ging und er ihn im Religionsunterricht beobachten konnte, zählte Böckenhoff das Kind ebenfalls zu seinen Schützlingen.

Carl war weniger an Geschichten und dem Lernen im Allgemeinen interessiert. Er mochte Holz und Steine viel lieber und setzte sie, wann immer er Zeit dazu fand, zu seltsamen Gebilden zusammen, denen er dann Namen von Tieren oder Gebäuden gab. Er war ein sehr stilles Kind mit blasser Hautfarbe und feinen, rötlich blonden Haaren, die Catharina jeden Morgen mit Wasser glättete und in der Mitte akkurat scheitelte. Carls hellblaue Augen schielten ein wenig und er blickte ernst in die Welt. Im Gegensatz zu Leonards lebhaftem Wesen und kräftiger Stimme, die seinen sich oftmals überschlagenen Gedanken vehement Ausdruck verleihen konnte, sprach Carl leise und bedächtig. Nicht ängstlich! Nein, das war er nicht, nur unaufgeregt. Er beobachtete lieber still.

„Glückwunsch, Anton", sagte Pastor Böckenhoff. „Ihr habt bereits den Zuschlag für eure Wohnung, nein, was sage ich, für euer Haus. Du bist ja Vorarbeiter, Anton. Großartig. Gleich das erste Haus an der Ecke, wie ich höre."

„Du meine Güte!", rief Catharina lachend aus. „Das spricht sich ja schnell herum. Die Leute wissen alles schon, bevor wir es erfahren."

„Ja, es ist das erste Haus in der Reihe, in das wir einziehen dürfen. Es kommt grad zur rechten Zeit. Wir haben kaum noch Platz in unserem Häuschen", entgegnete Anton.

„Neue Zeiten, meine Lieben, neue Zeiten." Böckenhoff klopfte Anton auf die Schulter und verabschiedete sich von Catharina, bevor er in der Menge weiterging.

Buch 8

Catharina und Esther, Dülmen, Dezember 1883 – 1892

2. Dezember 1883

Meine liebste Cathi,

ich bin untröstlich. Dein Mann hat es Alon heute früh erzählt. Welch grausames Schicksal dir beschieden ist. Was hat es damit auf sich, dass Gott uns das Geschenk eines kleinen Wesens macht, um es dann so schnell wieder zu sich zu nehmen? Ich werde für euren armen Raphael beten und dich übermorgen aufsuchen. Wenn du irgendetwas brauchst, schicke mir eine Nachricht. Zögere nicht, was immer es ist.

Deine Esther

4. Dezember 1883

Liebe Esther,

ich kann kaum die Feder halten, so zittert meine Hand. Aber ich muss Worte aufschreiben, Worte, die ich nicht sagen kann, denn es gibt nichts zu sagen, nur Schreie. Da stecken so viele Schreie in meiner Kehle, aber sie wollen nicht heraus. Ich bin verstummt, raffe die Kinder an meine Brust und habe solche Angst. Esther, ich werde noch verrückt. Anton hat sich am Boden gewälzt vor Schmerz, als Raphael aufgehört hat zu atmen. Und ich saß da, ein Stein in einem steinernen Meer, ein ausgetrocknetes Flussbett. Es gibt keinen Trost. Die Kinder weinen, zum Glück können sie es. Gertrud ist so wütend, dass sie versucht hat,

ihre Stoffpuppe zu zerreißen. So laut hat sie geschrien und gegen alle Möbel getreten und geschlagen, bis Anton sie auf den Arm genommen hat. Da hat sie sich beruhigt. Ich kann nicht mehr, Esther. Du wirst kein Wort lesen können. Ich kann die Feder nicht mehr halten.
Catharina

12. Dezember 1883
Liebste Cathi,
ich bin so froh, dass wir etwas Zeit hatten. Du weißt, wie gerne ich Leonhard hier im Haus habe. Leona blüht auf, sobald er zur Türe hereinkommt. Es stimmt schon, Leona hat weniger Zeit, da sie jeden Tag Unterricht mit ihren Hauslehrern hat, auch am Nachmittag. Aber Leonhard stört nicht. Im Gegenteil, er ist dem Lehrer Davert eine Freude. Und Mademoiselle Charlene ist entzückt von seiner schönen Singstimme, die er ganz gewiss von dir geerbt hat. Also mach dir keine Sorgen um uns. Werde du nur schnell wieder gesund und fröhlich.
Deine Esther

5. März 1884
Liebe Esther,
ich bin dir so dankbar und weiß nicht, wie ich das jemals wieder gut machen kann. Mein Leonard ist überglücklich, bei euch sein zu dürfen. Carl ist recht eifersüchtig auf ihn, aber er spielt ja sowieso viel lieber im Garten und auf der Straße mit seinen Steinen und Stöcken. Außerdem wimmelt es hier nur so von Nachbarskindern. Da braucht er sich nicht

zu langweilen und hat Kameraden, wenn er denn will. Gertrud macht mir ein wenig Kummer. Seit Raphaels Tod ist sie anders. So verschlossen und grimmig. Aber sie passt auf Bernhard auf, wenn ich kochen oder waschen muss. Der Kleine scheint mir der Einzige zu sein, der ihr Herzchen erreicht.

Anton spricht sehr wenig, arbeitet nur noch. Ich sehe ihn immer seltener. Er ist ganz krumm vor Kummer. Jetzt haben wir dieses schöne Haus und doch will keine Freude aufkommen.

Gestern, als die Kinder im Bett waren und schliefen, habe ich Mutters alte Kiste aufgemacht und meine schönen Kleider angesehen. Mein Hochzeitskleid und das karierte Seidenkleid aus Paris. Erinnerst du dich, liebe Esther? Wie sehr sich meine Figur verändert hat! Ich kann mir die Kleider nur noch vorhalten, aber anziehen kann ich sie nie wieder. Sie sind eine schöne Erinnerung an wunderbare Zeiten mit dir, liebste Freundin.

Als ich mit den Fingern über die knisternde Seide strich, fühlte ich mich ein wenig getröstet und dankbar für solcherlei Erinnerungen. Die habe ich für immer im Herzen. Die kann mir das Schicksal nicht nehmen.
Deine Catharina

30. März 1884
Liebste Cathi,
es ist gut, dass du bei unserem Werksarzt warst. Seit unser alter Familiendoktor tot ist, kommt Doktor Teubner regelmäßig zu uns. Er hat viel zu tun, denn es geschieht fast täglich irgendetwas in der Fabrik. Aber er wird immer Zeit für dich haben. Er ist nicht nur ein guter

Mediziner, sondern versteht auch viel vom menschlichen Geist. Mit ihm kannst du über alles reden, auch über deine Probleme mit Anton. Er kennt ihn schließlich.

Es ist wunderbar, wie sich die Dinge in der Fabrik zum Guten verändert haben. Die Leute sind glücklich in ihren Wohnungen und zufrieden mit ihrer Arbeit. Die Kinder gehen alle zur Schule und machen einen Abschluss. Die meisten von ihnen kommen mit 14 Jahren auch zu uns, um zu lernen. Sie werden Weber oder Schlosser, bleiben bei uns und haben ihr Auskommen. Das ist großartig. Die allgemeine Gesundheit der Leute hat sich enorm verbessert, dank der guten hygienischen Bedingungen und der sauberen Wohnverhältnisse. Dafür gehört auch deinem Mann ein großer Dank. Er hat mit meinem Alon über die Missstände gesprochen und Neuerungen angeregt. Du kannst stolz auf ihn sein. Morgen schicke ich dir Elsa mit einem Korb voll guter Sachen vorbei. Sie freut sich darauf!

Deine Esther

6. Juni 1884

Liebe Esther,

Doktor Teubner hat mir nicht davon abgeraten, weitere Kinder zu bekommen. Er sagte, dass ich gesund sei und kräftig und ein neues Kind mir helfen könnte. Ich möchte dir etwas anvertrauen, etwas sehr Intimes. Ich hätte schon gerne ein neues Kindchen, aber ich mag nicht mehr den Weg dorthin, so wie ich ihn früher mochte. Du verstehst mich, denke ich. Seit Raphaels Tod waren wir erst einmal zusammen und

Anton war ziemlich betrunken. Jetzt stelle ich mich schlafend, wenn er von der Arbeit spät heimkommt und ich schon in unserem Bett liege. Findest du das schlecht von mir? Müsste ich als gute Ehefrau nicht gerne meinem Mann zu Willen sein? Meinst du, ich müsste das beim Pastor beichten?

Deine Catharina

10. Juni 1884

Meine liebste Cathi,

ich verstehe dich sehr gut. So angenehm die ehelichen Pflichten auch sein können, so bringen sie uns doch immer wieder in Gefahren für Leib und Leben. Ich weiß, wovon ich rede. Nun, mich hat der Doktor von dieser Pflicht enthoben. Mein Körper ist nicht gut für die Arbeit der Schwangerschaft und Geburt geeignet. Daran hat sich in den vergangenen Jahren nichts geändert. Er ist ja immer noch wie der eines Kindes, viel zu schmal in den Hüften, viel zu dünn. Du bist groß und kräftig, kannst gut Kinder gebären. Aber du hast Angst davor, sie danach wieder zu verlieren, nicht wahr? Vielleicht liegt deine Abneigung darin begründet. Warum solltest du das beichten? Du begehst doch keine Sünde! Und wenn Anton dich liebt, dann lässt er von seinen Wünschen ab und wartet.

Alon und ich, wir lieben uns, aber seit ich nicht mehr das Bett mit ihm teilen darf, hat sich zwischen uns viel verändert. Er kommt immer mal wieder sehr spät nach Hause und ich weiß, dass das nichts mit der Arbeit zu tun hat. Aber ich frage nichts und sage kein Wort. Er ist ein Mann und braucht gewisse Dinge, die uns Frauen nicht so wichtig sind. Also belasse ich es dabei und gräme mich nur ein wenig. Ein Vorteil, den ich habe, liegt darin, dass wir jeder ein eigenes Schlafzimmer haben, in das wir uns jederzeit zurückziehen können. Alon ist sehr rücksichtsvoll und das rechne ich ihm hoch an.

Liebe Cathi, ich bin so froh und dankbar für unsere Briefe.

Deine Esther

5. Dezember 1884

Liebe Esther,

ich weiß gerade nicht, wo mir der Kopf steht. Dr. Teubner hat mir heute früh gesagt, dass ich schwanger bin. Nun ja, zumindest ist Bernhard aus dem Gröbsten raus und will nicht mehr ständig auf den Arm. Das Leben ist schon recht mühsam.

Deine Catharina

15. Juni 1885

Liebste Cathi,

du musst besser auf dich aufpassen und nicht so viel im Garten arbeiten. Das Bücken bekommt dir in deinem Zustand nicht. Es sind ja nur noch einige Tage bis zu deiner Niederkunft. Bei der Gartenarbeit können dir doch Leonard und Carl ein wenig helfen. Ich werde dir eines der Küchenmädchen schicken, damit es dir zur Hand geht. Wir haben Personal genug. Außerdem fahren die Kinder und ich übernächste Woche für eine Weile zu Verwandten nach München. Bitte nimm meine Hilfe an, dann kann ich beruhigt reisen.

Deine Esther

20. Juni 1885

Liebe Esther,

verzeih mir, dass ich dir nicht sofort geantwortet habe. Mir ging es nicht so gut. Ein Ziehen im Bauch und starke Kopfschmerzen hatten mich ans Bett gebunden. Aber jetzt hat sich alles wieder beruhigt. Elsa war gestern zusammen mit Johanna bei mir. Wir haben Kaffee getrunken und darüber geredet, wobei Johanna mir helfen kann. Sie ist ein sehr nettes und liebes Mädchen und kann gut mit den Kindern. Ich danke dir von Herzen, liebe Esther.

Ich wünsche euch eine gute Reise. Leonard ist todtraurig. Aber die Wochen werden schnell vergehen und im Nu seid ihr alle wieder da. Gib dem Jungen heute Nachmittag nur recht viele Bücher mit. Da kommt er nicht so sehr ins Grübeln. Carl und Gertrud stecken ihre Köpfe

ebenfalls gern in die Geschichten und lesen Bernhardchen daraus vor. Es macht mich glücklich, dies zu sehen.
Deine Catharina

1. August 1885
Liebe Esther,
seit der Geburt von Philipp Aloys vor vier Wochen habe ich noch weniger Zeit als vorher. Tausend dank dir und Alon noch einmal für das schöne Taufgeschenk und die wunderschöne Kerosinlampe. Sie ist ein rechtes Wunderwerk mit ihrem rosafarben bemalten Fuß und dem langen schlanken Glaszylinder. Jetzt ist es sehr viel heller in der Stube und man kann viel besser bei ihrem Licht lesen und arbeiten als bei einer Öllampe.
Ich bewache mein kleines Kerlchen mit Argusaugen, ob ihm auch nichts fehlt und dass sich kein Fieber einschleicht.
Jetzt, wo Leonard das kleine Zimmer für sich allein hat, ist er sehr glücklich. Er braucht seine Ruhe. Du kennst ihn ja.
Deine Catharina

5. August 1885
Liebste Cathi,
ich schaue mir so gerne unsere Kinder an, wenn sie gemeinsam am Flügel sitzen. Leona spielt ein Schuhmann-Lied und Leonard singt. Dabei schließt er oft die Augen und sieht aus wie ein Engel. Meine Leona ist ganz vernarrt in ihn. Zurzeit üben sie gemeinsam das ‚Märzveilchen‘

und haben es beinahe perfektioniert. Leonard wird dir davon erzählt haben. Er sieht seinem Vater so ähnlich! Er scheint mir nur zarter gebaut zu sein und wird wohl nicht so groß wie dein Anton. Seine Hände sind wirklich schön, so schmal und langfingrig. Wenn die Kinder dann die Köpfe zusammenstecken, dein Leonard mit den braunen Locken und meine Leona mit ihrem blonden feinen Haar, dann scheinen sie mir unzertrennlich.

Du glaubst ja nicht, wie froh ich bin, wieder zu Hause zu sein und das Genörgel Leonas nicht mehr ertragen zu müssen. Ich weiß nicht, wie das noch weitergehen soll. In München war sie einfach unausstehlich und hatte so gar keine Freude an ihren Cousins und Cousinen.

Die Familie zog durchweg ein Gesicht, wenn sie allen von ihrem Leonard vorschwärmte. Sie haben schon einen rechten Dünkel, wenn es um die Herkunft anderer geht, um ihren sozialen Stand. Ach, es war manchmal sehr ärgerlich.

Sage mir, wenn du etwas für das Kind brauchst. Ich werde dich auch bald besuchen und lasse es vorab Leonard wissen, damit er dir Bescheid sagen kann.

Deine Esther

6. Dezember 1886

Liebe Esther,

wie schnell doch so ein Jahr vergeht! Wir haben ja nun beide sehr wenig
Zeit für das Schreiben, ich weiß. Dennoch vermisse ich deine Briefe. Ich
bin so froh, dass Leonard mir von euch berichtet.

Anton erzählt immer wieder von dem Erfolg der Weberei, den vielen
neuen Maschinen und den Menschen, die in den Ort kommen, um bei
euch zu arbeiten. Das ist ein Segen für die ganze Stadt.

Uns geht es allen recht gut und die Kinder sind gesund.

Deine Catharina

1. Mai 1887

Liebe Esther,

Leonard wird dir erzählt haben, dass ich erneut guter Hoffnung bin.
Noch hängt mir Klein-Aloys am Schürzenzipfel, da rundet sich mein
Leib schon wieder gewaltig. Mit Aloys ist es sehr anstrengend. Er ist
viel wilder und ungestümer, als die anderen es waren. So viel hat keins
der anderen Kinder gebrüllt. Er hat sogar richtige Tobsuchtsanfälle,
wenn er nicht schnell genug bekommt, was er haben will. Anton meint,
das sei das Erbe Bernhards, Gott hab ihn selig. Der sei auch oftmals an
die Decke gegangen.

Die Arbeit in Haus und Garten wird mit jedem Jahr mehr und mein
Rücken schmerzt immer öfter. Das viele Tragen und Bücken hat seinen
Preis. Aber ich will nicht klagen. Schließlich bin ich nicht mehr die
Jüngste mit meinen 34 Jahren. Erst heute früh habe ich im Spiegel ein
graues Haar entdeckt.

Ich verstehe sehr gut, dass du wenig Zeit hast. Deine gesellschaftlichen Verpflichtungen wachsen ja auch mit jedem Jahr. Eure Fabrik wird immer größer und moderner und es gibt so viel zu tun. Anton erzählte mir neulich von den betrieblichen Veränderungen, dass es nun 270 Webstühle gibt. Die neue Unfallversicherung, die dein Mann eingeführt hat, ist ein weiterer Segen. Das ist alles wunderbar.

Anton ist sehr stolz darauf, von deinem Mann nach der Pensionierung Karl Wagners zum Obermeister der Weberei ernannt worden zu sein. Dafür möchte ich mich auch sehr bedanken. Ich denke, du hast deinen Teil dazu beigetragen. Ihr seid so sehr um unser Wohl bemüht! Uns geht es viel besser als manch einem der Nachbarn in der Siedlung. Wir haben ein sehr gutes Auskommen, sind geachtet und angesehen und unsere Kinder entwickeln sich prächtig.

Leonard wird in diesem Jahr 13 und geht das letzte Jahr zur Schule. Er ist irgendwie ganz anders als seine Geschwister, die ihn fast schon mit Ehrfurcht betrachten. Das hat sicher damit zu tun, dass er so viele Stunden bei euch verbringt. Er lernt in eurem Hause sehr viel. Wenn ich ihn manchmal in der Stube umringt von den Kleineren sehe und er ihnen eine Geschichte erzählt, dann könnte man meinen, er sei nicht von mir und Anton. Ja, er sieht Anton sehr ähnlich, aber er ist so schmal und schlank, so feingliedrig, so überaus klug. Er hat mir erzählt, dass dein Mann mit ihm vor ein paar Tagen gesprochen hat und wissen wollte, was er nach der Schule gerne lernen möchte. Du weißt ja, wie gut der Junge rechnen kann und über welch ein gutes Wissen er verfügt, dank eurer Hilfe. Er hat Verstand und nutzt ihn. Es wäre wunderbar, wenn er bei euch eine gute Ausbildung erhalten könnte.

Elsa erzählte mir von Johans Rückkehr aus dem Schweizer Sanatorium. Ich hoffe sehr, dass er sich gut erholt hat. Er leidet nun schon so viele Jahre an der Lunge. Bitte richte ihm meine besten Genesungswünsche aus.

Deine Catharina

18. Juli 1887

Liebe Catharina,

ich weiß nicht, wo mir der Kopf steht. Zuerst sah es mit Johan so gut aus. Er schien zu gesunden, doch jetzt dieser Rückfall. Er spuckt Blut! Wir haben extra einen Diener für ihn eingestellt, der sich um ihn und seine Räume kümmert und sich vor allem nicht vor dieser scheußlichen Krankheit fürchtet. Ich kann nicht alles allein machen.

Deine Esther

19. Juli 1887

Liebe Esther,

jeder von uns hat sein Päckchen zu tragen, doch wenn es um einen geliebten Menschen geht, dann liegt es besonders schwer auf den Schultern. Ich bete jeden Tag für den lieben Johan. Ich hoffe nur, dass ihn hin und wieder einer seiner jungen Malerfreunde besucht, damit sie ihn ein wenig von dem Elend ablenken können. Er hat es verdient, dass man sich um ihn kümmert.

Deine Catharina

4. August 1887

Liebe Catharina,

ich möchte dir nur schnell diese Nachricht zukommen lassen. Johan geht es mit jedem Tag schlechter. Seine Hustenanfälle sind furchtbar. Er will nur noch seinen Diener und Justus um sich haben. Du weißt ja, das ist der Junge, an dem sein Herz so sehr hängt. Justus schläft vor seinem Bett auf dem Boden, eingerollt wie ein Kätzchen! Aber ich sage nichts. Alon hat die Dienerschaft verpflichtet, darüber Stillschweigen zu bewahren. Es gibt schon genug Gerede um unseren Johan. Bete für ihn, meine liebe Catharina.

Deine Esther

12. September 1887

Liebe Esther,

es tut so weh, Johan leidend zu wissen. Das hat er alles nicht verdient. Er war schon immer auf seine ganz besondere Weise anders und das dumme Gerede der Leute soll uns nicht kümmern. Wir lieben ihn und dass ist das einzig Bedeutende. Wir haben ihm so viel zu verdanken. Bitte grüß ihn sehr von Anton und mir.

Deine Catharina

1. November 1887

Liebe Catharina,

es ist überstanden. Johan ist letzte Nacht von uns gegangen. Justus ist außer sich und will sich gar nicht beruhigen. Er hat die letzten Tage an seinem Bett gewacht, seine Stirn gekühlt und seine Hand gehalten. Ganz grau ist der arme Junge geworden.

Johans Tod hat uns alle zutiefst erschüttert, obwohl er absehbar war. Das Lungenleiden war so schlimm, dass Dr. Teubner uns riet, die Kinder für eine Weile fortzuschicken, damit sie sich nicht ansteckten. Aber das braucht es ja nun nicht mehr.

In tiefster Trauer, Esther

27. November 1887

Liebe Catharina,

ich gratuliere euch zu euerm Söhnchen Josef Franz. Dr. Teubner hat mir erzählt, dass die Geburt recht schnell und gut verlief und ihr beide euch wohlauf befindet.

Wenn eine Seele gen Himmel fährt, schwebt eine neue vom Himmel herab. Möge sie in dem Körper deines kleinen Josef Franz zur vollen Blüte heranreifen.

Deine Esther

15. Januar 1888

Liebe Esther,

der kleine Josef entwickelt sich sehr zu unserer Freude. Allerdings weiß ich manchmal nicht, wo mir der Kopf steht vor lauter Arbeit. Aber ich will nicht klagen. Nur zum Schreiben bleibt kaum noch Zeit. Sei also bitte nicht böse, wenn du länger mal nichts von mir hörst.

Deine Catharina

2. April 1888

Liebe Esther,

und wieder einmal kann ich dir und deinem Mann nicht genug danken.
Leonard ist überglücklich. Wir alle hoffen sehr, dass er sich an seinem
Lehrplatz ordentlich zeigt, fleißig lernt und ein guter Buchhalter wird.
Du glaubst ja nicht, wie stolz Anton auf seinen Ältesten ist! Und ich
natürlich auch. Es war von Anfang an klar, dass er nicht für die Webe-
rei oder Schlosserei taugt.

Tausend Dank, tausend Dank!

Deine Catharina

6. September 1888

Liebe Catharina,

wie ich höre, macht sich dein Leonard sehr gut in der Firma. Alon ist
voll des Lobes. Du kannst stolz auf ihn sein. Ich möchte aber auch auf
deine Sorgen bezüglich Leonard eingehen.

Leona hat uns den ersten Brief aus Köln geschickt. Sie hat sich gut im
Pensionat eingelebt und mit ein paar Mädchen, die alle aus sehr gutem
Hause sind, angefreundet. Ich wage zu behaupten, dass ihr die neuen
Eindrücke und Erfahrungen den Kummer der Trennung von Leonard
erleichtern. Sie sind ja doch noch so jung und ihre kindliche Liebe zueinander steht auf keinem festen Boden. Ich wünsche mir sehr, dass du es
verstehst, liebe Catharina. Wir haben die Kinder in den letzten Monaten beobachtet und gesehen, dass ihre Zuneigung auf ungesunde Weise
wuchs, ja sie immer mehr auch die körperliche Nähe suchten. Sie sind
Milchgeschwister und stehen einander so nah, wie es kaum leibliche

Geschwister tun, ja über das Maß hinaus. Die Entscheidung, Leona fortzuschicken, ist Alon und mir nicht leicht gefallen. Bitte glaube mir das! Wir mussten verhindern, dass sich zwischen den Kindern mehr entwickelt, als gut für sie ist.

Du weißt, dass wir in unserer Familie nicht sehr religiös sind. Dennoch, Leona ist Jüdin und Leonard katholisch. Glaube mir, es geht uns nicht um den unterschiedlichen Stand. Wir sehen Leonards adelige Seele und seinen intelligenten, wunderbaren Charakter. Dennoch sind die Unterschiede zu groß, als dass aus unseren Kindern mehr als Freunde werden könnte. Sie müssen nun beide ihren eigenen Weg gehen und in einigen Jahren eine passende Verbindung eingehen, in der sie glücklich sein können.

Deine Esther

10. September 1888

Liebe Esther,

ich weiß, wovon du redest. Dennoch, sollte uns das Glück unserer Kinder nicht immer und alle Zeit oberstes Gebot sein? Ist eine Trennung wirklich das Richtige? Es macht mich sehr traurig, dass Standesschranken immer noch nicht überwunden werden können, so wie wir es uns vor Jahren einmal erträumt hatten. Ja, du sagst, dass es nicht der unterschiedliche Stand, sondern die Religion sei, die es unseren Kindern unmöglich macht, glücklich zu werden. Aber wollten wir nicht einmal, dass genau sie keine Rolle mehr spielt? Für unsere Freundschaft war sie doch auch nicht von Bedeutung.

Deine Catharina

12. September 1888

Liebe Catharina,

alles, was du sagst, ist richtig, wenn da nicht meine und Alons Verwandtschaft wäre, die keinen Versuch auslässt, uns unsere Religion und unseren Stand vor Augen zu führen und auf die Einhaltung der Grenzen zu pochen. Es ist so ermüdend und zermürbend, aber ich muss mich fügen. Das wirst du sicher verstehen.

Ich werde in der nächsten Zeit sehr viel um die Ohren haben und zudem viel mit Alon auf Reisen sein. Daher werde ich nicht mehr viel Muße haben, dir zu schreiben. Wenn es etwas Wichtiges gibt, schicke eine Nachricht mit Anton in die Fabrik.

Deine Esther

27. Juni 1889
Liebe Catharina,
herzliche Glückwünsche zur Geburt eures kleinen Augusts.
Deine Esther

4. April 1890
Liebe Catharina,
von Alon und mir die herzlichsten Glückwünsche zur Geburt eurer Anna Wilhelmine.
Deine Esther

2. September 1891

Liebe Esther,

ich freue mich immer sehr, wenn ich deine Post von unterwegs erhalte. Dann weiß ich, dass du mich nicht vergessen hast. Die bunten Karten mit den hübschen Bildern geben mir einen Ausblick in die weite Welt und ich habe so das Gefühl, mit dir zusammen auf Reisen zu sein.

Wie schnell die Jahre doch vergehen. Nun ist eure Leona schon über drei Jahre im Pensionat und Leonard wird bald seine Ausbildung beenden. Er ist so erwachsen geworden! Stiller und nachdenklicher, ja, aber immer noch voller Wissensdurst und Leselust. Er plündert regelmäßig die Pfarrbibliothek und liest, was ihm zwischen die Finger kommt. Er hat überhaupt eine gute Verbindung zu Pfarrer von Galen, so wie damals Anton eine gute Beziehung zu Pfarrer Böckenhoff unterhielt. Über Leona redet er kaum mehr.

Es ist so schade, dass wir uns nur noch so selten sehen. Aber ich verstehe es auch. Du lebst in einer anderen Welt als ich und meine Fingernägel werden seit Jahren nicht mehr wirklich sauber, da kann ich noch so viel Wäsche waschen. Ich habe acht Kinder und das neunte ist unterwegs. Mein Tag fängt um vier Uhr in der Früh an und hört irgendwann um 11 Uhr in der Nacht auf. Manchmal sehe ich dich auf dem Marktplatz in eurem Automobil vorbeifahren. Es sieht so elegant aus und du wie eine Königin. Ich bewundere deinen Mut, dich in solch ein Gefährt zu setzen. Aber du hattest ja noch nie Angst vor der modernen Technik, nicht wahr? Ich denke nur an unsere Zugfahrt nach Paris, damals. Das scheint mir alles in einem anderen Leben gewesen zu sein.

Deine Catharina

16. Oktober 1891

Liebe Catharina,

Gott hat dir einen fruchtbaren Leib geschenkt. Ich bewundere deine Stärke. Du bist anders als ich in diesen Dingen. Deine Kinderschar wächst mit jedem Jahr und obwohl wir recht nah beieinander leben, sehen wir uns so gut wie nie. Mein Leben an der Seite meines lieben Mannes ist voller Pflichten, Verantwortung und Geschäftsreisen. Wenn wir nicht unterwegs sind, kommen Geschäftsleute zu uns, und ich muss alles organisieren. Die Zimmer, das Essen, den Tee am Nachmittag, einfach alles. Und auf die Hausmädchen ist kaum noch Verlass. Ich muss sie immer antreiben und darauf achten, dass sie ihre Arbeit ordentlich machen.

Alon meinte, ich solle eine Hausdame anstellen, die die Aufsicht über das Haus- und Küchenpersonal führt, aber das möchte ich nicht. Nein, nein, ich muss die Fäden selbst in der Hand halten, damit alles wie am Schnürchen läuft.

Ich komme kaum noch zum Lesen, geschweige denn zum Klavierspielen. Ich setze mich nur noch an den Flügel, wenn einer unserer Gäste es wünscht. Aber ich will nicht klagen. Wenn du etwas brauchst, schicke mir den Anton oder den Leonard vorbei.

Deine Esther

18. März 1892

Liebe Catharina.

Ich bin froh, dass ich die Zeit gefunden habe, euch zu besuchen, auch wenn ich nicht lange bleiben konnte. Ich freue mich, dass ihr das ganze Haus derart gemütlich eingerichtet habt. Der neue Emailherd in der Küche ist ja fast so groß wie der in unserer. Aber du musst auch viele Mäulchen stopfen.

Dein jüngster Spross Wilhelm ist goldig. Obwohl er erst eine Woche alt ist, schaut er mit offenen Augen in die Welt. Ich bin entzückt von August und Anna Wilhelmine. Es könnten in der Tat Zwillinge sein, so sehr ähneln sie einander. Und sie sind so schöne Kinder! Ganz die Mama. Allerdings muss ich gestehen, dass du momentan etwas blass und erschöpft wirkst. Deshalb werde ich dir in den nächsten Tagen Johanna schicken, damit sie dir ein paar gute Sachen bringt und dir auch zur Hand gehen kann. Sage ihr nur, was sie tun soll. Sie ist ein fleißiges Mädchen, das weißt du ja.

Leider kann ich dich nicht so bald wieder besuchen, da ich morgen in aller Frühe mit dem Zug Richtung London fahre. Ich begleite wieder einmal Alon. Wir wollen eventuell auch noch ein paar Tage Verwandte von mir in Oxford besuchen. Daher weiß ich nicht genau, wann ich wieder daheim sein werde.

Deine Esther

25. Januar 1893

Liebe Esther,

ich würde so gerne etwas über die Welt da draußen erfahren. Wenn es deine kostbare Zeit ermöglicht, würde ich mich sehr über einen Besuch von dir freuen. Ich hörte, dass du vor zwei Wochen aus Rotterdam zurückgekehrt bist. Wie war das Weihnachtsfest mit deiner Familie dort? Mein Alltag ist wie immer. Viel Arbeit und viel Kindergeschrei. Leonard wird in diesem Jahr 19, Carl Ludwig wird 17 und hat fast das dritte Lehrjahr in eurer Weberei hinter sich. Gertrud schlägt mit ihren 15 Jahren äußerlich sehr nach meiner Mutter, auch was ihr musikalisches Talent betrifft. Sie hat Mutters Quetschkommode für sich entdeckt. Sie bringt sich die schönsten Lieder selber bei. Es ist eine große Freude, ihr beim Spielen zuzuhören. Wir singen auch alte Hunsrücker Weisen zusammen. Seit sie Musik macht, ist sie ruhiger geworden und nicht mehr so aufbrausend. Das Lernen in der Spinnerei macht ihr Freude.

Bernhard ist mit seinen 12 Jahren aufgeweckt und ein guter Schüler. Auch wenn er manch einen Schabernack im Kopf hat und der Lehrer hin und wieder das Rohr zücken muss. So hat er neulich den ganzen Tag in der Ecke stehen müssen, weil er lauthals ein Witzlied über die Schullehrer im Ort gesungen hat. Stell es dir nur vor! Es geht folgendermaßen:

Auf der grünen Wiese hinterm Schulhofplatz,
zanken sich drei Lehrer um ne Pulle Schnaps.
Schöbel will sie haben
Wiegand lässt nicht los,
Kaupert liegt im Graben

Schon ganz besinnungslos.

Du kannst dir den Aufruhr vorstellen! Aber unrecht hat der Junge nicht. Vor allem der einarmige Schöbel spuckt nicht ins Glas und ich habe ihn selbst schon am frühen Mittag mit einer Fahne im Ort angetroffen. Nun, der Junge hat seine Strafe abbekommen und der ganze Ort lacht über die Herren Lehrer.

Um Aloys mache ich mir nach wie vor Sorgen. Seine laute, wilde Art will sich nicht beruhigen, ebenso wenig wie sein Haarschopf, der ihm durch die vielen Wirbel nur so vom Kopfe steht. Wo er kann, zankt er sich mit den Nachbarkindern auf dem Hof und auf der Straße, sodass manche Mutter ihr Kind hereinholt, sobald Aloys auftaucht. Er ist nicht sonderlich groß, aber stärker als die meisten anderen Kinder in seinem Alter und sie haben Angst vor ihm! Wo soll das noch hinführen? Anton erzieht ihn mit Strenge und dem Gürtel, obwohl das so gar nicht seine Art ist. Aber bei Aloys geht es wohl nicht im Guten. Ich glaube, dass er einen wachen Verstand hat und gar nicht dumm ist, aber sein aufsässiges Benehmen in der Schule und seine Neigung zu Zänkereien auf dem Schulhof bringen ihm nur Schwierigkeiten. Er kommt bald in die dritte Klasse und ist keine Freude für den Lehrer.

Dafür ist Josef ein Sonnenschein. Er plappert den lieben langen Tag und lacht viel. Sein liebstes Spielzeug ist das bunte Holzpferdchen, das du ihm geschenkt hast. Er will es nicht aus den Händen lassen und nimmt es sogar mit ins Bett.

Du hast es ja auch schon einmal gesagt, dass man Augustchen und Anna für Zwillinge halten könnte. Das hat sich in der letzten Zeit nicht geändert. Im Gegenteil! Sie kleben wie die Kletten aneinander und wollen niemals ohne den anderen schlafen.

Ich sitze wieder öfter an meiner Nähmaschine, die ich in die Küche gestellt habe. Wir heizen die gute Stube ja nie und da ist es mir bei dem kühlen Wetter zu unbehaglich. Etwas Zeit zum Nähen habe ich aber erst am Abend, wenn alle im Bett sind und auch Wilhelm endlich Ruhe gibt. Sein Bettchen steht in unserem Schlafzimmer. Ich würde auch so gern einmal wieder ein Buch lesen, aber wenn es spät abends im Hause ruhig geworden ist und ich mit der Arbeit fertig bin, fallen mir nur noch die Augen zu. Würde mir Anton nicht ab und an etwas aus dem Merkur vorlesen, wüsste ich rein gar nichts mehr.

Leonard zieht sich immer mehr in sich zurück, arbeitet, liest und arbeitet. Für seine Geschwister scheint er in immer weitere Ferne zu rücken. Wie geht es dir mit deinem Jakob und was hörst du von Leona? Sie ist ja nun schon eine junge Dame.

Deine Catharina

3. März 1893

Liebe Catharina,

verzeih mir, dass ich mich erst heute bei dir melde. Wir hatten in den vergangenen Wochen viele Besucher, Familie und Geschäftsfreunde Alons. Da gab es so einiges vorzubereiten und zu bedenken. Ich musste eine weitere Köchin einstellen, da unsere Elsa schon etwas tatterig geworden ist und mehr Pausen braucht. Du glaubst ja nicht, wie schwierig es heutzutage ist, gutes und vertrauenswürdiges Personal zu bekommen.

Du fragst nach Leona. Das Kind entwickelt sich prächtig und ist in die Gesellschaft Kölns eingeführt worden. Ihr Onkel Meir und Tante Sarah kümmern sich so liebevoll um sie. Sie hätte es nicht besser treffen können. Letzte Woche haben sie einen Ball für sie veranstaltet und auch einige nette junge Herren von Stand eingeladen. Es ist nicht zu früh, um sich nach einem geeigneten Mann umzuschauen, nicht wahr? Ich habe schließlich auch mit 17 meinen lieben Alon geheiratet und es nie bereut. Sie sieht mir sehr ähnlich, obwohl sie etwas kräftiger und größer gewachsen ist. Sie redet offenbar nie über Leonard.

Jakob besucht das jüdische Gymnasium in Münster und wohnt dort bei seinem Onkel Elias. Alles spricht für eine gute Entwicklung des Jungen und wir haben Anlass zu großen Hoffnungen. Immerhin wird er eines Tages die Firma übernehmen.

Elsa wird dich besuchen, meine Liebe. Ich bin zu beschäftigt, um auch nur ein Minütchen freie Zeit für Besuche zu haben.

Deine Esther

Buch 9

Leonard, Dülmen, 1892–1893

Leonard saß in der Fensterecke der Pfarrbibliothek in ein Buch vertieft, als Pfarrer von Galen leise eintrat und hüstelte.

„Guten Tag, Leonard. Marie sagte mir, dass ich dich hier finde. Ich habe Post für dich." Er reichte dem Jungen einen cremefarbenen Umschlag mit einer feinen Handschrift darauf.

„Wenn du ihn gelesen hast, erwarte ich dich in meinem Arbeitszimmer, Leonard. Ich möchte gern etwas mit dir besprechen. Aber lass dir nur Zeit." Von Galen wandte sich um und verließ den Raum.

Leonard hörte ihn auf dem Flur erneut hüsteln und die Haushälterin Marie fragen, ob der Herr Pfarrer einen Kaffee wünsche. Leonard blickte lange auf den Brief, den er in der immer noch ausgestreckten Hand hielt. Sie zitterte leicht. Gerade war er noch ruhig und in sich gekehrt bei diesem wundervollen Gedicht Hugo von Hofmannsthals gewesen, nun schlug sein Herz unruhig und viel zu hart. Nein, bevor er ihre Antwort las, wollte er noch einmal „Was ist die Welt" lesen, das erst im vergangenen Jahr von diesem großartigen Dichter erschienen war.

Was ist die Welt? Ein ewiges Gedicht.
Daraus der Geist der Gottheit strahlt und glüht,
Daraus der Wein der Weisheit schäumt und sprüht,
Daraus der Laut der Liebe zu uns spricht.
Und jedes Menschen wechselndes Gemüth,

Ein Strahl ist's, der aus dieser Sonne bricht.
Ein Vers, der sich an tausend and're flicht,
Der unbemerkt verhallt, verlischt, verblüht.

Und doch auch eine Welt für sich allein,
voll süß-geheimer, nie vernomm'ner Töne,
Begabt mit eig'ner, unentweihter Schöne,
Und keines Andern Nachhall, Widerschein,
Und wenn Du gar zu lesen d'rin verstündest,
Ein Buch, das Du im Leben nicht ergründest.

Immer und immer wieder spürte er diesen Worten nach, die sein Herz so tief berührten. Nur langsam kam er in die Wirklichkeit zurück und blickte erneut auf den Brief von ihr. ‚Es wird die Antwort auf meine Frage sein', dachte er. Seine mutige und hoffnungsvolle Frage nach ihrer beider Liebe, die so alt wie sie beide war, so tief wie der tiefste Ozean nicht sein kann und so hoch wie das Himmelsblau.

Mutter hatte ihm abgeraten, diesen Brief zu schreiben. Sie wolle ihm Schmerz ersparen, hatte sie gesagt. Aber er wollte nicht glauben, was er doch schon in den Knochen spürte. Mutter war die Einzige in der Familie, die von ihren heimlichen Briefen wusste, wissen durfte. Und natürlich Pfarrer von Galen, dieser gütige Mann, der für sie ein Liebesbote geworden war, der ihre Briefe empfing und seine verschickte.

Vater hätte niemals Verständnis dafür aufgebracht. Er war zu loyal mit Sterner verbunden, um irgendwelche Heimlichkeiten zwischen seinem Sohn und der Sterner-Tochter zu dulden.

Früher war er wie ein Sohn in der Villa behandelt worden, doch seit er und Leona 14 Jahre alt geworden waren, hatte sich alles über Nacht geändert. Vorbei war es mit den herrlichen gemeinsamen Nachmittagen am Klavier, den vorgelesenen Gedichten und Träumereien im Garten. Sie hatten Leona einfach fortgeschickt. Von Stund an war er nur noch der Sohn des Anton Pläster, eines Fabrikarbeiters, nicht gut genug für die Tochter des Hauses.

Man hatte es ihnen getrennt voneinander gesagt, wohl um Szenen zu vermeiden, und so war es zu einem abrupten Abschied gekommen, der ihnen keine Zeit ließ, sich noch einmal anzuschauen, anzulächeln, den vertrauten Geruch des anderen noch einmal wahrzunehmen. Er war so krank geworden, dass die Eltern Dr. Teubner holen mussten. Der Arzt verschrieb ihm verständnisvoll einige Tage Bettruhe und ein leichtes Stärkungsmittel.

Betrogen und verraten hatte er sich gefühlt, bis der erste Brief Leonas ein Jahr später nach schier unerträglich langer Zeit eintraf. Irgendwie hatte sie es geschafft, Kontakt mit Pfarrer von Galen aufzunehmen, bei dem ihre Eltern keinen Verdacht schöpfen würden. Er war schließlich ein katholischer Priester und somit außer Reichweite der Tochter, glaubten sie. In Köln war ihre beste Schulfreundin Mariam zur Liebesbotin geworden und brachte Leonas Briefe auf die Post.

Von Galen hatte Catharina versprochen, sorgsam und mit Feingefühl den Briefwechsel der jungen Leute zu bewachen und, wenn nötig, Leonard ins Gebet zu nehmen. So flogen die Briefe über vier Jahre hin und her. Leonard las darin viel über Leonas Leben in der Stadt, über ihre Sehnsucht nach ihm, nach ihren gemeinsamen Stunden und über ihre Hoffnungen.

Erst im letzten Brief hatte Leonard seiner Liebsten zum ersten Mal in aller Ausführlichkeit seine Liebe gestanden und sie darum gebeten, ihm auch die ihre zu offenbaren. Er wolle sie heiraten, denn er hatte mittlerweile eine gute Position im Firmenkontor. Er würde alsbald bei Alon Sterner um ihre Hand anhalten. Ihm schien alles so klar und auf der Hand zu liegen.

Jetzt hielt er Leonas Antwort in den Händen. Seine Handflächen waren feucht und die Finger zitterten, als er das Kuvert vorsichtig öffnete. Ihr vertrauter Duft nach Veilchen stieg daraus hervor, sodass ihm beinahe schwindelig wurde.

Mein liebster Mensch, Enard,
ich habe so lange mit mir gerungen, dir diesen Brief zu schreiben. Ach,
was soll ich denn nur sagen? Ich fühle mich so sehr mit dir verbunden.
Mit jeder Faser meines Herzens bin ich bei dir. Und doch weiß ich nun,
dass wir keine Zukunft haben.
Mutter war vor zwei Wochen bei mir in Köln. Sie und Tante Sarah
haben es sehr ernst und feierlich gemacht, haben von Verantwortung
für die Familie und einmaliger Chance geredet, dass mir ganz schwindlig wurde. Sie wollen, dass ich mich mit dem Bankier Alfred Arnold
verlobe und sind bereits dabei, alles zu arrangieren. Er ist 15 Jahre älter

als ich und ich weiß nicht, ob ich ihn wirklich mag. Mutter meint aber,
das komme mit der Zeit.
Oh Gott, im Himmel, es tut mir so weh, dir das sagen zu müssen. Ich
kann und darf mich nicht gegen meine Familie auflehnen.
Vielleicht ist es am besten so, mein liebster Enard. Du bist für immer
in meinem Herzen, so wie ich in deinem sein werde. Das ist gewiss.
Kein Alfred Arnold kann deinen Platz einnehmen.
Aber wir sind nun erwachsen und keine Kinder mehr. Wir werden uns
nicht mehr schreiben können, denn ich lebe im Hause meiner Tante und
werde bis zur Hochzeit in einem halben Jahr kaum einen Augenblick
allein sein.
Vergiss mich nicht.
Deine Leona

Leonard ließ den Brief sinken, konnte kaum noch etwas durch
den Tränenschleier sehen, der sich vor seine Augen gelegt hatte.
Alles in ihm war taub. Er wurde durch die warme Hand des Pfarrers auf seiner Schulter in die Wirklichkeit zurückgeholt.

„Leonard, komm, lass uns eine Tasse Kaffee trinken." Von Galen half Leonard, der Mühe hatte, sich vom Stuhl zu erheben,
hielt seinen Arm, als sie zusammen aus dem Zimmer gingen,
drückte ihn im Arbeitszimmer auf einen Stuhl und schenkte ihm
eine Tasse frisch gebrühten Kaffee ein. Dann setzte er sich Leonard gegenüber und sah ihn mit ernstem Gesicht an.

„Leona hat sich von dir verabschiedet, nicht wahr?"

„Ja", kam es tonlos aus Leonards Mund.

Eine Weile trat Stille ein, die fast greifbar im Raum hing, schwer und trüb.

„Du musst jetzt vernünftig sein, mein Junge. Ich weiß, das ist kein Trost und ich weiß auch nicht, wie ich dich in diesem Moment trösten kann. Das kann wohl niemand. Ich kann dir nur anbieten, da zu sein, wenn du jemanden zum Reden brauchst. Bete und glaube daran, dass Gott dir einen neuen Weg zeigen wird."

Abrupt sprang Leonard auf. Der Stuhl, auf dem er gesessen hatte, fiel polternd um. Er schlug mit einer Hand wütend auf den Tisch, die noch vollen Kaffeetassen wackelten bedrohlich, und lief ohne ein weiteres Wort aus dem Haus.

Stundenlang streifte Leonard durch den herzoglichen Forst, rastlos, ruhelos, tränenüberströmt, schrie seinen Schmerz so laut hinaus in die kühle Waldluft, dass sich kein Tier aus seiner Deckung oder seinem Bau traute.

Irgendwann setzte er sich erschöpft auf einen bemoosten Flecken unter der alten Buche, in deren Rinde er vor genau drei Jahren Leonas und seine Initialen mit einem Herz darum herum geritzt hatte, lehnte sich an ihren Stamm und sah schwer atmend hoch in das raschelnde Blätterwerk. Die Dämmerung kam und es wurde allmählich dunkel im Wald.

Nachdem er so eine Weile gesessen hatte, zog er aus seiner Jackentasche ein gefaltetes Blatt Papier, legte es vor sich auf die angezogenen Knie und las sein letztes Gedicht an die Liebe seines Lebens.

Im Stillen sitz ich hier, mich sehnend
Nach deiner Augen warmem Blick.
Doch fehlet mir die Kraft zum Leben,
Wenn du nicht bei mir bist.
Geh' ich allein auf uns'ren Spuren,
Halt' dich im Geist an meiner Hand,
Dann presst mein Herz sich eng zusammen
Im Schraubstock eines höh'ren Sinns,
Der mir nicht bekannt.

Leonard griff erneut in seine Jackentasche und zog ein Foto Leonas hervor, das er seit zwei Jahren wie einen Goldschatz hütete. Sie trug darauf ein weißes Kleid und hatte es ihm mit einer Widmung auf der Rückseite geschickt. Mit großen Augen blickte sie ernst in die Kamera. Er wischte sich die Tränen aus dem Gesicht und sah das Bild lange an. Auch wenn es nur schwarz und weiß war, so holte er doch aus der Erinnerung ihr blondes Haar und ihre hellen blauen Augen zurück, strich gedankenverloren mit der Spitze des Zeigefingers zärtlich über ihr Gesicht und drückte seine Lippen auf die ihren.

Dann legte er das Blatt mit seinem Gedicht um die Fotografie, so als wolle er Leona darin einpacken. Langsam nahm er ein Zündholz aus der Hosentasche, strich es am Baumstamm an und hielt die kleine, züngelnd gelbe Flamme an eine Ecke des Papiers. Er sah zu, wie das Feuer nach der Nahrung griff. Und als alles fast verglüht war, ließ er los.

Gräuliche, federleichte Reste schwebten für einen Moment in der Luft und fielen als Asche zu Boden.

Catharina hatte sich große Sorgen um Leonard gemacht und war heilfroh, als er endlich zur Tür hereinkam. Die anderen Kinder lagen bereits in ihren Betten und schliefen. Anton saß auf seinem Stuhl am Tisch und las im Dülmener Tageblatt. Zumindest tat er so, denn Catharina wusste, dass auch er sich große Sorgen um den Sohn machte.

Als Leonard am späten Nachmittag immer noch nicht zu Hause war, hatte Anton beim Pfarrer nachgefragt. Er wusste, dass der Junge am Sonntag gerne in der Pfarrbibliothek saß, um in Ruhe zu lesen. Als von Galen ihm von Leonas Brief und Leonards abruptem Aufbruch erzählte, konnte er sich an den Fingern abzählen, was los war. Anton suchte Leonard bei der Fabrik, in den engen Gassen und auf dem Marktplatz des Ortes, ging zum Schloss. Aber nirgendwo fand er Leonard. Auch fragte er einige Leute nach ihm, aber niemand hatte ihn gesehen. So war er unverrichteter Dinge nach Hause gegangen und konnte nur mit dem Kopf schütteln, als ihm die höchst besorgte Catharina die Tür öffnete.

Doch jetzt war er da, sah sehr erschöpft aus. Catharina nahm ihn in den Arm, was er sich gefallen ließ, und strich ihm eine feuchte Haarsträhne liebevoll aus der Stirn. Seine Arme hingen schlaff am Körper herab. Ein Bild der Hoffnungslosigkeit und Verzweiflung.

Anton erhob sich und legte die Arme um Sohn und Frau. Keiner sagte ein Wort. Es gab nichts zu sagen. So standen sie eine Weile schweigend beieinander, bis Leonard sich sanft von den Eltern löste, um nach oben in seine Schlafstube zu gehen. Er wollte nur noch allein sein. Die Eltern hörten kaum seine geflüsterten Worte, als er die Tür hinter sich schloss.

„Ich hatte doch noch so viel mit ihr zusammen vor."

Die folgenden Wochen vergingen und die grauen Wolken, die über dem Haus hingen, wollten nicht verschwinden. Leonard sprach kein einziges Wort, auch nicht, wenn die Geschwister ihn bedrängten, ihnen vorzulesen oder Gertrud ihn mit der Quetschkommode aufzuheitern versuchte. Nichts half. Nicht die Lieblingsspeisen, die Catharina für ihn kochte, nicht die Versuche Antons, ihn auf ein Bier mit in die Dülmener Stuben zu nehmen.

Leonard ging schweigend zur Arbeit, kam schweigend zurück und ging nach einem schweigsamen Abendessen, an dem er nur wie ein Vögelchen pickte, schweigend auf seine Kammer.

Catharina und Anton glaubten fest daran, dass die Zeit alle Wunden heilen konnte. Sie würde auch Leonard diesen Dienst nicht verwehren.

Niemand traute sich, vor Leonard über Leonas Hochzeit im Sommer 1893 zu sprechen. Aber natürlich wurde im Betrieb darüber geredet. Alon Sterner hatte anlässlich der Vermählung seiner Tochter, die ein großes gesellschaftliches Ereignis in Köln gewesen war, ein Betriebsfest mit Kaffee, Kuchen, frischem Brot, Mett mit Zwiebeln und reichlich Bier ausgerichtet.

Leonard war dem Spektakel ferngeblieben, war lieber in der Einsamkeit des Waldes spazieren gegangen und hatte seinen Gedanken nachgehangen. Er wollte die Blicke der Leute nicht im Rücken spüren, nicht ihr Mitleid oder ihre Häme ertragen müssen. Sein Vater hatte ihn gescholten und gesagt, es sei unhöflich, Alon Sterner so vor den Kopf zu stoßen. Immerhin sei Leonard jahrelang Gast im Hause Sterner gewesen und habe geradezu seine Kindheit dort verbracht. Da zieme es der Anstand, dem Brautvater wenigstens zu gratulieren.

Aber Leonard konnte das nicht. Er konnte es einfach nicht. Und er wusste, dass Alon Sterner ihn verstand. Das hatte er in dessen Augen gesehen, als er ihm in der vergangenen Woche im Kontor begegnet war. Sterner hatte ihn per Handschlag begrüßt, seine Hand etwas länger als üblich gehalten und fest gedrückt. Sein Blick war dabei wohlwollend und warm gewesen. Es brauchte keine Worte zwischen ihnen.

Etwas war in Leonard zerbrochen und er wollte nicht mehr wirklich zu Kräften kommen. Er aß wenig und tat nichts anderes als arbeiten und schlafen. Selbst seine geliebten Lesebesuche bei Pfarrer von Galen blieben aus, was dieser mit wachsender Besorgnis sah. Seine Versuche, mit Leonard zu reden, scheiterten alle bereits beim ersten Anlauf. Leonard winkte nur resigniert ab und ging seiner Wege.

Anton und Catharina sorgten sich zusehends, denn das Jahr verging, ohne dass sie bei ihrem Sohn eine Besserung sahen. Leonards ohnehin sehr schlanke Gestalt wurde schmaler und schmaler, so als wolle er am liebsten verschwinden, sich auflösen. Und als der Winter im Dezember kam, der in diesem Jahr besonders kalt und ungemütlich war, erkrankte er an einem Fieber, das Dr. Teubner nicht lindern konnte. Leonard glühte, fiel in Fieberträume, in denen er immer wieder Leonas Namen rief, weinte, sich wand und schrie, um gleich darauf in eine bodenlose Tiefe zu stürzen.

Catharina und Anton wachten an seinem Bett bei Tag und Nacht, machten Wickel, flößten ihm Tee und die Medizin ein, die Dr. Teubner vorbeigebracht hatte. Alon Sterner stellte Anton sogar einige Tage frei, damit er Catharina unterstützen und sich auch um die anderen Kinder kümmern konnte. Er selbst machte einen Krankenbesuch und verließ mit sorgenvoll gerunzelter Stirn das Pläster'sche Haus, nicht ohne Catharina und Anton jedwede Hilfe anzubieten.

Eine Woche lag Leonard ohne Besserung im Fieber. Dann begann er zu husten, bis ihm fast die Luft wegblieb. In seiner Lunge brodelte es. Dr. Teubner kam nun täglich, um nach ihm zu schauen, versuchte es mit verschiedener Medizin. Doch nichts half. Er bereitete die Eltern auf das Schlimmste vor.

Catharina, die wieder guter Hoffnung war, hatte Gewicht verloren, saß blass und kraftlos an Leonards Bett, das sie ihm in der guten Stube aufgestellt hatten. Ihr Junge schien immer mehr unter den Laken zu verschwinden.

Anton kümmerte sich um das Haus, darum, dass es immer warm war und dass Herd und Ofen nicht ausgingen. Einige Nachbarinnen waren gekommen, um ihm die Arbeit mit den Kindern abzunehmen, zu kochen und sich um all die anderen Dinge im Haushalt zu kümmern. Sie wechselten sich stundenweise ab, so wie es ihr eigener Haushalt erlaubte.

Catharina sah nichts anderes als ihren geliebten Leonard, der vor ihren Augen verging.

Eine weitere Woche ging ins Land, dann verstummte das Rufen und Klagen Leonards. Er wurde ruhig und still. Er lag da und schaute seine Mutter mit riesigen Augen an, die weinend seine heiße Hand hielt.

Anton hatte einen Weihnachtsbaum in der Stube neben Leonards Lager aufgestellt und ihn mit den alten geschnitzten Figuren behängt, Kerzen angebracht und kleine rotwangige Winteräpfel an den Zweigen befestigt. Alle Geschwister versammelten sich am Krankenbett des Bruders und sangen zu Gertruds Quetschkommodenklängen Weihnachtslieder. Nur Carl war noch nicht wieder eingetroffen. Er war auf dem Weg, den Pfarrer zu holen.

Leonards Wangen glühten in einem feurigen Rot und seine Augen leuchteten unnatürlich. Um seine bleichen Lippen spielte ein Lächeln. Er sah von einem zum anderen, verweilte bei jedem einzelnen der Kinder einen Augenblick.

Dann endlich trat Carl zusammen mit Pfarrer von Galen von draußen herein. Der Geistliche ging zu Leonard und sah ihn lächelnd an.

„Guten Abend, Leonard. Wie ich sehe, bist du bereit für die große Reise", sagte er mit sanfter Stimme. Leonard nickte stumm und schloss die Augen.

Carl weinte leise an der Schulter Catharinas, die eine Hand Antons fest umschlossen hielt. Die Kleinsten blickten mit großen fragenden Augen zum Vater hoch und verstanden nicht, was vor sich ging. Es war doch Weihnachtsabend und ein Grund zur Freude. Warum weinten denn die Großen nur? Warum lag der Bruder so schweigsam auf dem Bett?

Selbst der wilde und laute Aloys war verstummt und hielt seinen Bruder Josef fest um die Schultern gefasst. Bernhard und Gertrud, die aufgehört hatte zu spielen, schauten einander hilflos an und wischten sich die Tränen aus dem Gesicht.

Pfarrer von Galen bereitete die heiligen Sakramente vor, mit denen er seinen Schützling, der ihm so sehr ans Herz gewachsen war, segnen wollte, und bat die Familie, die Stube für einen Moment zu verlassen.

Es schien Catharina, als sei eine Ewigkeit vergangen, als von Galen endlich die Küchentür öffnete und zur um den Tisch versammelten Familie trat.

„Leonard ist jetzt bei unserem Herrn", sagte er leise und setzte sich auf den Stuhl, den Anton ihm, am ganzen Körper zitternd, anbot. Catharina schwanden die Sinne.

Buch 10

Catharina, Dülmen 1894

Catharina wusste nicht, wie sie die letzten Wochen und Monate überstanden hatte. Das traurige Weihnachtsfest, Leonards Beerdigung am dritten Januar des neuen Jahres, die Kinder, um die sie sich kümmern musste, all die Arbeit tagtäglich, jetzt, wo Anton wieder in der Fabrik war, der nicht enden wollende Schmerz, die schlaflosen Nächte. Sie funktionierte nur noch wie eine Maschine. Sie fühlte sich kaum noch und wusste doch, dass da ein neues Leben in ihr heranwuchs, um das sie sich sorgen sollte, sorgen musste, wenn sie es nicht auch noch verlieren wollte.

Also fasste sie Anfang März, als die ersten Schneeglöckchen aus den Wiesen hervorlugten, den Entschluss, wieder normal zu essen, sich um die Lebenden zu kümmern und den Schmerz um ihren verlorenen Ältesten im Herzen einzuschließen. Ein neues Leben war auf dem Weg, ein neuer Frühling, dem ein Sommer folgen würde. Im Juni sollte das neue Kindchen das Licht der Welt erblicken und sie wollte darauf vorbereitet sein.

Auch ihre anderen Kinder spürten die Veränderung in der Mutter und tollten und lachten wieder fröhlicher und lauter. Anton hatte sich dieses Mal schneller als sie von dem Schlag erholt und war ihr eine starke Eiche im Sturm. An ihm konnte sie sich festhalten, auf ihn war Verlass. Er trank nicht, so wie früher nach dem Tod eines der Kinder. Er ging noch nicht einmal zum SPD-Stammtisch in die Dülmener Stuben, obwohl sie ihm dazu riet. Wenn er von der Arbeit am Abend nach Hause kam, spielte er mit den Kleinen, unterhielt sich mit den Älteren, schalt Aloys für seine Prügeleien mit anderen Kindern und den Ärger in der Schule, ermahnte Josef Franz sich nicht so sehr an Aloys zu hängen, der ihm sichtlich nur Flausen in den Kopf setze, lobte Gertrud für ihr gutes Vorankommen in der Spinnerei und tauschte sich über die Arbeit im Betrieb mit Carl aus. Von dem zeitweiligen Druck in der Brust, den er seit Leonards Tod jetzt häufiger spürte, und den Medikamenten, die Dr. Teubner ihm für sein Herz verschrieben hatte, sagte er kein Wort.

Anton und Catharina teilten das Bett mit zärtlicher ruhiger Liebe und waren einander so nah wie lange nicht mehr. Oft lagen sie noch nebeneinander, konnten nicht einschlafen, hingen eng umschlungen und von dem Duft des anderen warm umfangen ihren Gedanken und Erinnerungen nach.

Esther war nach Leonards Tod zu Catharina geeilt und hatte weinend ihre Hand gehalten. Ihre Fassungslosigkeit erschütterte Catharina, denn tief in ihrem Innern gab sie ihr eine nicht geringe Mitschuld an dem tragischen Ende dieses jungen Lebens. Sie und Alon hatten die Kinder voneinander getrennt. Sie wollten nicht, dass die Liebe der jungen Leute leben durfte. Doch sie schwieg, sagte nichts und tätschelte Esthers Hand.

Esther lud sie nach der Beerdigung, an der sie und Alon teilgenommen hatten, zu sich in die Villa ein. Doch Catharina lehnte ab. Zu viel Arbeit, die hungrigen Mäuler der Kinderschar, das Haus, die Hühner und das Schwein im Stall, der Garten. Nein, sie hatte keine Zeit für solcherlei Vergnügungen. Mit dieser

Phase ihres Lebens hatte sie ein für alle Mal abgeschlossen. Außerdem würden solche Besuche nur den Neid und die Missgunst der Nachbarn wecken und die waren ihr in den schwersten Zeiten wichtige Hilfe und Unterstützung gewesen. Sie und die Siedlungsfrauen hatten eine Gemeinschaft gebildet, die sie nicht mit extravaganten Ausflügen gefährden wollte. Es gab schon so genug Gerede.

Über was sollte sie denn auch mit Esther reden? Über das Einkochen und Einlegen von Gemüse etwa? Über die Hühner und die Ziege, die sie jeden Tag molk? Über das Waschfest alle sechs Wochen, das nicht selten 16 Stunden dauerte und den Sonntag gleich mit fraß? Über die Wäscheberge, die sie dann zu bewältigen hatte? Über die Aufzucht des neuen Ferkels im Stall? Das Schlachtfest im Herbst und den Geruch des Blutes, der ihr jedes Mal den Magen umdrehte? Das war für Esther eine fremde Welt, so wie ihr inzwischen die Welt der reichen Sterners fremd geworden war.

Esther hatte ihr vom Zusammenbruch Leonas erzählt, als man der jungen Frau den Tod Leonards mitteilte. Man fürchtete um ihr Leben und um das des Kindes, das sie trug. Catharina hörte schweigend zu und sah Esther nicht an. Irgendwann schwieg auch Esther.

Catharina holte tief Luft und reckte ihr schmerzendes Rückgrat. „Esther, ich möchte dich um etwas bitten."

„Alles, was du willst, Catharina."

„Ich habe mir gestern wieder einmal meine Truhe mit den Kleidern angesehen, du weißt schon, mein Hochzeitskleid und das Seidenkleid aus Paris."

„Aber natürlich! Das waren noch andere Zeiten. Wir waren so jung und unbeschwert."

„Ja, das waren wir, Esther." Catharina sah der Freundin in die Augen. „Ich brauche sie nicht mehr und ich fürchte, wenn sie noch länger in der Kiste liegen, fressen sie die Motten. Es sind so wertvolle Stoffe. Es ist viel zu schade, dass sie ein Leben in der Dunkelheit fristen. Die Stoffe sind alle in einem sehr guten Zustand und sicher noch einmal zu verwerten."

Sie stockte einen Moment, wirkte etwas verlegen, doch dann sammelte sie sich und sagte: „Würdest du mir die Kleider abkaufen? Es kommt ein neues Kind und wir brauchen von Jahr zu Jahr mehr Geld. Ich will nicht klagen, nein, wir haben unser Auskommen. Dennoch …"

Bevor Catharina weitersprechen konnte, nahm Esther beide Hände der Freundin, drückte sie fest.

„Aber natürlich Catharina. Das ist das Mindeste, das ich für dich tun kann. Warum hast du nicht eher etwas gesagt? Ich werde morgen sofort ein Mädchen schicken, das die Kleider abholt. Und Alon wird Anton einen Scheck ausstellen. Nenn mir nur eine Summe. Ach was, sage nichts, du sollst dir keine Sorgen mehr machen."

„Nein, Esther, bitte, ich …"

„Papperlapapp, sei still, Cathi, ich bin so froh, dass ich etwas für euch tun kann. Vertraue mir. Ich werde mich jetzt gleich auf den Weg nach Hause machen und noch heute Abend mit Alon reden. Lass mich nur machen."

Catharina begleitete Esther zur Tür. Esther hatte sich ihre Handschuhe und den Pelzmantel angezogen, den Kragen hoch aufgestellt. Die beiden Frauen umarmten einander fest. Catharina sog den Veilchenduft ihrer Freundin tief ein und schämte sich gleichzeitig dafür, dass sie sicher nur Küchendüfte verströmte.

Esther ging hinunter zu ihrem Wagen, den Alon ihr geschenkt hatte. Der kleine Benz Veloziped, grün und schwarz lackiert mit glänzenden Messingbeschlägen, wurde von einer fröhlich kreischenden Kinderschar umringt, die trotz des kalten Windes aus der Nachbarschaft herbeigelaufen war. Solch ein Automobil sah man hier nicht alle Tage, nein, man sah so etwas eigentlich nie. Es war das zweite Automobil in Dülmen, neben dem des Herrn Sterner, und es wurde von der Madame ganz allein gefahren!

Aus den Augenwinkeln bemerkte Catharina die eine und andere Bewegung hinter den Gardinen.

„Im Sommer machen wir mal einen Ausflug mit dem Automobil, Cathi", rief Esther ihr winkend zu, bevor sie mit ihrem Gefährt davonfuhr. Catharina trat schnell ins Haus zurück und schloss die Tür. Die Winterkälte ließ sie zittern. Sie strich an den Seiten ihres dunkelblauen Kleides mit dem hübschen kleinen weißen Blumenmuster, das sie selbst genäht hatte, entlang, nahm die Schürze vom Garderobenhaken und band sie sich seufzend um.

Am 21. Juni 1894 wurde Catharina Elisabeth Johanna geboren. Ein kleines zartes Mädchen mit blondem Flaum und runzligem Gesichtchen. Sie hatte die schlimme Zeit des Verlustes in Catharinas Leben gut, wenn auch etwas mager, überstanden und wollte leben. Und diesen Willen schrie sie mit kräftiger Stimme in den sonnigen Morgen ihres ersten Lebenstages.

Alle Geschwister staunten über die Kleine und wollte ihr niedliches Näschen stupsen. Nur Aloys rümpfte die Nase.

„Die ist aber klein und hässlich. Sie hat ja schon so viele Runzeln wie ein altes Weib", rief er und steckte dafür eine Kopfnuss von Carl ein.

Buch 11

Catharinas Traum und das ausgehende Jahrhundert

Die Kinder wuchsen heran und die Jüngste der Plästers, Catharina Elisabeth, von allen nur Elli genannt, sah Leonard mit jedem Jahr ähnlicher. Sie hatte die unbändigen Locken, das rehbraune Viertelchen im Auge und den schmalen, zarten Körperbau Leonards. Sie war ein aufgewecktes Kind, stellte tausend Fragen und war der Liebling ihrer älteren Geschwister. Selbst Aloys' Neckereien verloren an Schärfe, wenn es um seine Schwester Elli ging.

Manchmal, wenn Catharina vor Sehnsucht nach Leonard nicht schlafen konnte, stand sie auf, beugte sich über das Bett ihrer beiden Jüngsten, das neben dem Elternbett stand, strich Elli zärtlich mit dem Zeigefinger über den Nasenrücken, so wie sie es damals bei dem kleinen Leonard getan hatte.

Neben Elli lag Wilhelm, der mit seinem feinen rötlichen Haar und der blassen Haut so ganz anders aussah als seine Schwester. Er hatte das Gesicht voller Sommersprossen, ähnelte seinem großen Bruder Carl und war ein sehr witziger, immer zu Späßen aufgelegter kleiner Kerl. Catharina lächelte.

Es war mitten in der Nacht, als Catharina erwachte. Sie schlug die Augen auf. Es war still und dunkel in der Kammer. Nur der Fensterausschnitt, durch den das silbrige Vollmondlicht fiel, zeichnete klare Konturen. Sie stand auf, ging zum Fenster, öffnete es und zog sich auf den Sims hoch. Dort saß sie einen

Moment, spürte die frische Nachtluft. Sie trug nur ein einfaches Nachthemd, aber ihr war nicht kalt. Dann schwang sie sich auf, stieß sich mit einem Fuß ab und sprang in die Nacht. Doch sie fiel nicht hinunter, sondern erhob sich in die Lüfte wie ein Vogel, hatte die Arme weit ausgebreitet wie die Schwingen eines Adlers. Sie flog höher und höher, bis die Stadt unter ihr kleiner und kleiner wurde. Sie musste nicht nachdenken, wohin sie fliegen sollte, es war wie ein Sog, der sie in eine bestimmte Richtung gen Westen zog.

Die Nacht war ruhig und unter ihr lag alles im Dunkeln. Nur das Vollmondlicht erhellte hier und da die Landschaft, die Ortschaften, Wälder und Wiesen, die Gehöfte und Flüsse. Bis auf das gelegentliche Bellen eines Hundes war nichts zu hören. Lediglich der Wind, der ihr durch die Haare fuhr, die wie ein Schweif lang hinter ihr her wehten, rauschte in ihren Ohren.

Irgendwann wurde sie müde und sie schaute sich nach einem geeigneten Landeplatz um. Da war ein Gehöft, das einsam inmitten der Ebene lag. Langsam begann sie den Sinkflug, schaute wachsam nach einem Hund oder einer anderen Gefahr. Als sie nichts entdecken konnte, landete sie auf dem Hof und setzte sich auf eine alte Bank unter einer Linde.

Nachdem sie sich ein wenig ausgeruht hatte, stieg sie wieder in die Lüfte und setzte ihre Reise fort. Lange flog sie, sicher einige Stunden, doch dann war sie am Ziel. Schon von Weitem hörte sie die Meeresbrandung rauschen. Ihr Herz schlug schneller vor Aufregung und Freude. Gleich war sie am Ziel.

Dann sah sie es, das dunkle Meer mit den kleinen weißen Krönchen auf den Wellen soweit das Auge reichte. Die Gischt spritzte hoch an die Felsen einer wild zerklüfteten Meeresküste und vermischte sich mit dem Tosen des Windes.

Langsam sank sie herab, um sich auf einem höher gelegenen Felsen niederzulassen. Sie roch die salzige Luft des Ozeans zu ihren Füßen, spürte die feinen Tropfen der Gischt im Gesicht, die bis zu ihr hochschlug. Tief atmete sie ein. Mit geschlossenen Augen hörte und fühlte sie.

Ihr Herz beruhigte sich und Frieden überkam sie, tiefer erholsamer Frieden, der sich in ihrem ganzen Körper ausbreitete.

Erst als am Horizont die hellen Streifen des herannahenden Tages zu sehen waren, erhob sie sich wieder und trat ihren Heimflug an, überwand die Distanz mit Leichtigkeit, ließ sich auf der heimischen Fensterbank nieder, schlüpfte lautlos in die Schlafkammer, in der Anton tief und fest schlief, legte sich zu ihm unter die warme Decke und schlief augenblicklich ein.

Als Catharina am Morgen erwachte, glaubte sie noch immer die salzige Gischt auf den Lippen zu spüren. Sie war noch nie am Meer gewesen und wusste nicht, woher diese Bilder kamen. Aber sie waren wunderbar und Catharina sehnte sich nach ihnen, so wie sie sich noch nie nach etwas gesehnt hatte.

Seit der Traum ihres Fluges an ein weit entferntes Meer alle paar Wochen wiederkam, fühlte sie sich gestärkt, voller Energie und fast sogar glücklich. Die Mühsal des Lebens schien nicht mehr ganz so drückend. Da sie nicht für hysterisch gehalten werden wollte, schwieg sie und erzählte selbst Anton nichts von den nächtlichen Ausflügen. Eines Tages, das wünschte sie sich von Herzen, würde sie ans Meer fahren und dann wäre es so wie in ihrem Traum.

Es war alles ein wenig leichter geworden, seit die Kinder nicht mehr so klein waren. Gertrud hatte ihren 20. Geburtstag gefeiert, schlief nun allein in der Kammer neben der Küche und war der Mutter eine große Hilfe, wann immer sie zu Hause war.

Carl hatte sich mit einem netten Mädchen aus der Weberei verlobt und wollte im nächsten Jahr heiraten. Er teilte sich eine Schlafkammer mit seinen Brüdern Bernhard, Aloys und Josef. Augustchen und Anna schliefen in der kleinsten Kammer und waren nach wie vor unzertrennlich. Carl, Bernhard und Gertrud standen bei den Sterners in Lohn und Brot und trugen ihren Teil zum Haushalt bei, auch wenn natürlich jeder von ihnen ein wenig für die Zukunft an die Seite legte.

Aloys war jetzt 13, würde im kommenden Jahr die Schule verlassen und eine Lehre anfangen. Er wollte Schlosser werden und versprach sich eine Lehrstelle in den Werkstätten Sterners. Sein aufbrausendes und jähzorniges Wesen machte der ganzen Familie zu schaffen und Anton war nicht sicher, ob das mit der Lehrstelle im Werk gut gehen würde. Der Junge verschwand immer häufiger irgendwo in den Wäldern und streifte wer weiß wo herum. Man sah ihn mit älteren Jungs herumziehen, die in der Barackensiedlung der Feldmark zu Hause waren. Einem Ort, an dem Leute mit vielen Problemen lebten, die keiner geregelten

Arbeit nachgingen oder Trinker waren. Anton hatte seinen Sohn schon so oft ins Gebet genommen, aber nichts half. Aloys ließ sich nichts sagen und hielt den Gürtel ohne die Miene zu verziehen stoisch aus.

Josef, der zwei Jahre jünger als Aloys war, hatte ein viel sanfteres Gemüt als sein wilder Bruder, war aber auch ein wenig schwer von Begriff und hing an Aloys wie eine Klette. Der schleppte ihn überall mit hin, ließ seine Arbeit in Haus und Garten von Josef machen, während er sich ausruhte.

Catharina hatte es im Guten und im Schlechten versucht, irgendeinen Einfluss auf das Verhalten ihrer Söhne zu nehmen, aber alles schien erfolglos zu sein.

Augustchen und Anna, die sich zu außergewöhnlich schönen Kindern mit dunkelblonden Locken und intensiv blickenden grauen Augen entwickelt hatten, gingen mit ihren neun und acht Jahren gemeinsam in die Volksschule und machten kein Aufsehen um sich oder andere, solange sie beieinander sein konnten. Sie lebten augenscheinlich in ihrer eigenen Welt, in der die anderen Familienmitglieder Zuschauer oder ab und an Besucher sein durften. Catharina war es recht. Die Kinder gehorchten, waren lieb und taten, was man ihnen auftrug. Die Lehrer sprachen gut über sie. Was wollte man mehr.

Seit auch Wilhelm in die Schule ging, war es am Vormittag ruhiger im Haus geworden und Catharina hatte ihre Elli für sich allein. Sehr viel Arbeit gab es nach wie vor, aber es gab auch diese kleinen Momente der Ruhe, in denen sie dem Kind von Leonard erzählte.

Anton hatte vor zwei Jahren wieder damit begonnen, den SPD-Stammtisch in den Dülmener Stuben zu besuchen und brachte viele interessante Geschichten von dort mit. Lange hatten sie keine Zeit oder Ruhe gehabt, Zeitung zu lesen, aber jetzt gab es an den Abenden immer mal wieder Muße, sich um den Küchentisch zu versammeln und demjenigen von ihnen zuzuhören, der etwas daraus vortrug. Alle lasen gern bis auf Aloys, den das Geschehen in der Welt nicht interessierte und der sich lieber mit grimmigem Gesicht in eine Ecke verzog.

Catharinas Monatsblutung war nach Leonards Tod ausgeblieben und kam nicht mehr zurück. Nach einem Jahr hatte sie eine große Erleichterung gespürt. Sie fühlte mehr Energie in sich als vorher und brauchte vor allem keine neue Schwangerschaft zu fürchten.

Catharinas Freundschaft zu Esther Sterner war eingeschlafen. Der Besuch der Freundin nach der Beerdigung Leonards war auch der letzte gewesen und die Einladung zu einem Ausflug mit dem Automobil wurde nicht noch einmal wiederholt. Allerdings hatte Esther wie versprochen die Kleider gekauft und einen überaus großzügigen Preis dafür gezahlt.

Anton berichtete hin und wieder von der Familie Sterner. So auch, dass Leona zum dritten Mal Mutter geworden war und offenbar glücklich verheiratet in Köln lebte. Ob sie manchmal noch an Leonard dachte? Catharina schalt sich eine Närrin bei diesen Gedanken. Das alles gehörte der Vergangenheit an, war aus und lange vorbei.

Ende August 1898 hatte Catharina die erschreckende Gewissheit, wieder schwanger zu sein. Wie konnte das geschehen? Sie hatte irgendwann eine kurze Blutung gehabt, dies aber nicht ernst genommen. Das konnte in den Zeiten des Wechsels schon mal geschehen. Dr. Teubner bestätigte ihre Vermutung und gratulierte verhalten. Immerhin war sie bereits 45 Jahre alt und in diesem Alter war jede Schwangerschaft ein besonderes Risiko.

Auch Anton war zuerst besorgt, nahm es aber letztendlich als ein Geschenk des Himmels und kaufte ein paar Tage später einen wunderhübschen Haarkamm mit Silber- und Elfenbeinverzierungen für seine Frau. Er hatte ihn im Schaufenster bei Althoff gesehen und wusste, dass sich Catharina darüber sehr freuen würde. So war es auch. Er hatte sie nach Feierabend in die gute Stube gebeten und es recht feierlich gemacht. Catharina war ein wenig verwirrt und wusste nicht so recht, was sie denken sollte. Doch als sie das Päckchen aufschlug, das Anton ihr überreicht hatte, entfuhr ihr ein leiser Schrei des Entzückens. Sie drückte diesen kleinen Luxus fest an die Brust und sah Anton mit feuchten Augen an.

„Anton, so ein teures Geschenk. Ich weiß gar nicht, was ich sagen soll."

„Dann sag auch nichts. Komm her, ich stecke ihn dir ins Haar."

„Aber das passt doch nicht zu Küche, Schürze und Schweinestall", rief sie verlegen und lachend zugleich.

„Und ob das passt! Du bist die Königin in meinem Reich der Schweine, Hasen und Hühner. Sieh dir die hohen Damen und Herren an, allesamt gekommen, um dir die Ehre zu erweisen", sagte Anton und zeigte auf ihre Kinderschar, die sich dieses Ereignis nicht entgehen lassen wollte.

Carl und Bernhard waren gerade von der Schicht heimgekommen und schauten sofort mit neugierigen Blicken in die Stube. Gertrud, die sich mit einem blau-karierten Grubentuch die feuchten Hände trocknete, kam aus der Küche, in der sie das Abendbrot zubereitet hatte. Augustchen, Anna, Wilhelm und Elli fassten einander an den Händen und tanzten ausgelassen um Mutter und Vater herum, riefen und lachten und wollte alle einmal den Kamm mit den Fingern berühren. Anton umfasste Catharina und alle drehten sich lachend im Kreis. Nur Aloys und Josef fehlten.

Es folgte ein ruhiges Weihnachtsfest. Die Familie war am Weihnachtsmorgen in der Christmette gewesen und hatte die alten schönen Lieder zur Orgelmusik von Kantor Benninghoff gesungen. Die Krippe war neben dem Altar aufgebaut und die Kinder hatten mit großen Augen das Heilige Paar und das winzige Jesuskind im Stroh bestaunt.

Zu Hause gab es ein gutes Essen und für jedes Kind ein kleines Geschenk. Von Catharina selbst gemachte Püppchen für Anna und Elli, zwei von Anton geschnitzte und bunt bemalte Pferde für Wilhelm, für Augustchen das Kinderbuch "Lustige Märchen", aus dem er sofort vorlesen wollte. Josef bekam ein Päckchen Kreide, da er so gerne im Hof auf den Steinen malte, und Aloys eine warme gestrickte Mütze. Er hatte die alte irgendwo im Wald verloren. Bernhard bekam ein Schnitzmesser, das er mit freudestrahlenden Augen von allen Seiten betrachtete, und Carl eine neue warme Jacke. Gertrud erhielt für ihre Aussteuer drei Leinentücher, in die Catharina mit rotem Garn die Initialen der Tochter eingestickt hatte.

Später saßen sie alle in der guten Stube, in der Anton zur Feier des Tages den Ofen angeheizt hatte, vor der geschmückten Tanne. Auf dem Tisch stand ein Teller mit Nüssen und Gebäck. Anton zauberte zur Freude der ganzen Familie wie aus dem Nichts ein großes Stück Marzipan hervor, das Bernhard mit seinem neuen Messer in elf gleich große Teile schnitt. Gertrud holte die Quetschkommode aus ihrer Kammer und alle sangen und lachten, bis es Zeit fürs Zubettgehen war.

Am zweiten Weihnachtstag brachte Anton ein Päckchen mit Geschenken und den besten Wünschen vom Empfang bei Sterners mit nach Hause. Alon Sterner hatte ihn beiseitegenommen und ihm bei einem Glas Punsch leise gesagt, dass er es sehr bedaure, dass ihre Frauen keinen Kontakt mehr hätten. Esther gräme sich immer noch wegen Leonard und wisse nicht, wie sie es anfangen solle, sich Catharina anzunähern. Anton hatte geschwiegen und nur genickt. Es hatte genügend Gelegenheiten dazu gegeben, dachte er, sprach es aber nicht aus. Es passte alles nicht mehr recht zueinander und vielleicht war es besser, die Dinge so zu lassen, wie sie nun einmal waren.

Das neue Jahr begann mit viel Regen und starken Winden. Das schlechte Wetter hielt bis Ende Februar an. Dann wurde es milder und der Regen ließ nach.

Am 09. März 1899 wurde kurz nach 3 Uhr früh Heinrich geboren. Obwohl Catharina dieses Mal keine einfache Schwangerschaft gehabt hatte, oft zu schwach für die Hausarbeit gewesen war und Gertrud zum Schluss einige Wochen zu Hause bleiben musste, um Mutter und Geschwister zu versorgen, war der kleine Kerl ein großes, kräftiges Kind, das mit lauter Stimme seine Ankunft verkündete.

Die Nachbarinnen kamen und brachten Kuchen, Kaffee und Eingemachtes zur frisch entbundenen Mutter. Da am kommenden Samstag Waschfest sein würde, boten sie an, die Wäsche der Familie zu waschen, damit sich Catharina noch ausruhen konnte.

Anton trug voller Stolz den Jungen auf dem Arm im Haus umher, ging mit ihm sogar in den Stall zum Schwein und stellte das Neugeborene vor. Er hatte einen Tag frei bekommen und wich Catharina danach nicht mehr von der Seite. Sie lag in ihrer gemeinsamen Schlafkammer auf einer frisch gestopften Strohmatratze und einigen guten Kissen hoch gebettet. Mit noch leicht mattem Blick schaute sie auf das Kindchen.

„Er sieht kräftig aus. Hoffentlich dürfen wir ihn behalten."

„Ein Prachtkerl. Er wird es schaffen. Irgendwie erinnert er mich an Vater", meinte Anton stolz.

„Wir sollten ihn Heinrich Bernhard nennen, was meinst du?", fragte Catharina.

„Das sollten wir. Vater wäre so stolz auf seine Enkelkinder-schar." Anton legte den Kleinen in Catharinas Arme, die ihre Brust entblößte und ihn anlegte. „Er ist ein gutes Omen für die kommende Zeit. Wir leben im letzten Jahr dieses Jahrhunderts und es ist ein gutes Leben. Unseren Kindern geht es gut. Drei stehen bereits in Lohn und Brot. Aloys beginnt in diesem Jahr seine Schlosserlehre. In zwei Monaten wird Carl heiraten und bald selber Kinder bekommen. Die Fabrik wächst und wir haben viel zu tun. Die Stadt wird größer und größer und wie ich höre, hat der Magistrat beschlossen, Dülmen in den nächsten Jahren das elektrische Licht zu bringen. Elektrisches Licht und Gas, das ist der Fortschritt und einer neuen Zeit würdig."

Catharina schloss die Augen, spürte das noch zaghafte Saugen des Kindes an ihrer Brust, roch den warmen, aufsteigenden Man-delduft seiner zarten Haut und dachte an ihren wunderbaren Traum vom Fliegen.

Westfälischer Merkur

Nachrichten vom Meteorologischen Institut am Silvesterabend

31. Dezember 1899, 5 Grad Celsius, Regen und Wind

Schlagzeilen zur Jahrhundertwende 1899-1900

Wiedereinführung der dreijährigen Kriegsdienstzeit

Feier zum 50-jährigen Bestehen der Ober-Postdirection Münster
(Westfalen)

Bedarf an Gehülfinnen für den Fernsprechdienst

Bekämpfung gemeingefährlicher Krankheiten in den Häfen von Bremen
und Hamburg / Isolation Betroffener

Vom südafrikanischen Kriegsschauplatz

Neueste Nachrichten über die Bewegungen der Dampfer der Hamburg-
Amerika-Linie

Weihnachten in Transvaal

Die spanische Weihnachtslotterie

Eine beglückende Botschaft – Skizze aus dem Kriege zwischen England
und Transvaal

Sehr nahrhaft und zuträglich für Kranke ist der Zucker. (Prof. Dr. Ernst von Leyden)

Schlossgarten-Saal – großes Konzert zu Silvester, Beginn 4 Uhr.

Zoologischer Garten – Fest Concert, nachmittags 3 – 6 1/2 Uhr

Anläßlich des bevorstehenden Jahrhundertwechsels wird dieser Tag feierlich begangen. (Allerhöchste Ordre Sr. Maj. des Kaisers und Königs vom 11. des Monats), mit einer Festrede des Herrn Prof. Dr. H. Landois

Vermischtes

Lustiges vom Kriege

Von W. G., Braunschweig

Wann wird wohl am meisten gelogen? Die Frage war „früher" (damit meine ich die gute alte Zeit) schwer zu beantworten; neuerdings stellt sie an das Denkvermögen des Gefragten weit weniger Ansprüche. Die Lügen, die legionsweise in der Welt herumschwirren wie ein Maikäfer an einem linden Frühlingsabend, lassen sich bekanntlich in drei Kategorien zergliedern.

Erstens in solche, die vor den Wahlen fabriciert werden; zweitens die, die bei Jagddiners das Licht der Welt erblicken und drittens diejenigen, die man während eines Krieges in die Welt telegraphiert.

Die Wahllügen gehören wie die Wahlen zu dem notwendigen Übel, die Jagdschrullen sind harmlos, die Kriegslügen aber sind gefährlich. Denn sie täuschen vor, dass der Krieg ein Spaß sei, ein Kameradschaftstreffen, bei dem ein wenig geschossen wird. Nur auf der gegnerischen Seite wird gestorben. Die eigenen Soldaten aber werden verschont und wenn nicht, opfern sie ihr junges Blut dem Vaterlande, ernten dafür Ehrenkranz und Lobgesang und gehen ein in die Walhalla der gefallenen Helden.

Der Krieg ist nie lang, der Sieg ist immer unser und das Weihnachtsfest wird unterm glänzenden Baume mit vor Rührseligkeit geröteten Augen bei einem Glas Champagner begangen. Selbst im tiefsten Afrika.

Und so folgen die Jungmannen dem Aufrufe des Vaterlandes zu den Waffen und stürzen sich nach den Feierlichkeiten wieder ins Getümmel. Warum auch nicht? Denn dort erwartet sie heldenhaftes Erleben und viel Lustiges.

Auf, in ein frohes neues Jahrhundert!

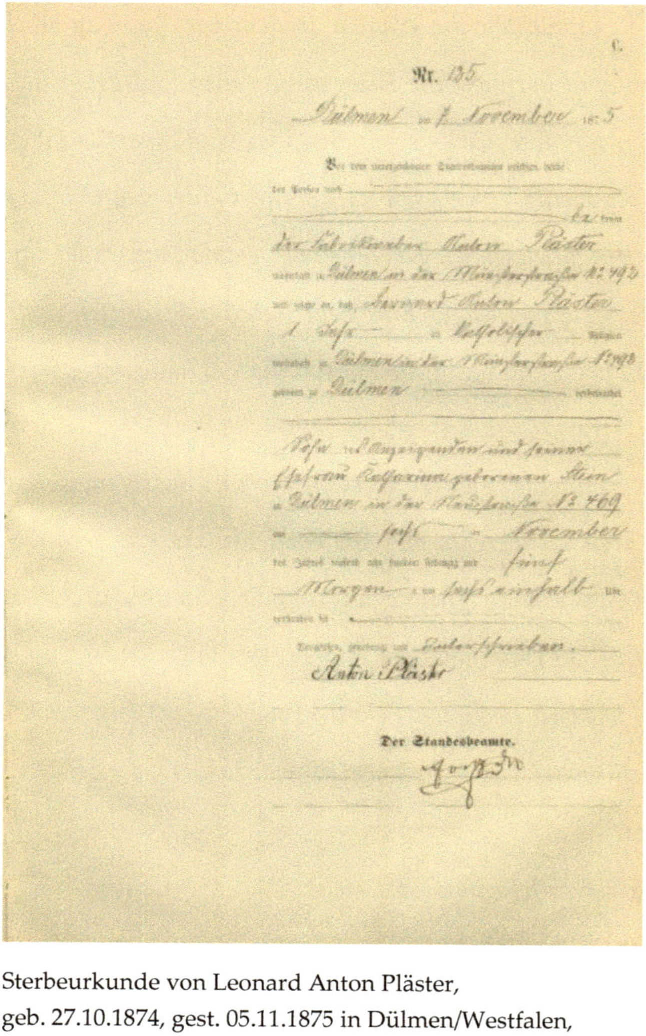
Nr. 135

Dülmen am 7. November 1875

Pläster

Dülmen

Leonard Anton Pläster

Dülmen

Dülmen

Catharina geborenen Stein

Dülmen Nr. 469

November

fünf

Morgen sechs einhalb

Anton Pläster

Der Standesbeamte.

Sterbeurkunde von Leonard Anton Pläster,
geb. 27.10.1874, gest. 05.11.1875 in Dülmen/Westfalen,
erstgeborener Sohn des Anton Pläster und seiner Frau Catharina, geb. Stein

Epilog

Auf Wunsch meines Onkels Manfred, der mich kurz nach seinem 88. Geburtstag fragte, ob ich nicht zu unserer Familiengeschichte recherchieren könnte, begab ich mich auf eine Reise in die Vergangenheit, die sich nur langsam und mühsam vor mir ausbreiten wollte. Doch Onkel Manfreds Erzählungen hatten mich sehr neugierig gemacht.

Je tiefer ich in die Zeit des 19. und beginnenden 20. Jahrhunderts eindrang, umso bereitwilliger eröffnete sie mir Einblicke in die Höhen und Tiefen, in das Glück und in die Abgründe, die jeder Familiengeschichte zugrunde liegen. Ich konnte Geheimnisse aufdecken und die Erinnerung an Menschen zum Leben erwecken, die in direkter Linie zu mir stehen.

Mithilfe von Heimatforscher*innen aus NRW und dem Hunsrück entdeckte ich Vorfahren und deren Wege durch die deutsche Geschichte, von denen ich nichts geahnt hatte. Irgendwann schienen diese Menschen zu mir zu sprechen, mir Hinweise zu geben, sich darüber zu freuen, dass sie aus dem Dunkel der Vergangenheit und des Vergessens heraustreten durften.

Wie ein Puzzle setzten sich die einzelnen Teile Schritt für Schritt zusammen und gaben Erstaunliches, Spannendes, Schönes und sehr Trauriges preis – das Leben in seiner ganzen Bandbreite.

Mitgeholfen haben dabei Frauen und Männer, die in Archiven arbeiten, die mir wertvolle Tipps für die Recherche gaben, Zeitungsartikel aus den Jahren 1848 bis 1899 für den ersten Teil der geplanten Trilogie, schriftliche Augenzeugenberichte, und nicht zuletzt Onkel Manfred und seine Frau Anni, ohne die viel Wissen auf immer verschwunden wäre. Kreise schlossen sich und Verbindungen wurden sichtbar, die mich immer wieder staunen ließen.

Ich möchte mich bei allen bedanken, die mir bei der Entstehung des Romans geholfen haben: bei Monika Römer als Lektorin, bei Monique Massin, die die Seiten auf Rechtschreib- und Satzzeichenfehler durchforstete sowie bei allen, die durch hilfreiche Informationen zu meinen Vorfahren zum Entstehen dieser Geschichte beitragen konnten.

Die Romanfiguren der Familie Pläster, Stein und Doerr waren reale Menschen, deren Lebensgeschichte ich anhand von Geburts-, Heirats- und /oder Sterbeurkunden recherchieren konnte. Ihre Einbettungen in geschichtliche Hintergründe sind sowohl authentisch als auch fiktiv.

Alle anderen Figuren des Romans und ihre Lebensgeschichten sind fiktiv. Jede Ähnlichkeit mit Lebenden oder Verstorbenen ist rein zufällig.

Quellen

Westfälischer Merkur
Münsterischer Anzeiger   www.zeit.punktNRW

Die Revolution von 1848/49   F.L. Müller
                                                WGB, 2012

Stadtarchiv Dülmen   Dr. Sudmann
                                                St. Thodt-Werner

Melderegister der Städte Dülmen
und Münster

LWL-Industriemuseum, Bocholt
Das Arbeiterhaus, Textilmuseum in Bocholt   H.J. Stenkamp
                                                Klartext Verlag, 2006

Private Aufzeichnungen der Familie Pläster